KB154781

# 비트 주세요, 주님!

JESUS IN HIPHOP

# 비트 주세요, 주님!

지푸, 최재욱,
이창수 지음

이야기가있는집

## META._ Rapper, Hiphop Artist

한때 종교의 관점에서 힙합을 바라보거나, 힙합의 관점에서 종교를 바라보면 서로가 유사한 점이 있다는 것을 느낀 적이 있었다. 1990년대 말, 모 라디오 프로그램에서 "힙합 음악을 하는 것이 구도자의 길을 걷는 것 같다"라고 말했다가 진행자가 깜짝 놀라기도 했었다. 왜 그런 생각을 했을까? 필자는 1990년대 힙합을 자양분으로 음악을 시작했고, 그것의 핵심은 '항상 진실하라'는 것이었다. 진실한 태도는 결국 진리를 추구하게 된다고 생각했다. 종교와 힙합이 일면 비슷하다 느낀 이유였다.

이 책의 주인공 진배는 자신의 꿈이 진실하기 위해 종교와 힙합의 관점에서 서로를 이해하며 마침내 '존중respect'으로 나아가기 위한 배를 움직이게 된다. 오해를 이해로, 이해를 인정으로. 어찌 보면 종교와 음악이 서로 화해하며 나아갈 수 있는 좋은 해답이 되지 않을까 생각하며 추천의 서를 마친다.

## 김관성 목사_ 낮은담교회

예수와 힙합이라는 단어는 쉽게 공존하기 어려워 보이지요. 저자는 세상에 타협하지 않고 자신의 길을 묵묵히 걸어가는 대상에게 "힙합이다"라고 말합니다. 그래서 예수님을 힙합 그 자체라고 말합니다. 이 책의 주인공인 힙합하는 청년 '예진배'가 교회라는 공동체 안에 받아들여지는 이야기를 통해, 성경이 말하는 복음이 무엇인지, 예수님이 어떤 분이신지 선명하게 드러나고 있습니다. 저자의 글이 마음에 담깁니다. 받아들여짐은 구성원의 입맛에 맞게 자신을 바꿔놓는 것이 아닌 온전히 나로서 그들과 함께하는 것입니다. 당신이 이 세상에 지금 존재하는 이상, 이미 당신은 더할 나위 없이 아름다운 정답입니다. 당신을 만든 분은 바로 완전하신 하나님이시며, 그것을 온전히 표현하는 것이 바로 힙합입니다. 힙합과 예수님을 접목하여 복음을 세상에 전하려는 젊은 청년 그리스도인들의 모습이 기특하고 멋집니다. 교회 안에서도 이런 좋은 문화들이 꽃을 피우고 받아들여지는 일들이 많아지면 좋겠습니다. 어른들의 기준이 아닌 누구보다 힙하셨던 예수님의 기준이 교회 안에도 가득하기를 바라며 이 책을 기쁜 마음으로 추천합니다.

### 박하재홍_ 힙합문화연구자, Rapper

마흔 살을 훌쩍 넘어서도 매일 힙합을 생각하며 살게 될지는 꿈에도 몰랐다. 대체 얼마나 더 나이를 먹어야 난 "힙합으로 살고 있어"라는 말을 그만둘까. 갓 스무 살 주인공 진배는 이런 나를 어떻게 여길지 알 수 없다. 각자 힙합에 빠져든 경험이 다른 만큼, 무엇이 힙합다움인지 느끼는데 감각의 차이가 있기 때문이다. 나 또한 진배의 의견마다 흔쾌히 '맞아, 맞아' 고개를 끄덕일 수는 없었다. 하지만 귀를 기울이게 된다. 힙합은 답답한 현실의 벽에 갇혀 있던 내게 바람이 통하는 창문을 내어주었고, 나와 너무나 다른 환경에서 살아가는 이들을 바라보고 헤아리는 법을 알려주었다. 이 책을 통해 크리스천이면서 힙합을 사랑하는 이들의 고민과 열정을 한껏 끌어안을 수 있었다. 당장 내 주변에 교회에서 디제잉을 하고, 브레이킹을 하고, 랩을 하는 힙합 친구들이 여럿 떠오른다. 그 친구들과 만날 때 기회가 된다면 진배를 초대하고 싶다. 진배가 어색할 수 있으니, 그가 쓴 랩을 한 구절 미리 외워가는 게 좋을 듯하다.

"다들 진짜를 본대, 그럼 진짜를 꺼내, 내가 믿는 예수님은 결국 진짜를 원해."

### 곽승현 목사_ 거룩한빛광성교회

"목사님, 청년들에게 나눌 부임 인사를 랩으로 준비해봤습니다. 한번 보시겠어요?"

2020년 11월의 마지막 주, 청년부에 부임을 앞두고 있던 최재욱 목사가 영상을 하나 만들어왔습니다. 함께 부임하는 차선우 목사와 함께 만들었다는 그 영상 속에는 이 시대의 청년들에게 전해주고 싶은 이야기가 랩으로 담겨 있었습니다. 코로나19가 한창인 시기에 영상이라는 매체를 통해, 그리고 청년들에게 친숙한 '힙합과 랩'이라는 도구를 통해서 청년들과 소통하려는 아이디어가 참으로 신박하다는 생각을 했습니다. 그리고 이 좋은 메시지를 청년들에게만 전하기에는 아쉽다는 생각이 들어 교역자 헌신예배 때 어른들에게도 선보이면 좋겠다고 이야기하였고, 그야말로 어른들 사이에서도 두 목사님의 공연은 '대박'이 났습니다. 그 후로도 최 목사는 언제나 청년들과 눈높이를 같이하며 3년간 다양한 청년사역을 선보였고, 코로나19로 어려운 시기를 겪고 있던 거룩한빛광성교회 청년 공동체를 다시 잘 세워가는 귀한 역할을 감당했습니다. 이번에 최 목사와 두 분의 사역자가 함께 써내려간 《비트 주세요, 주님!》이라는 이 책의 이야기를 쭉 읽어내려가며, 저는 그간 최 목사가 어떤 마음으로 힙합과 랩이라는 문화를 바라보고 있는지를 이해하게 되었습니다. 힙합과 랩이 단순히 시대적인 유행이나 음악적 스타일이 아니라 그 안에 담겨 있는 '자유와 사랑'이라는 가치야말로 우리가 구주로 믿고 고백하는 예수 그리스도의 삶과 일맥상통한다는 것이 놀라웠고, 세대와 문화를 뛰어넘어 우리 그리스도인들이 지녀야 하는 공통의 가치라는 것을 발견하게 되어 참 기뻤습니다. 귀한 사역자의 첫 출간을 마음 다해 축하하며, 교회와 다음 세대를 위한 귀한 글이 되어 널리 읽히기를 기대합니다.

### 김봉현_ 힙합저널리스트

힙합과 기독교를 함께 말하는 건 왠지 낯설다. 언뜻 보면 절대로 섞일 수 없는 조합 같다. 하지만 하나님을 위해 살아가면서 힙합도 누구보다 사랑하는 저자들의 이야기를 읽다 보면 생각이 달라진다. 이 책은 오해와 편견에 대한 이야기이자 독창적이고 진보적인 목소리다. 또한 한국에서는 전에 없던 시도이기도 하다. 나는 종교가 없고 신은 존재하지 않는다고 생각하는 사람이다. 하지만 기꺼이

이 책을 추천한다.

## 조영민 목사_ 나눔교회

힙합과 기독교, 이 둘은 전혀 어울릴 수 없는 조합이라고 생각했습니다. 그러나 이 책은 힙합과 기독교가 반대편 끝에 있는 것이 아니라 '함께할 수 있다'는 가능성을 보여주었습니다. 이 책은 힙합을 사랑하는 그러나 동시에 기독교 안에 있고자 하는 청년 '진배'와 진배가 걸었던 길을 걸어본 적 있는 목사 '재욱'의 대화와 진배가 경험하는 사건들을 중심으로 전개됩니다. 진배는 힙합을 통해 자신을 표현하고 세상과 소통하고자 합니다. 그러나 진배가 아는 기독교는 힙합을 인정하지 않는 것이었습니다. 진배는 그 둘 사이에서 고민하며 어느 것 하나를 포기해야 하는 상황에 섰습니다. 기독교의 가치와 힙합이 가진 폭력성과 선정성, 그리고 세상에 대한 반항적인 메시지가 함께할 수 없다는 생각이었기 때문입니다. 두 사람은 서로의 생각을 나누고, 함께 고민하며, '제3의 길'을 찾아갑니다. 세상과 단절되지도, 세상에 휩쓸리지도 않는 길. 세상 속에서 자신의 정체성을 지키며 하나님과 세상을 섬기는 길을 찾아가는 것입니다.

이 책은 한 편의 성장소설 같은 느낌으로, 힙합을 사랑하는 그리스도인 청년이 바른길을 찾는 과정을 보여줍니다. 그리고 이 이야기는 세상의 문화를 사랑하는 그리스도인들이 해야 할 고민이고 들어야 할 이야기이기도 합니다. 특히 청년에게 직접적인 메시지를 주고 있는 이들이라면 더더욱 이 책을 읽기를 권합니다. 하나님의 청년들이 이 세상을 어떻게 살아야 하는지에 대한 답이 될 수 있기 때문입니다. 이제껏 많은 청년을 만났고 지금도 종종 만나면서 오늘도 여전히 '세상 속에서 성도로 어떻게 사는 것이 옳은지'라는 고민을 가진 이들을 만납니다. 이 책은 이 고민의 답인, 세상과 단절되지도, 세상에 휩쓸리지도 않는 '제3의 길', 세상 속에서 세상을 변화시키는 길이 있음을 보여줍니다. "예수가 힙합"이라는 충격적인 선언. 당신이 이 선언의 진위를 알고 싶다면 이 책을 펼쳐 읽어보기를 적극 추천합니다.

### 아넌딜라이트_ Rapper, Hiphop Artist

'힙합과 교회', '힙합과 기독교'라는 대척점에 있을 것만 같은 단어들이 서로 손을 맞잡는 순간을 담은 책이다. 많은 사람이 이 두 단어가 하나의 장소에서 들리는 것을 어색해하고 낯설어하지만, 사실 이 세상 그 어떤 사람보다 힙합의 태도로 사셨던 예수님을 그대는 아는가? 예수님께서 어떤 힙합의 태도로 사셨는지, 예수님의 행보에 어떤 힙함이 묻어 있었는지 알고 싶다면 이 책이 독자들에게 신선한 깨달음을 줄 것이다.

또 크리스천으로서 그리고 래퍼로서, 선하고 탁월한 것을 하나님께 드리고픈 마음을 품고 사는 많은 사람에게 아주 좋은 참고서가 될 것 같다. 언제부터인가 'CCM'이라는 장르가 별로라고, 시대에 뒤처진 음악이라고 불리는 시대를 살게 되었다. 그렇기 때문에 이 책을 읽으면서 더욱이 나부터, 하나님을 찬양하는 음악이 부끄럽지 않게 더 최선을 다해 만들 것을 다짐하게 되었다. 이 책을 읽게 될 많은 청년 청소년들이 교회에서 랩을 하는 것을 당당하게 여기고, 또 세상에서 당당하게 하나님을 찬양하는 랩을 선포하는 이들이 되길 소망한다.

### JJK_ Rapper, Hiphop Artist

부자가 천국을 가는 건 낙타가 바늘구멍을 나가는 것보다 어렵다고 하셨는데, 한국에서 래퍼로서 힙합과 교회, 양쪽에서 모두 Respect을 얻어내는 것 또한 그에 견줄 만큼 어렵지 않을까라는 생각을 한다. 공연장에 들어설 때와 예배당에 들어설 때 DJ의 Mix Set과 성가대의 찬양, 래퍼의 rhyming과 목사님의 말씀. 인사법에서 표정과 말투까지 너무도 달라서 한 인격이 이 두 세계에 공존할 수 있을까 싶을 정도다.

그런데 사실 이 두 삶의 방식을 자세히 들여다보면 서로 매우 닮아 있다. 한국 땅 위에서 탄생하지 않고 서양에서 넘어왔다는 점도 그렇고, 그래서 한국의 고유문화와 얽히고설켜 함께하고 있다는 점도, 각자가 느낀 특정 진리를 설파, 밑바닥부터 올라온 서사, 인생의 구원과도 같은 강렬한 경험 등. 그중에서도 내가 가장 닮았다고 생각하는 점은 양쪽 모두 '진짜'와 '가짜'가 존재한다는 점인데, 재미있는 건 양쪽 다 '진짜'를 탐구하면서 동시에 '진짜'에 대해 크게 오해를 하고 있다는 점이다. 정작 자기들도 자기들이 무엇을 쫓고 있는지 모르는 경우가 대다수이고, 하필 이들이 각 문화를 대표하는 이미지를 제공한다는 점까지 닮았다.

이렇게까지나 닮은 점이 많은데도 불구하고 한국 힙합과 한국 교회 사이에서 많은 크리스천 래퍼가 혼란을 겪어왔다. 힙합에서의 실력 과시적 태도는 죄인가? 크리스천 래퍼는 유명해지길 바라면 안 되는 건가? 크리스천 래퍼는 랩을 못해도 주님 찬양을 하니 환호받아 마땅한가? 랩배틀을 할 때는 왼쪽 뺨을 내주어야 하는 건가? 어릴 적부터 교회를 다닌 래퍼라면 한 번쯤 휘말려본 이런 가치관의 소용돌이 속에 이 이야기의 주인공인 예진배도 있다. 예진배의 경험들은 어린 크리스천 래퍼들에게는 '언더그라운드 힙합 입문: 희망편'과도 같다. 예진배는 좋은 만남들을 가졌고 가치 있는 대화를 나누었다. 때문에 이 젊은 크리스천 래퍼가 해답을 얻어가는 과정은 많은 래퍼의 신앙적 혼란에 힌트가 되어줄 것이다. 무엇에 도전해야 하고 무엇을 얻어내길 바라야 하는지, 목표 삼아 마땅한 것을 가리키는 지표가 샘플 따기 좋은 구간들처럼 이야기 곳곳에 심어져 있다. 더 나아가, 챕터 사이사이에 수록되어 있는 'Rhino's Note'는 이야기와 발맞춰 여러 가지 힙합 상식을 전달하는데, 이는 신앙의 유무를 떠나 힙합을 이해하는 데 있어 큰 도움이 된다. 여러모로 이 책은 힙합이다.

이 책 제목처럼 진짜로 예수님이 친히 비트를 드랍해주신다면 어떤 랩을 해야 할까? 어떤 랩을 해야 예수님도 기뻐하시고 힙합적으로도 보여주고 증명해낼 수 있을까? 크리스천 래퍼라는 타이틀을 달 자격 있는 랩은 어떤 랩일까?

"If you don't know, now you know."

# 작가의 말

by GFU

크리스천과 힙합, 기름과 물처럼 절대 섞이지 않을 것 같은 두 단어가 나의 삶에는 언제나 하나로 공존했다. 하지만 어느 영역을 가든 그들의 무리는 물이었고 난 기름이었다. 힙합이었지만 크리스천이었기에 더 깊이 들어갈 수 없었고, 크리스천이었지만 힙합이었기에 더 가까이 다가갈 수 없었다. 그러한 이유에는 그들의 받아들이지 않으려는 부분도 있었겠지만 분명 나의 설익은 실력과 얕은 신앙 또한 제법 큰 비중을 차지했다. 하여 더욱 공부하고 노력했다.

그 과정에서 예수의 삶이 가장 힙합이었다는 것을 발견했다. 힙합 문화를 공유하고 있는 사람들끼리는 무언가에 대해 큰 인상을 받으면 '힙합이다'라는 말을 자주 사용한다. 정확히 설명하자면 '세상에 타협하지 않고 자신의 길을 묵묵히 걸어가는 대상에게 위에서 말한 힙합이란 수식어를 붙인다. 그렇기에 나에게 예수는 힙합 그 자체였다. 깨달음이 너무 기쁜 나머지 이 말을 교회 친구에게 처음 이야기했을 때 그 친구는 적잖게 당황하며 힙합은 악한데 어떻게 선하신 예수님이 힙합이냐며 나에게 반문했다.

이 책을 펼친 당신이 만약 기독교인이면 동일하게 생각할 수도 있다. 반대로는 몇 년 전 래퍼 동생이 삶의 위안을 얻고 싶어서 교회에 가보려고 한다는 연락을 받은 적이 있었다. 나는 기쁜 마음으로 적극 권유했고, 그로부터 일주일 뒤 교회에 갔던 첫날에 자신의 옷차림과 문신 등 많은 외적인 지적을 받았다는 내용이 담긴 연락을 받았다. 그러면서 그 동생은 예수는 나 같은 사람은 거들떠보지도 않냐며 화를 냈다. 같은 맥락으로 이 책을 펼친 당신이 힙합을 누리는 사람이라면 이와 같은 생각을 할 수도 있다.

하지만 절대 그렇지 않다. 힙합은 악한 것이 아니며, 예수는 당신을 지적하고 정죄하는 분이 아니다. 이즈음 되면 도대체 예수와 힙합이 무슨 상관이며 왜 그렇지 않냐는 궁금증이 짙어질 것이다. 그에 대한 답은 주인공의 이야기에 고스란히 담아놓았으니 꼭 끝까지 읽어보길 바란다. 힙합에서든 교회에서든 주류가 되고 싶은 마음은 결코 없다. 다만 더 이상 나와 같은 이들이 비주류로 취급되며 낯설고 위험한 존재로는 더 이상 살아가질 않기를 바란다. 이 책은 인간이라면 누구나 원하는 '받아들여짐'을 담았다. 받아들여짐은 구성원들의 입맛에 맞게 자신을 바꿔놓는 것이 아닌 온전히 나로서 그들과 함께하는 것이다.

힙합과 예수는 그렇게 나를 자신의 가슴에 품었다. 오랜 시간 그 품

안에서 기쁨과 감사를 누렸기에 이제는 내가 할 수 있는 모든 힘을 내어 이 두 영역의 오해와 갈등을 풀어보고자 한다. 또한 이 꿈을 함께 공유했을 때 함께 뜨거운 마음으로 동참해준 최재욱 목사님과 이창수 전도사님께 큰 감사와 존경을 표한다. 끝으로 수많은 혼란 속에도 자신의 정체성을 쉽게 내어주지 않고 진정한 나를 찾기 위해 분투하는 모든 이에게 이 책이 잔잔한 토닥임이 되기를 간절히 소망한다. 당신은 절대로 틀리지 않았다. 우리는 모두 삶이 끝날 때까지 과정을 살아갈 뿐이다. 당신이 이 세상에 지금 존재하는 이상 이미 당신은 더할 나위 없이 아름다운 정답이다. 당신을 만든 분은 바로 완전하신 '하나님'이시며, 그것을 온전히 표현하는 것이 바로 '힙합'이다.

### 오진명 a.k.a. 지푸GFU

그리스도인이며 힙합아티스트이다.

기독교에는 왜곡된 힙합을, 힙합에는 왜곡된 기독교를 정확히 설명하고 소개하려는 소명을 가지고 살아간다. 2010년 디지털 싱글 〈4Christ – 'King Iz Back' 1st Single Cut〉에 수록된 'We Need Prayer'란 곡으로 데뷔했으며, 크리스천의 정체성을 가지고 언더그라운드 힙합 세계에서 활발한 활동을 하고 있다. 2020년 정규 1집 〈Energetic〉을 발매하였으며, 수상 경력으로는 제1회 전태일 힙합 음악제 우승, 2021년 4CHRIST AWARDS '올해의 CCM Hiphop Track', '올해의 Artist', 2022 한류 힙합 문화 대상 'K-Hiphop Artist 우수상'을 수상했다.

# | 작가의 말 |

by B.JoHN

벽걸이 달력 한 장을 크게 찢어 바닥에 놓고 엎드려 그림을 그리기 시작하면, 하루 해가 꼬박 저물도록 무언가를 끄적이며 내 안에 있는 상상의 나래를 펼쳤던 어린 시절의 기억이 지금도 선명하다.

초등학교 때는 〈드래곤볼〉을 보며 가슴이 설레었고, 중학교 때는 'X-JAPAN'을 동경했고, 고등학교 때에는 친구들과 밴드 '마그네틱 코어Magnetic CORE'를 결성하여 일렉기타를 연주하고, 만화동아리 '가필'에서 만화를 그리며 살아 있음을 느꼈었다. 생각해보면, 내가 동경했던 사람들은 자신 안에 있는 이야기들 세상에 펼쳐 보이는 사람들이었고, 나 또한 내 안에 있는 이야기들을 세상으로 꺼내놓는 '창조적인 표현'

을 할 때 가장 가슴이 뛰었던 것이다. 그런 나에게 있어 듀스 DEUX 부터 시작해서 지금까지도 현재진행형으로 이어지고 있는 힙합에 대한 애정의 근거는, 그들 역시 '가장 날 것의 이야기를 세상으로 꺼내놓는 사람들'이라는 공통분모에 있다.

고등학교 시절, 단짝 친구 우경이와 아무도 없는 교실에서 듀스 베스트 앨범의 랩을 처음부터 끝까지 따라 부르던 나는, 청년이 되어서는 교회 동생들과 '홀리크루 HOLYCREW'를 결성하며 자작곡들을 만들어 교회 특송을 하기도 하고, 대학로와 홍대를 누비며 신앙의 이야기를 외쳐댔다. 서른을 앞두었던 어느 여름, 나는 내 안에 있는 창조적인 에너지의 근원인 '하나님'에 대한 배움을 더 깊이 하고 싶어 신학의 길을 걷기로 결정하였다. 그리고 지금은 목사가 되어 12년째 사역자의 길을 걷고 있다.

'힙합'과 '목사', 누군가 봤을 때는 가장 이질적인 두 가지 명제를 한 몸에 가진 사람이 되었는데, 그 두 가지가 내 안에 전혀 이질적이지 않게 공존하는 것은 이 두 가지가 사실 한 뿌리를 가지고 있기 때문이다. 30년 가까이 내가 경험하고 사랑해온 힙합은 그 어떤 문화보다 그리스도교의 본질에 가깝다. 나는 그것을 증명하고 싶어서 이 길에서 만난 너무나 소중한 동지들인 지푸, 라이노와 함께 이 글을 시작하게 되었다.

이 이야기의 주인공인 '예진배'는 사실 우리 자신이다. 그리고 이 글을 읽고 있는 여러분이기도 하다. 그동안 '힙합'과 '기독교' 그 둘 사이에서 어디에 뿌리를 내려야 할지 망설이며 부유하고 있던 사람들이 있다면, 그 모든 이에게 예진배의 이야기를, 그가 만난 예수에 대한 이야기를 들려주고 싶다. 이 책을 덮을 즈음에는 그 둘의 거리가 훨씬 가까워졌다고 느끼거나, 어쩌면 본질적으로 그 둘이 하나일지도 모르겠다는 생각을 하게 될 것이다. 마치 하늘과 땅을 연결한 예수의 삶처럼 말이다.

## 최재욱 목사 a.k.a. B.JoHN

랩 하는 목사, 그리고 이 시대를 살아가는 한 사람의 그리스도인

2013년 창동염광교회 청소년부 부임인사를 랩으로 시작하면서부터 지금까지, 모든 사역의 여정 속에 '보이는, 혹은 보이지 않는' 힙합의 정체성을 담아내 왔다. 하나님 안에 있는 창조적인 열정의 집합체인 '예배'와 그 안에서 선포되는 '말씀'에 대한 관심으로 현재 장로회신학대학교 대학원에서 '예배설교학 Ph.D' 과정 중이다. 창동염광교회 청소년부, 방주교회 대학부, 거룩한빛광성교회 청년부를 거쳐 현재는 같은 교회에서 장년사역을 담당하고 있으며, 사랑하는 아내 핸드폰에 이렇게 저장되어 있음 정유진과 두 자녀 최시온, 최시후와 한집에서 살아가고 있다. 기독교의 복음이 주는 자유와 기쁨, 평화, 연대의 가치를 전하고 있고, 그것이 힙합에도 고스란히 녹아들어 있다는 것을, 평생의 삶으로 전하고 싶은 사람이다.

**WRTN by RHINO**

2004년 겨울, 개신교로 회심하기 전까지 나의 종교는 '힙합'이었다. 대를 이은 불교신자임과 동시에, 내가 삶의 태도로 선택한 것은 다름 아닌 힙합이었다. 그것이 가진 멋인 솔직함, 당당함, 굴하지 않음 같은 것은 자연스럽게 내 청소년기에 녹아들었다. 그리고 나는 또한 '반항아'요, 좀 이상했던 친구로 주변에 기억되어 있다.

회심 뒤, 처음에는 교회와 힙합 간의 갈등을 느끼지 못했다. 오히려 새로 눈 뜬 신앙의 관점으로 인해 찾아보게 된 힙합퍼들의 신앙 고백이 놀라울 따름이었다. 조PD 5집에 실려 있던 'Church 2 Da Streets〈Great Expectation 조PD Pt. 2: Love And Life〉, 2004'이나, 주석의 3집

앨범 〈Superior Vol. 1-This iz my life〉의 'Thanks to'에서 찾아냈던 "주님께 감사한다"란 한 줄. 그런 것들이 나로 하여금 '거듭난 힙합 Born Again Hiphop'이 되게 했다. 김해가야고 밴드부 '오딧세이 Odyssey' 졸업 공연에서 드린 랩 찬양은 가장 나다운 힙합이었으며, 처음으로 해본 CCM 공연이었다.

그런 나는 2005년에 고신대 신학과로 진학하며 '문화충격'을 주고받는다. 대한민국 개신교단 중에서 아마 가장 보수적인 '고신' 측의 신학교에서 내가 경험한 일들은 충격적이었다. 회심 후 1년 동안 전교생뿐 아니라 타학교 학생들도 알 만한 '예수쟁이'로 이름나고, 수능 일주일 전에 반 친구들을 모두 개척교회의 기념 예배에 초청해버린 '전도왕'이었던 내가 불과 몇 개월 만에 '잠재적 문제아'요, 뭔가 좀 떨어져 보이는 학생으로 오해받기 시작한 것이다.

나와 말 한마디 나눠보지 않았던 이들이 한 말을 한참 뒤에야 돌아서 전해들은 내 마음은 무너지기 시작했다. 적지만 장학금도 받고 입학했던 난 소명할 기회도 없은 채로 지진아 취급받는 게 느껴졌다. 몇 번의 그런 일들을 거친 후, 나는 마음을 닫았다. 이후로 기억에 남는 것은 매번 강의실 맨 앞줄에서 바라본 교수님의 얼굴, 그리고 도서관 열람실의 사방이 막힌 책상. 항상 건너편이 비어 있는 쓸쓸한 식탁. 얼마 뒤에는 놀이터에서 불에 태워버린 300만 원어치의 힙합 CD와 어렵게 구했던 자료, 책들. 팔거나 버리거나 준 내 큰 옷과 모자, 신발들이다.

그렇게 힙합과 담을 세운 7년의 시간 뒤, 해병대 병장 만기 전역 후 부임했던 농촌교회에서 나는 뜻밖에 다시금 '힙합의 부르심'을 받았다.

이제 막 쇼미더머니Show Me the Money로 인해 대중의 힙합에 대한 호기심이 늘어나던 때, 범세계적인 트렌드였던 힙합 음악, 스트리트 패션, 힙합 문화가 한국에서도 유행의 중심으로 들어오던 시점이었다. "이젠 열일곱이 TV에 나와 랩을 하는 시대에, 스물일곱에 날 부르신 건 주님의 실수"라고 먼저 대답했던 난, 결국 기드온처럼 세 번의 시험을 거쳐 그 부르심에 순종하게 된다.

이후 12년 뒤, 이제 이 책이 세상에 나오게 됐다. 예수를 전하는 전도사로, 힙합을 전하는 전도사로 살아온 게 어언 십 년이 넘었다. 그동안 공연으로 선교로 방문했던 20여 개국과 서봤던 국내외의 다양한 무대들, 방송들, 써내고 불렀던 여러 노래가 떠오른다. 신기하게도 미움은 남지 않았다. 대신에 '사랑'만 그윽하게 있다. 한국 교회의 힙합에 대한, 또는 힙합의 한국 교회에 대한 무지도 무식도 무관심도 괜찮았다. 그 '벽'에 '창문' 하나를 내고자 나는 부르심 받은 것이다. 그렇게 내가 사랑하는 둘 간을 서로 대화하게 하고 싶다.

끝으로, 힙합 저널리스트 김봉현 작가님께 마음을 전하려 한다. 영화 '리스펙트' 엔딩 크레디트에 있던 감사의 문장을 본떠 나는 그분께 쓴다.

"한국 힙합에 애정과 책임감을 가진 한 사람으로서, 저는 당신께 감사드립니다."

## 이창수 전도사 a.k.a. 리튼바이 라이노WRTN by RHINO

2018년 개봉한 힙합 영화 〈리스펙트〉를 극장에서 세 번 봤다. 고등학교 때 급식비를 아껴서 샀던 300만 원어치 힙합 CD를 집 앞 놀이터에서 태운 기억이 있다. 그리고 지금은 다시 3,000장 정도의 CD 앨범과 몇 장의 LP들, 감당이 안 되는 양의 책과 잡지, 각종 자료를 소장하고 있다. 하지만 지금은 막 걸음마를 시작한 쌍둥이 아들 수호, 수현이가 애장품을 위협하고 있는 처지며, 이쁜 아내 송채민과 7년째 살고 있다. 고신대 신학과를 사연 많게 오래 다녔고, 현재는 횃불트리니티TTGU에서 사랑받으며 공부하고 있다. 〈주간경향〉, 〈베스트 일레븐〉, 〈처치 미디어〉 등에 기고했다. 〈에스콰이어〉 칼럼과 〈네이버 오디오클립〉 오디오북에 자문하기도 했다. 청담동에 있는 푸른나무교회와 함께 걷는 중이다.

| 차례 |

# 1부 그 문을 들어서면 나는 이방인이 된다

# 예수는 힙합이다

# 1부

# "그 문을 들어서면 나는 이방인이 된다"

# 이방인

“이 문을 들어서는 순간, 난 이방인이 된다.”

새로 지은 고층 빌딩이 즐비한 신도시처럼 말끔한 이들의 옷차림 속에, 나의 찢어지고 헐뜯긴 옷차림은 이들에게는 부끄러워 숨기고 싶은 낡은 골목과 같다. 단정하게 정돈된 헤어스타일들과 달리 물들인 나의 머리카락은 이들에게는 네온이 불타는 유흥가가 된다.

나를 초대하던 환대의 손길은 손가락이 하나둘 구부러지며 이들의 틀에 벗어난 내 모습을 잘라내는 가위가 되었다.

검은 양복을 말끔하게 차려입은 한 남자와 하얀 실크블라우스에 검은 정장 스커트를 입은 두 여자가 나를 반긴다. 나는 멋쩍은 미소와 가벼운 목례로 화답했다. 남자는 나에게 잘 왔다며 어색하게 하이파이브를 건넨다. 엉거주춤 손을 건네 맞장구 쳤지만 서로의 마음의 길이 다른 탓일까, 남자와 나의 손은 서로 다른 방향으로 빗겨나갔다. 민망함을 감추려는 듯 남자는 더 호탕하게 웃는다. 나는 짧은 탄식을 내뱉으며 지나간다.

그 남자에게 호의를 베풀고 싶지 않았다. 언제나 웃으며 나를 바라보지만 그 웃음 속에 감춰진 눈빛은 나의 모든 것을 바로 잡아내고야 말겠다는 욕망이 느껴졌기 때문이다.

마치 어렸을 적 동물 다큐멘터리에서 봤던 사냥감을 노리는 맹수의 눈빛이었다.

예배당 가장 구석진 자리에 가서 앉았다. 이상하게도 이곳에 오면 나 스스로도 나의 모습이 부끄러워진다. 꼭 100점 맞아야 할 시험지에서 유일한 오답이 된 기분이다. 밖에서는 누구라도 나를 알아봤음 좋겠는데 이곳에서는 그 누구도 나를 알아보지 않았으면 좋겠다.

후드를 평소보다 더 깊이 푹 눌러쓴다. 찬양팀의 연주가 시작되고 모던록 스타일의 음악들이 차례대로 흘러나온다. 가만히 무덤덤하게 듣고 있는데 문득 저 세트리스트 중간에 힙합 비트가 흘러나온다면, 드럼과 베이스 사이에 DJ가 스크래치를 하고 있다면, 뒷벽에 장식된 예수님의 그림이 고전미 넘치는 수채화 대신 스프레이의 거친 숨결이 느껴지는 그래피티였다면, 마지막으로 이후에 등장하는 목사님의 의상이 양복 대신 나와 같은 스트리트 패션이었다면 어땠을까 하는 생각이 든다.

…괜히 기분이 좋아진다. 그렇지만 이것을 2부 순서에 나누면 솔직히 미친놈 취급받을 것이 당연했기에 다시 생각을 주머니 속에 구겨 넣는다.

어느새 모든 찬양이 끝나고 사회 전도사님의 인도로 오늘 주제 말씀을 다 같이 봉독한다.

"예수께서 들으시고 이르시되 건강한 자에게는 의사가 쓸데없고 병든 자에게라야 쓸 데 있느니라. 너희는 가서 내가 긍휼을 원하고 제사를 원하지 아니하노라 하신 뜻이 무엇인지 배우라 나는 의인을 부르러 온 것이 아니요, 죄인을 부르러 왔노라 하시니라."

– 마태복음 9장 12–13절

아멘.

## 힙합이라는 이름의 이방인

이방인異邦人이라는 말은 '다른 나라 사람'이라는 뜻이다. 1970년대 미국에 힙합을 만든 이들은 미대륙의 이방인들이었다. 북미의 원주민 인디언이 아니었으며, 그렇다고 해서 이주해온 영국인이지도 않았다. 아프리카에서 팔려온 '흑인 노예'들이었다. 이제는 아무도 그렇게 부르지 않지만, 대신에 대통령 Barack Obama 이거나 랩스타 Kendrick Lamar, Drake, 슈퍼 리치 Jay Z, Dr. Dre 또는 무비스타 R.I.P. Chadwick Boseman 가 되었다. 그리고 이들의 인종에 대한 보다 정중한 명칭은 아프로-아메리칸 Afro-American 이다.

〈이방인〉은 이센스 E SENS 의 앨범 제목이기도 하다. 2019년 7월에 발매된 본작은 그가 감옥에서 출소한 뒤 처음으로 발매한 앨범 단위의 작업물이다. 애초, 세상이 자신을 반겨주길 바라는 마음으로 '손님'이라고 정했던 가제에서 진행 과정 중에 '이방인'이 되었다고 한다. 앨범 준비 기간 동안 세상과 단절된 상황을 스스로 만들어내 이 같은 '국힙 명반'을 탄생시켰다 '한국 힙합 어워즈'에서 2020년에 올해의 아티스트, 올해의 앨범 부문 노미네이트. '한국대중음악상(KMA)'에서는 최우수 랩/힙합 음반 후보에 이름을 올렸고 5번 트랙 '그XX아들같이'는 최우수 랩/힙합 노래 부문을 수상한다.

그 외에도 한국 힙합 신에는 '이방인'으로 알려진 앨범이 몇 개 더 있는데 그것은 손심바 EP 〈The Stranger〉, 2016년 작. 당시 이름은 '심바 자와디' 와 양홍원 정규 〈Stranger〉, 2019년 작 이 냈다. 아마도 대한민국에서 힙합으로 래퍼로 살아가는 삶이 이방인 같다고 느끼는 이가 이외에도 많은 것 같다. 우리가 이제 만나볼 얘기 속의 주인공도 그런 인물 중 한 사람이다.

참, 이방인 Gentile 은 〈성경〉에서 "유대인들이 선민의식에서 그들 이외의 다른 민족을 얕잡아 이르던 말 《동아 새국어사전》 제5판, 두산동아 "이기도 하다. 이교도 異教徒, pagan 를 칭하는 말이다. 당시 유대인들의 사고 속에서 이방인들이 어떤 존재였는지는 바울의 언급에서도 찾아볼 수가 있다. **"우리는 이방인, 곧 '죄인'이 아니라 유대인으로 태어났습니다** 갈2:15, 쉬운성경." "오직 믿음으로만 의롭게 된다"를 설파하는 중에 인용된 본 문장은 당대의 이해를 반영한 것으로, 바울 자신이 그렇게 여기고 있던 것은 물론 아니다.

그 이방인이 된 한국의 힙합인들이 또한 '죄인'처럼 여겨지는 곳이 바로 이 한국의 교회들이 아닌가 싶기도 하다. 그래, 일단 좀 시작하자. 여기 또 한 이방인 소년의 이야기를!

# 첫 만남

중학교 2학년 때 힙합이란 것을 알게 되었고, 몇 년이 지난 지금 힙합은 가볍게는 취미이자, 거창하게는 살아가는 방식이 되었다. 매번 일이 바쁘셨던 부모님은 직장이 두 분의 집이셨다. 나의 학창시절, 집은 어둠이었고 고독이었으며 외로움이었다.

미리 차려진 식은 밥상과 휘날린 글씨를 초겨울 마지막 잎새처럼 간신히 부여잡고 있는 구겨진 쪽지, 그것을 옆으로 밀어제치고 말없이 음식을 먹는 것이 엄마와의 유일한 대화였다.

아빠는 명절 손님이었다. 무엇을 하시는지 나는 알 길이 없었고 명절 때마다 잠시 들러 식사만 하시고, '공부 열심히 해라'는 말을 키오스크에 미리 입력된 말처럼 매번 똑같은 톤으로 내뱉으신 후 홀연히 떠나셨다. 집에서 나의 유일한 말동무는 SNS였다.

어느 날 친구가 노래를 들어보라며 보내준 링크를 클릭했는데 그 순간이 나에게는 예수님처럼 기원전과 후를 나누는 기준이 되었다.

"쿵 빡! 쿵 쿵 빡!"

나를 둘러싼은 고독이란 벽을 때려 부수는 소리였다.

"둥 둥 둥 두둥 둥 둥 두두 둥"

베이스 소리는 파도가 되어 음악을 타고 새로운 세계를 항해하는 기분을 선물했다.

랩은 단순한 지껄임이라 생각했지만 자세히 들어보니 래퍼들의 가사는 안방에 걸린 알 수 없는 말들을 담은 족자보다 훨씬 큰 가르침을 주었다. 그렇게 난 힙합에 빠져들었다.

핸드폰 화면에는 험상궂은 표정을 짓는 흑형들이 가득했고, 뻣뻣했던 걸음걸이는 점점 스프링처럼 통통 튀기 시작했다. 학교에서 나는 선생님들에게 이름밖에 모르는 학생이었지만 래퍼들의 공연에 출석부가 있다면 난 개근상을 받았을 것이다.

랩을 따라 부르다 보니 나의 이야기가 하고 싶어졌고, 그 이야기들을 머릿속에서 종이로 종이에서 입으로 입에서 비트로 옮겼다. 실력은 서투르고 투박했지만 눈빛은 세상에서 가장 세공이 잘된 보석처럼 빛났다. 하나둘씩 곡이 쌓이고 고등학생이 되어서는 몇 번의 공연 기회가 있었다. 지금 돌아보면 이불을 발로 찰 만큼 부끄러운 모습들이지만 당시에는 그런 모습도 멋져 보였는지 주변에 점점 나를 동경하는 친구들과 동생들이 모이기 시작했다. 나의 노래 덕분에 새로운 희망을 품게 되고 외로운 마음이 위로가 되었다며, 응원할 테니 끝까지 음악을 해달라는 말도 들었다.

그런 식으로 누군가에게 필요한 존재가 되어 기대받기는 처음이었기 때문에 힙합을 더 놓치고 싶지 않았다.

## 한국과 힙합의 첫 만남은 언제였을까?

한국엔 힙합이 언제 들어왔는가? 힙합이 한국을 처음 만난 때는 언제인가? 이는 미 본토에서 힙합의 기원을 따지는 몇 가지 중요한 의견들처럼 사실 그것들 대부분이 다 일리가 있다 딱 하나로 정확히 말하기란 쉽지 않다. 다만 힙합의 여러 요소 가운데 이 책에서 집중해 다루는 '랩' 혹은 'MCing'의 기술로 탄생하는 랩곡 Rap-song'의 한국 내 최초는 말해볼 수 있다.

힙합 저널리스트 김봉현 작가는 "진지하게 홍서범의 '김삿갓'을 한국 최초의 랩곡"이라 말한다. 이는 이듬해인 1990년, '슬픈 마네킹'을 들고 나온 현진영과 비교하자면 모양새에서 멋이 떨어진다고도 누군가는 볼 수 있는데, 느낌보다 더 중요한 것은 '사실'이다. 마치 성경에 대한 어떠한 정교한 해석이나 주석도, 성경 원문이 말하고자 하는 본래 의도 그 자체보다는 결코 더 중요할 수 없는 것처럼 말이다.

1989년에 홍서범이 틔운 한국 힙합 음악/랩 뮤직의 씨앗은 1990

년대로 들어오며 우리가 '한국 힙합의 조상'으로 들어봤을 만한 현진영, 듀스, 서태지와 아이들 시대로 이어지게 된다. 그리고 이는 힙합 문화나 힙합 음악을 주목해보지 않았던 이들에게는 어떠한 패션의 유행이나 새로운 춤의 종류가 등장했다는 정도로만 기억되기도 할 것이다. 그것은 허리통이 무척 크고 기장이 바닥에 질질 끌리는 바지이기도 했고, 팽이처럼 빙글빙글 도는 몸동작이기도 했다. 또는 세기말의 반항심 가득한 청소년들의 시대정신이었을런지도.

하지만 한국 대중 음악사에 대한 연구가 깊어진 최근에 들어서는 그 기원을 더 오래된 것으로도 볼 수 있는 시선 또한 존재하게 됐다. 1960년대 초 용산구 미8군과 이태원 등에서 활동했던 패티김, 현미, 신중현, 윤복희 등의 전설들이 미군과 당대 미국 대중문화에 영향받고 또 그것들을 취해 오히려 그들 앞에 공연했던 음악과 그 흔적들을 한국 힙합 음악의 기원으로 보는 관점이다 이런 관점의 조성에 있어서는 DJ Soulscape의 연구와 노력이 컸다고 할 수 있다. 리스펙!. 그분들이 연주하고 부르셨던 노래는 '뽕삘' 나는 것이나 트로트 또는 엔카스러운 것이 아니었다. 대신에 오히려 서구적이었고, 백인 그리고 흑인의 소울이 동시에 또는 어느 한쪽이 유난히 더 두드러지게 나타났다.

역사의 진실은 하나이나 그것을 바라보는 관점과 해석에는 다양성이 존재하기 마련이다. 공관복음서의 저자들은 저마다의 눈으로 예수님을 바라보았다. 앞서 말한 것처럼, 힙합의 기원을 말할 때도 미국과 미 흑인 공동체 내에서 다양한 입장이 있다. 가장 좋은 것은 어느 한 가지만을 고집하는 것이 아니라 서로의 시각을 공유하고 대화하는 것일 테다. 한국 힙합에도 그 기원을 바라봄에 이런 다양한 시선이 존재하게 됐다는 것은, 그만큼 이 땅의 힙합 또한 규모를 갖춰가고 있음을 알아보게 한다.

과거는 그렇고, 힙합은 '오늘날의 재즈'이기도 하다. 나스Nas는 자신의 랩을 블루스Blues라 말하기도 했다from Nas – 'Bridging the Gap', 2004. 그는 실제로 블루스 연주자 올루 다라Olu Dara의 아들이며, 중의하자면 그의 랩은 블루스 장르의 피를 이어받았다. 우리의 주인공인 진배는 충남 보령 출신의 소년이다. 그럼 그가 이어받은 것, 이어갈 것은 과연 무엇일까?

"양동근의 OG는 스타일"
한국 힙합 레전드이자, 한국 크리스천 힙합의 레전드인 'YDG' 양동근이 소개하는 한국 힙합의 역사!

# 진로계획서

래퍼들이 자신의 소리와 에너지를 마이크에 담아 세상에 뿌리는 그 모습은 개성이 메마른 나의 세계에 단비를 내려주는 듯했다. 특히 그들의 거침 없는 가사가 나를 더욱 매료시켰다. 자신의 생각을 솔직하게 이야기하고 싫은 것은 싫다, 화나는 것은 화가 난다라고 정확히 내뱉는 모습은 그렇지 못한 나에게는 무척이나 부러운 부분이었다. 난 모태신앙으로 어렸을 때부터 엄마를 따라 교회에 다녔다. 교회에서는 싫어도 싫다고 말하지 말고 화가 나도 화를 내면 안 된다고 가르친다. 왜 그래야 하는지 이유는 정확히 가르쳐 주지 않았다. 나도 모르는 사이 이러한 부분에 갈증을 느꼈다. 하지만 랩은 그렇지 않았다. 그리고 가장 쉽게 접할 수 있던 것이 방송이었기에 나는 자연스레 매번 쇼미쇼미더머니를 챙겨봤고, 프로그램에 나온 래퍼들을 따로 검색하며 그들의 음악을 찾아 들었다.

보물을 찾는 기분이 이런 것일까 항상 구부러진 물음표 같던 삶을 살던 나에게 힙합은 느낌표처럼 곧은 길을 제시했다. 래퍼들은 지극히 그들만의 개인의 삶을 노래했다. 온전히 이해할 수는 없었지만 분명히 느낄 수는 있었다. 그들은 한 치의 거짓조차 없는 진심이었다. 마음으로 다가왔기에 나 또한 마음으로 맞이할 수 있었던 것이다.

고등학교에 들어가서도 내 플레이리스트는 전부 힙합이었다. 야자시간에는 몰래 한쪽 귀에만 에어팟을 꽂고 손으로 살짝 덮은 후 팔을 괴어 놓고 공부하는 척을 하며 랩 음악을 들었다. 그럴 때마다 무대 위에서 랩을 하는 나의 모습을 그리며 설레곤 했다.

고등학교 2학년. 새학기가 시작된 지 얼마 안 되었을 때 종례시간에 담임선생님께서 종이를 한 장씩 모두에게 나눠주셨다. 그 종이에는 딱딱한 글씨체로 '진로계획서'가 적혀 있었다.

"자, 내일까지 모두 빼곡히 적어와라. 엉뚱한 말들 써오는 놈들은 다 화장실 청소니까 알아서 잘 써와."

담임 선생님이 책으로 책상을 탁탁 치며 공지하셨다.

"선생님 저는 부자 할 겁니다!"

길종이의 대답이었다.

"부자가 직업이냐, 임마?"

선생님은 한숨 섞인 말투로 길종이의 말에 대답하셨다.

"그럼 뭘 해야 돈 가장 많이 벌어요?"

"뭘하든 지금 네 성적으로는 돈 못 번다."

선생님은 길종이를 쳐다보지도 않고 대답하셨다.

길종이는 풀죽은 모습으로 혼자 구시렁거렸다.

길종이는 중학교 때부터 친구였다. 훌쭉한 몸에 머리는 곱슬머리인 모습이 마치 갈대와 같았다. 바람이라도 세차게 불면 심하게 휘청일 것 같은 모습에 꽤 짓궂게 놀렸다.

하굣길에 나는 길종이에게 다시 한번 되물었다.

"너 그런데 진짜 뭐 적을 거야?"

"몰라~ 뭐 살다 보면 뭐라도 되겠지."

"그것보다 나 아이템 강화 성공해야 되는데 개쫄린다…. 무슨 운영자 새끼들이 이렇게 야박하냐…. 확률을 개똥으로 만들었어."

"카지노도 이것보단 확률이 높겠다. 개 같은 거."

이 새끼는 역시 별 생각이 없어 보인다. 물어본 내가 죄인이다.

집으로 돌아와서 의자에 앉아 책상 위에 종이를 올렸다.

아무리 고민해도 무슨 말을 써야 할지 떠오르지 않았다. 막연히 켜져 있는 컴퓨터 메모장 안에 마우스커서처럼 그저 눈만 깜빡일 뿐이었다. 그날은 그렇게 아무것도 쓰지 못한 채 하루가 끝났다.

다음 날 점심시간, 밥생각이 별로 없어서 급식실 대신 운동장으로 향했다. 벤치에 누워 가만히 하늘을 바라봤다. 구름 한 점 없는 하늘이 마치 어제 아무것도 적어내지 못한 진로계획서 같았다.

공허했다.

시간이 얼마나 지났을까 갑자기 길종이가 멀리서부터 내 이름을 부르며 담임선생님이 날 찾는다고 했다. 터벅터벅 걸어 교무실로 향했다. 노크를 하고 문을 살짝 열었다. 나를 본 담임선생님은 살짝 미소 지으시며 나에게 오라고 가볍게 손짓하셨다. 오렌지주스 한 병을 건네받았다. 그리고 선생님은 나에게 혹시 가고 싶은 대학이 있냐며 물어보셨다. 진로상담이었다. 사실 그때까지 나는 미래에 대한 생각이 막연했다. 딱히 하고 싶은 것도 없었고 가슴 뛰는 일도 없었기 때문이다.

그런데 자존심은 또 있어서 모르겠다고 말하기는 싫었다.

'교회에 다니니까 신학대라고 말할까? 아냐, 그건 너무 위선적이야. 그냥 아무 곳이나 인서울이라고 말해?'

가만히 고개 숙이고 혼자 생각만 하니 선생님이 보시기에는 내가 주눅이 들었다고 생각하신 걸까, 나에게 괜찮다며 당장 정하지 않아도 된다고 위로를 건네셨다.

그 말을 듣는 순간 대답하지 못하는 나 자신이 너무 싫었다. 무슨 생각이었는지 모르겠지만 아니라고 반박하며 선생님께서 건네신 종이에 꾹꾹 힘을 담아 적었다.

'RAPPER.'

그리고 심장이 뛰었다.

## 직업으로서의 래퍼

래퍼가 된다는 건 무엇인가? 단회적인 무대 위 장기자랑으로 끝나는 게 아니라, '직업'으로서 그것은 가능한 일인가? 이것의 여부에 대해서는 아주 오래전부터 논의되었다. 그리고 선구자들이 증명해냈다. 가사를 적고 랩을 하고 앨범을 내고 투어를 도는 것으로 생계는 물론 부자가 될 수 있음 또한 증거를 보여줬다. 1979년에 발표한 싱글 〈Rapper's Delight〉를 통해 힙합 역사 최초의 레코딩 아티스트 Recording-Artist가 된 영예를 안게 된 슈거힐 갱 The Sugarhill Gang은 힙합이 단순히 미 흑인 공동체의 유희일 뿐만이 아니라 백인 소비자들의 지갑 또한 열 수 있으며, 미대륙만이 아니라 유럽 또한 공략할 수 있는 음악이고 매력적인 문화임을 단숨에 증명해냈다.

하지만 이 도전이 바다 건너 한반도에서 시도되고 또 실현되기에는 적잖은 시간이 걸렸다. 여기에는 실력과 전문성, 그리고 숙련도와 함께, 래퍼나 힙합과는 왠지 잘 어울리지 않는다고 생각되는 '성실함', '근면함', '착실함' 같은 것이 필요했다. 한국에서 사람들은 아직 래퍼의 성실함이나 비보이의 근면함, 비트 메이커의 착실함 같은 것은 생뚱맞다고 여기는 투가 많은 것 같다. 혹자는 그런 것이 힙합의 멋과는 거리가 멀다고 착각하기도 한다. 그렇다 분명하게 그건 '착각'이다! 이와 관련해 한국 힙합의 대부 중 한 사람인 더콰이엇은 일침을 놓는다.

"래퍼와 회사원, 과연 누가 더 성실해 보이는가?"

회사원, 학자, 사업가, 운동선수의 그것과 래퍼, 힙합퍼의 그것은 그리 다르지 않다. 노력과 실력, 근면함이란 요소는 사실 어느 영역에나 필요하다. 힙합은 놀이로 시작해서 운동movement이 되었고, 누군가는 그것으로 순수예술에 가까운 것을 창조해갔다. 어떤 이는 '문화예술사업'으로 발전시켜 재벌이 되기도 했다. 규모와 수준에 상관없이, 현재 이 세상에는 '직업'으로서 래퍼의 역할을 수행하는 다양한 방면과 분야의 직업인들이 존재하고 있다.

모든 직업은 개신교 신앙 안에서 '천직'이어야만 한다. 이는 루터가 종교개혁 때 주장한 만인제사장론, 직업소명론에 근거한다. 그러니 오늘날 그리스도인으로 살아가고 있는 당신은 이 책임과 의무에서 벗어날 수 없다. 그럼 그럴 때에 래퍼의 '직업윤리'란 무엇인가? 아니면 래퍼가 생계를 책임질 수 있는 직업이 되기 이전에, 거기로 나아가는 과정에서 래퍼라는 존재의 태도, 마음가짐은 무엇이 되어야 할까?

"진배야?"

# 보여주고 증명하라

며칠 후 진로계획서를 받아보신 엄마는 내가 학교에서 돌아왔을 때 나를 조용히 부르셨다. 그리고 내가 직접 적은 글씨들이 이곳저곳 널브러진 진흙 빛 얇은 종이를 내미시며 내게 차분히 물으셨다.

“래퍼가 되고 싶은 거니?”

짧고 간결한 문장이었지만 태산처럼 거대한 무게가 담겨있었다. 바로 대답하지 못했다.

‘똑딱똑딱똑딱…’

초바늘이 시계 운동장을 한 바퀴쯤 돌았을 때 나는 한숨을 내뱉듯 대답했다.

“네….”

당연히 당황하고 놀라실 것이라고 생각했지만, 어머니는 새벽 미

명의 예수님처럼 잠잠하셨다.

그리고 나온 어머니의 대답에 되레 내가 당황하고 깜짝 놀랐다.

"언젠가는 이런 날이 올 줄 알았다. 다만 이런 상황이 네가 대학에 들어가고 나오길 바랐건만 그 바람은 내 욕심이었나 보다."

그렇게 엄마는 나도 모르는 나의 이야기를 차근차근 풀어주셨다. 가만히 말씀을 들어보니 내가 6살 때 즈음 엄마는 지역 주부가요제에서 수상하셨고, 지역 수상자들끼리 경합을 하는 전국주부가요제 준비를 위해 틈틈이 연습을 노래방에서 하셨는데, 하루는 내가 유치원에 안 가는 날이라서 그날은 어쩔 수 없이 나를 노래방에 데리고 갔다고 하셨다.

한창 연습을 하시는데, 가만히 음료수를 마시던 내가 불쑥 엄마에게 나도 노래하고 싶다고 해서 엄마는 당황하셨지만 그런 내 모습이 귀여워서 동요를 하나 틀어줬다고 하셨다.

그런데 내가 가르쳐준 적도 없는 탬버린을 장난감 가지고 놀 듯 흔들고 구름 위를 걷듯이 가벼운 발걸음으로 껑충껑충 소파 위를 뛰어다니며 노래를 불렀다고 하셨다.

그 모습을 본 엄마는 재도 언젠가 나와 같은 길을 걸어갈 것이라고 본능적으로 직감했다고 하셨다. 우리 엄마는 어릴 적 가수의 길을 걸으셨다. 하지만 갑작스러운 외할아버지와 할머니의 죽음으로 남은 두 동생과 생계를 책임져야 하기에 어쩔 수 없이 가수의 길을 일찍 포기하고 온갖 돈이 되는 일들을 가리지 않고 하셨다. 그러다운명처럼 아버지를 만나 나를 낳으신 것이다. 내가 고등학교에 들어갔을 때 엄마는 좋은 기회로 지역 노래 교실 강사를 하시게 되었다. 20년 전 영원히 잃어버린 줄 알았던 꿈이 엄마도 모르게 등 뒤로 찾아와 엄마의 어깨를 살포시 두드린 것이다. 첫 수업을 하고 들어오셨을 때의 엄마의 표정을 나는 잊지 못한다. 세상 어느 때보다 가장 살아있었고, 엄마의 눈에는 수많은 별이 떠 있었다.

어쩌면 비슷한 길을 걷고 계셨기에 엄마는 나의 장래 희망에 대해 선불리 결단 내리시지 못하셨을 것이다. 엄마는 한동안의 침묵 후에 다시 입을 떼셨다.

"솔직히 엄마는 네가 이 길을 잘 걸어갈 수 있을지 의심스러워. 어쩌면 평범하게 공부하는 길보다 훨씬 어려운 길이라고 생각해. 지금 너의 성적만 보더라도 엄마는 네가 학교생활을 잘 하고 있다고 생각지 않아. 가장 기본적인 학교생활도 잘 소화하지 못하는데, 이보다 더 어려운 음악의 길을 삐뚤어지지 않게 잘 걸어갈 수 있을까? 네가 지금 증명할 수 있는 방법은 오직 학교생활뿐인데 너는 이것으로 날 설득시킬 수 있다고 생각하니?"

"아뇨…."

"엄마는 네가 대단하지 않아도 좋으니 주님 앞에 성실하고 세상 앞에 떳떳한 사람이 되었으면 좋겠어. 네가 정말 간절하다면 어떻게 엄마를 설득해볼래?"

엄마의 질문에 나는 반사적으로 대답했다.

“공부할게요. 공부해서 이번 학기 장학금 꼭 타올게요.”

전교 등수 심해를 허우적거리는 나에게는 현실적으로 불가능한 일이었다. 하지만 난 정말 간절했다. 나의 의지와 간절함을 확실하게 각인시켜드릴 무언가가 꼭 필요했다.

그리고 엄마는 말씀하셨다.

“콜!”

나는 필사적으로 공부하기 시작했다. 지금 돌아 생각해보면 어떤 방법이든 나의 의지를 보여드리면 됐을 문제였지만 그때는 성적을 올리지 못해 래퍼의 길을 허락받지 못하면 당장이라도 그 자리에서 죽어버릴 것만 같았다. 쉬는 시간마다 나가서 했던 농구도 하지 않았다. 다리는 멈췄지만, 펜을 쥔 손은 책이라는 코트 위를 쉴 새 없이 누비고 있었다. 친구들이 나를 이상하게 쳐다보며 웬 갑자기 공부냐고 비아냥거렸다. 아직 일궈내고 증명한 것이 없었기에 차마 래퍼가 되고 싶어서 공부한다고 말하지 못했다. 만약 솔직하게 말했다면 더욱 놀림받을 것이 분명했다.

무언가에 깊이 몰두하니 나와 시간은 서로 시선을 마주치지 않았다. 어느덧 더운 바람까지 지나갔다. 나뭇잎들은 옷을 갈아입기 시작했고 자기들끼리 새 옷을 한껏 자랑하는 계절이 왔다. 그리고 나에게도 인생의 옷을 갈아입기 위한 첫 관문인 중간고사가 찾아왔다. 태어나서 처음으로 공부하다가 코피도 났다. 포도주 빛 물방울들이 책 위로 뚝뚝 떨어졌던 그때 낯선 광경에 잠시 당황스러웠지만 이내 가슴 깊은 어느 언저리에서부터 피어오르는 희열을 느꼈다.

'지금 흘리는 피는 나중에 들 축배에 미리 담아놓는 술이야. 반드시 허락받고 시원하게 잔 안에 쏟아 넣었던 열정을 들이키겠어!'

당시에 휴지로 콧구멍을 틀어막고 속으로 외쳤던 말인데, 지워지지 않는 핏자국처럼 뇌리에 깊이 스며들어 지금도 선명히 기억하고 있다.

시험을 치르는 날 그 어느 때보다 떨렸지만 그 떨림의 출처는 두려움이 아닌 기대였다. 그만큼 모든 것을 걸고 열심히 공부했다. 시험이 끝나고 며칠 후 성적이 나왔다.

내 번호는 19번이었고 선생님께서는 17번 성적을 부르고 계셨다.

"17번 반 석차 12등 전교 석차 23등."

"18번 반 석차 20등 전교 석차 93등."

'이제 내 차례다.'

갑자기 심장이 내 갈비뼈에 방망이질을 한다.

"19번! 음…."

선생님은 미간을 찌푸리며 뜸을 들이신다.

'뭐지, 저 반응은? 성적이 떨어진 건가?'

두려움이 퍼졌다.

"19번 앞으로 나와봐."

선생님은 나를 쳐다보지도 않고 손짓만으로 불렀다.

나는 쭈뼛쭈뼛 교탁 앞으로 걸어나갔다. 선생님은 나를 한번 지그시 보시더니 이내 반 친구들에게 내 성적을 공개하셨다.

“19번 반 석차 7등 전교 석차 10등. ”

“오오오오!”

친구들은 모두 열렬한 함성을 질러주었다. 그리고 처음이었다. 내 노력으로 이룬 무언가에 박수를 받는 것이.

참 좋은 기분이었다.

노력의 보상을 받아서일까, 중간고사 이후로 이제 막 스프린트를 박차고 달리는 육상선수처럼 나의 공부는 탄력 있게 치고 나아갔다. 기말고사 때는 전교 등수가 2등이 올랐고, 3학년 1학기 개학식 날에는 학교를 후원해주는 단체의 장학생으로 선정되어 장학금을 탔다. 밀물이 마른 모래사장을 덮듯 나의 열망은 그동안 메말랐던 지난날들을 휘덮으며 촉촉이 적시고 있었다.

하지만 밀물의 때가 있다면 썰물의 때 또한 있는 법, 모든 것을 태워 버릴 것처럼 타오르던 산불 같았던 나의 열정도 거대하게 부는 자연의 법칙 앞에서는 한낱 위태로운 촛불에 불과했다. 3학년. 만개했던 벚꽃이 하염없이 지는 어느 날이었다. 중간고사 마지막 과목을 다 풀고 멍하니 창문을 바라보는데 문득 이대로 음악과 상관없는 대학에 진학한다면 지금처럼 화려했던 나의 소망 또한 저렇게 하염

없이 질 것만 같았다.

두려웠다. 나의 공부가 헛된 일이 되는 것보다 나의 상상이 망상이 되는 것이 훨씬 더 두려웠다.

그 이후 더는 공부가 손에 잡히지 않았다. 공부에 대한 마음으로 파랗게 가득 덮였던 나의 해변은 언제 그랬냐는 듯 성적이란 사체만이 젖은 모래 위에 널브러져 있을 뿐이었다.

며칠 후 중간고사 성적표가 나왔다. 다행히도 성적은 한 자릿수의 전교등수를 유지하고 있었다. 마지막까지 쥐어 짜낸 열정이 밤이 아닌 석양으로 졌던 것이다. 후회 없이 불타올랐다. 이전의 심지는 이미 다 사그라들었고, 이제는 새로운 심지가 필요했다. 그날 저녁 그동안 받았던 성적표와 장학증서를 들고 엄마의 방문 앞으로 찾아갔다. 소박한 나무 문짝이었지만, 나에게는 새로운 미래 앞에 놓인 커다란 성문이었다.

"쿵쿵쿵!"

분명 '똑똑똑' 소리가 나야 하는데, 노크 소리가 심장의 진동과 맞물려 온 집 안을, 아니 나의 온 세계를 크게 울렸다.

"들어와라~."

엄마가 정적인 말투로 대답하셨다. 이내 문을 열고 들어갔다.

"왜?"

"엄마 저 드릴 말씀이 있어요."

나는 머리를 긁적이며 대답했다.

"뭔데?"

나는 기도하는 마음으로 무릎을 꿇고 엄마 앞에 앉아서, 들고 온 성적표와 장학 증명서를 한정식 밥상처럼 정갈하게 차려드렸다.

그리고 숨을 한번 고른 후 말씀드렸다.

"저 그동안 열심히 했습니다. 이제는 허락받고 싶어요."

나는 결의에 찬 눈빛으로 엄마를 바라보며 말했다.

엄마는 가지런히 놓인 종이들과 피와 땀을 전부 그 종이에 쏟아부어 수척해진 나를 몇 번 번갈아 보시고는 한동안 말이 없으셨다.

적막…

선택의 기로에 홀로 서 있는 엄마와 그 반대편 결과의 기로에 홀로 서 있는 모습이 분명 달랐지만, 뜻 그대로 고요하고 쓸쓸한 모습이 데칼코마니처럼 닮아 있었다.

"알았다. "

엄마가 입을 떼셨다.

"네?"

나는 환청처럼 들렸던 대답을 귀로 움켜쥐고 싶어 다시 물었다.

"한번 해보라고. 대신 음악으로 대학은 들어가야 한다."

엄마는 옅은 미소를 얹어 말씀하셨다.

"아, 네!"

기쁜 마음에 목소리가 담장을 훌쩍 뛰어넘었다.

"아, 그리고 인서울이어야 해. 지방대는 안 돼. 정시까지 10개월 정도 남았지?"

엄마는 벽에 걸린 달력을 넘기며 물으셨다.

"네, 그 정도 시간 있어요."

난 설렘을 샘플링해서 대답했다.

"네가 얼마나 간절한지는 확실히 알겠다. 엄마의 우려가 틀렸다는 것을 한번 보여주고 증명해봐. "

엄마는 내 심장을 가리키며 말씀하셨다.

'보여주고, 증명하라!'

힙합에서 가장 중요하게 생각하는 태도 중 하나이다. 엄마의 그 말씀은 나에게 새 심지를 갈아 끼워줬다. 새하얗고 빳빳하게 올곧은 모습이 순수한 나의 열정을 대변해주는 듯했다. 그리고 이것이 나의 '초심'이었다.

그동안 눈빛 속에만 가둬놨던 불꽃을 입으로 옮겼다. 그리고 숨을 짧게 들이쉰 후 힘있게 뱉어내며, 짧은 대답으로 새 심지에 불을 붙였다.

"꼭 보여드리고, 증명할게요."

## Show and Prove

'Show and Prove', 그러니까 'SNP'는 나우누리 블랙뮤직 동호회의 이름이었다. 1990년대 중후반 PC통신 시절, 이 당시 회원이었던 사람들 중에는 실제로 그렇게 '보여주고 증명해낸' 이들이 많이 있다. 피타입P-type, 데프콘Defconn, 버벌진트Verbal-Jint, 그리고 김봉현KBHMAN처럼 말이다. 동시대에 활동했던 '블렉스(BLEX)'를 언급하지 않는다면 큰 실례! 나우누리에 SNP가 있었다면 '하이텔'에는 블렉스가 있었다. 메타., 나찰, 개코, 최자, 주석의 출신으로 알려진 그곳은 당시의 메타.가 그 시절 명칭으로 '시삽'이라 불리는 대표운영자였다. 〈검은소리 vol.1〉은 1997년에 가내수공업으로 제작하고 소량 판매되었는데, 이는 한국 힙합에 있어서 기념비적인 앨범이다. 그들의 순수했던 열정과 노력의 증명으로써.

앞서 '진로계획서' 편에서 말했던 것처럼 '직업으로서 래퍼'가 가능한지에 대해 시도하고 실험하고 마침내 증명해낸 한국 힙합의 선구자들이 있었다. 그리고 이는 그런 거창한 성취뿐만이 아니라, 힙합에 이제 막 가슴 떨리기 시작한 어느 소년의 여정 가운데서도 계속 보게 될 것이다.

"진배야, 보여줘!"

# 배움, 배로 움직이는 것

인스타 해시태그를 검색하는 내 손가락은 바닥에 떨어진 모이를 주워 먹는 새들보다 분주했다. 몇몇 대학의 실용음악과에서 랩 파트를 뽑는다는 공고를 봤다. 서울에 위치한 대학을 기준으로 경쟁률을 알아보니 최소 100 대 1은 거뜬히 넘었다. 문득 성경에서 읽었던 이스라엘 각 지파의 리더들이 정탐하러 가서 여리고 성을 처음 맞닥뜨렸을 때 이런 느낌이었을까 싶었다.

낚시바늘에 물고기가 낚이듯 덜컥 심장이 겁에 걸렸다.

'아, 주님….'

평소에 잘하지도 않던 기도가 저절로 흘러나왔다. 하지만 두려움과 간절함의 팔씨름은 언제나 그랬듯 간절함이 승리를 가져갔다.

'아, 몰라. 해보자!'

'계란으로 바위치기'라는 속담이 있다. 불가능한 일에 대한 헛수고를 뜻하는 말이다. 하지만 나는 이 말을 '아무리 불가능한 일이라도 그 도전에 의미가 있다'라고 해석한다. 비록 내가 깨지더라도 내 도전의 흔적은 바위에 끈덕지게 붙어 있을 테니까.

지금 나에게 필요한 것은 성장이었다. 아무리 간절해도 뒷받침해주는 실력이 없다면 망상이라고 엄마는 항상 말씀하셨다. '배움, 배로 움직이는 것.' 배운다는 것은 성장한다는 것인데, 성장하기 위해서는 배로 움직여야 한다고 스스로 다짐하며 적은 문장이다. 또한 꿈을 향한 항해는 노력이란 배로 움직여야 한다는 의미도 있다.

그런 의미로 지금 그 어느때보다 배움이 필요했다. 내가 사는 곳은 깊은 시골이다. 충남 보령, 사람들에게 보령에 산다고 하면 대부분 이렇게 말한다.

"아~ 잘 알아요!"

"그 녹차 유명한 곳!"

하하… 뭐 알아줬으면 하는 마음도 없었지만 이렇게 잘못 알고 있는 모습을 보면 속상할 때가 많다.

'모르셔도 상관 없으니까 그냥 모른다고 하세요…'라며 속으로 한숨을 내쉰다.

머드 축제라는 큰 축제가 있지만 대부분이 잘 모르는 곳이며, 그만큼 사람들의 인식에 지극히 작은 자리를 차지하는 곳이 내가 사는 곳이다. 가끔 TV에 나온 래퍼들중에 누구 레슨생 출신이었다라는 소식을 심심치 않게 들었다. 문득 나도 랩을 배우면 더 실력이 늘지 않을까 하는 생각이 들었다. 하지만 쇼미더머니 때문에 랩을 듣고 좋아하는 또래 친구들은 많아도, 고령화된 시골 도시에 랩을 가르쳐줄 수 있는 사람이 있을 리 만무했다. 잠시 고민을 하고 다시 인스타를 켰다. 질긴 검색과의 추격전 끝에 랩을 가르쳐주는 한 실용음악학원을 발견했다. 서울 홍대에 위치한 학원이었다. 강사진을 보니 눈에 띄는 사람이 있었다.

'MC메타.'

어렸을 적 쇼미더머니가 처음 나왔을 때 잠깐 봤던 기억이 있다. 그리고 많은 래퍼가 샤라웃을 하고 리스펙을 전하는 모습을 종종 봤다. 조금 더 나중에 일이었는데, 초등학교때 즐겨 부르던 연결고리의 훅을 부른 사람이라는 것을 알고 나는 넓은 들판에서 우연히 네잎클로버를 발견한 것처럼 신기해했었다.

그다음 주 학원에 수강 신청을 마치고 학교에 현장학습 계획서를 제출했다. 그때부터 나는 매주 금요일 4교시를 마치고 서울행 기차에 몸을 실었다. 네이버지도 앱을 켜고 학원 주소를 검색했다. 떨리는 마음으로 주변 건물들과 스마트폰을 번갈아 보며 한 걸음씩 옮겼더니 어느새 학원에 도착해 있었다. 인포에 계신 총무님은 가볍게 인사를 건네고는 강의실을 안내해주셨다. 문을 조심스레 열고 강의실 안으로 몸을 들이밀었다.

메타. 님은 쇼파에 몸을 반쯤 기대 앉아 계셨고, 나를 보더니 반갑게 인사를 하고는 팔을 뻗고 손끝을 하늘 위로 세워 나에게 건네셨다. TV에서만 보던 힙합 악수였다.

한 번도 해본 적이 없어 메타. 님의 손을 맞잡고 엉거주춤 어깨를 부딪쳤다.

"반갑습니다. MC메타.라고 합니다."

메타. 님은 나긋하게 인사를 건네셨다.

"아, 네! 안녕하세요."

난 첫 출근을 한 신입사원처럼 90도로 허리를 접고 크게 인사했다.

"혹시 래퍼 네임 있으신가요?"

메타. 님은 출석부를 집어 올리며 물으셨다.

"아, 사실 아직 아무것도 정하지 못했습니다."

나는 우물쭈물 대답했다.

"아하, 그렇군요. 괜찮아요. 천천히 정하면 되죠. 그러면 본명은 뭔가요?"

메타. 님은 출석부를 펼치며 물으셨다.

“예진배입니다.”

나는 강의실을 곁눈질하며 대답했다.

“아, 진배. 이름 멋있네요!”

메타. 님은 천장을 보며 잠시 내 이름을 한번 곱씹으시고는 대답하셨다.

가벼운 대화를 나누고 우리는 서로 각자의 의자에 앉았다.

그리고 메타. 님이 다시 이야기를 이어가셨다.

“저는 가리온이란 팀에서 활동하고 있고 언더그라운드 래퍼입니다. 그리고…”

“저기 언더그라운드가 혹시 무슨 말인가요?

처음 들어보는 단어에 궁금증이 증폭한 나머지 메타. 님의 말이 채 끝나기도 전에 질문을 던졌다.

”아, 언더그라운드라는 말을 들어본 적이 없으시군요. 언더그라운드는 사전적으로는 지하를 뜻하지만, 대중성에 치우치지 않고 자신의 철학과 고집을 예술로 표현하는 예술가들이 활동하는 신Scene을 언더그라운드라고 합니다.“

메타. 님은 잠시 당황한 듯 눈동자가 커졌지만 이내 차분히 나에게 설명해주셨다.

”아, 그럼 힙합에는 언더그라운드 마인드가 있는 건가요?“

나는 뭔가 새로운 세계에 들어가는 기분이었다.

"오우, 그렇다고 볼 수 있죠. 힙합도 시작은 비주류였거든요."

메타. 님은 이어서 힙합의 전반적인 역사와 한국에서는 힙합이 어떻게 시작했는지, 그리고 언더그라운드의 의미와 활동하고 있는 래퍼들에 대한 소개와 설명을 자세히 해주셨다.

미리 말을 하자면 이날 들었던 1시간 수업의 내용은 후에 나의 일생의 음악적 방향성과 태도를 결정 짓는 순간이었지만 그때는 알지 못했다.

그렇게 난 매주 금요일마다 수업을 들으러 서울로 올라갔고, 한 번도 빠지지 않고 수업을 열심히 들었다. 수업을 진행하는 중간중간에 한 번씩 메타. 님은 멀리서 오는 길이 힘들지 않냐고 물어보셨다. 그때마다 나는 수업에 오지 못하는 날이 더욱 힘들 것이라고 답을 하였고, 메타. 님은 껄껄 웃고는 했다.

6개월이란 시간이 흐르고 대학 수시를 보는 날이 되었다. 지난날 엄마께 말씀드린 첫 번째 보여주고 증명하는 날이었다. 보통 이런 날은 피가 바짝 마를 정도로 긴장이 된다고 하는데 나는 전혀 그렇지 않았다. 결과를 떠나 일말의 후회도 남기고 싶지 않아 1분 1초를 헛되게 쓰지 않았다. 이만하면 되었다 싶을 때에도 두세 번은 더 연습하고 랩을 뱉었다. 연습실에서 땀 범벅이 된 채 그대로 잠든 날도 여러 날이었다. 시험 당일에는 너무 지치고 질린 나머지 빨리 끝내고 집에 가서 자고 싶은 마음 뿐이었다.

내 번호표는 60번이었다.

57, 58 그리고 잠시 후 조교의 목소리가 울렸다.

"59, 60번 들어오세요!"

앞에는 4명의 교수님들이 무채색 표정으로 앉아 계셨다. 59번 친구가 노래를 시작했지만 나는 아무것도 들리지 않았다. 그저 내가 썼던 랩을 계속 머릿속에 되뇌일 뿐이었다.

"네, 수고하셨습니다."

59번의 노래가 끝났다.

"자, 다음 60번 예진배 앞으로 나오세요."

"…"

너무 집중했던 나머지 듣지 못했다.

"60번 예진배 나오세요!"

다소 신경질 섞인 목소리였다.

난 허겁지겁 시험관들 앞으로 나갔고, 잠시 후 준비한 모든 것을 보여주고 시험장 밖으로 나왔다.

그 후 한 달이 지났다. 나는 조마조마한 마음으로 스마트폰을 켜고 지원했던 대학교 사이트에 들어갔다. 합격 조회란을 클릭하고 나의 수험번호를 입력했다.

이 결과에 따라 내가 래퍼를 할 수 있는지 없는지가 결정된다는 생각을 하니 갑자기 조회를 클릭할 수가 없었다. 손가락이 저주파 전기 마사지기를 댄 듯 바들바들 떨렸다.

"아, 빨리 눌러봐!"

옆에서 길종이가 재촉했다.

"야, 나 진짜 못 보겠어. 아…."

당장이라도 길종이한테 눌러 달라고 하고 싶었지만 내 결과는 내가 직접 감당하고 싶었다.

조회를 클릭했다. '잠시만 기다려주십시오'라는 말이 화면에 떴다. 난 이내 손바닥으로 화면을 가렸다.

"아오, 젠장 떨려서 못보겠네. 야! 손바닥 치워? 말어?"

너무 떨리는 나머지 길종이한테 아무말이나 던졌다.

"아, 빨리 치워! 안치워? 손모가지 잘라 버린다!"

길종이는 날 윽박질렀다.

"아, 싫어! 꺼져!"

손을 치우라는 길종이와 싫다는 나는 몇 번의 공방전을 벌였다. 그러고는 잠시 소강상태가 됐을 때 나는 침을 한번 삼키고 말했다.

"하… 자, 간다."

손바닥을 치우고 화면을 들여다 보니 글자가 잠시 흐릿하다 선명하게 보였다.

「합격」

"와!!!!!!!!와후ㅏ 홓하후ㅏ후하황후."

## 입학

'띠리딩딩딩디리딩… 띠리딩딩딩디리딩….'

알람이 나를 꿈나라에서 현실로 끄집어냈다. 한쪽만 부스스 뜬 눈은 내가 머무를 곳이 꿈일지 현실일지 아직 정하지 못한 것을 대변해주는 듯했다. 아침 7시, 멍하니 SNS를 보며 손가락은 핸드폰 액정 위를 스케이트를 타고 눈동자는 그에 맞춰 스포트라이트를 비췄다.

'아함~'

옅은 하품 후에 고무줄 늘리듯 기지개를 켠 후 어김없이 음악을 틀고 양치질을 하러 갔다.

여느 때와 똑같은 아침이지만, 조금 다른 것은 매일 엄마가 차려주셨던 우유에 부은 시리얼이 없다는 것, 캄캄한 밤같이 어두웠던 머리 색이 창문을 통해 방을 비추는 아침 햇살처럼 밝게 변했다는 것, 그리고 내가 서 있는 땅이 서울이란 것이다.

억지로 갇혀 있는 사우나처럼 숨막히게 답답했던 중·고등학교를 지나 이제 나도 대학생이 되었다. '신서울문화예술대학교 실용음악과', 내가 진학한 학교이다.

나가기 전에 기온을 잠시 기온을 확인하기 위해 창문을 열었다. 봄꽃들은 서서히 피어오를 준비를 하고 있었고, 찬바람은 아직 물러나지 않겠다며 고집을 부리고 있었다. 입학기념으로 새로 산 바람막이를 개시하고 싶었지만 그러기에는 살짝 추운 날씨였다. 평소 자주 입던 검은색 후드를 집었다. 그래피티를 하는 헥스터라는 친구가 있는데, 직접 디자인해준 그림이 멋스럽게 내 등을 꾸며주는 옷이다. 왠지 모르게 이옷을 입으면 그날은 난 가장 힙합다운 사람이 되는 기분이었다. 새로 산 바람막이를 개시하지 못하는 대신 새로 산 에어원을 신발 박스에서 꺼냈다. 270사이즈에 올화이트 모델이다.

"하아~."

아껴 신고자 하는 마음을 가득 담아 입김을 불어 옷소매로 몇 번 문질렀다.

신발을 신고 바닥을 몇 번 쿵쿵 두드렸다. 아무도 없는 텅 빈 집에 잔잔하게 진동이 울려 퍼졌다. 첫 대학생활에 대한 떨리는 마음이 대변되는 듯했다.

현관문을 열고 집을 나섰다. 신고식이라도 하는 듯 찬바람이 내 뺨을 휙 후려갈겼다.

에어팟을 귀에 꽂은 후에 음악을 틀었다. '나플라-WU', 몇 년 전 나온 음악이지만 아직도 내게는 프레시한 느낌을 준다. 음악의 분위기에 맞게 후드 모자를 푹 눌러썼다.

'난 타고난 자, 박자를 타고 등장해. 난 이런 16마디는 너와 달리 금방해~.'

노래의 훅이 울려 퍼질 때마다 매번 같은 생각이 든다.

'아오, 개부럽네….'

괜히 어제 녹음했던 내 노래를 들어본다.

'…'

30초 남짓 듣다가 다시 나플라의 노래로 돌아온다.

아직 내 랩이 시원치 않은 느낌이 드는 것을 보니 나는 나플라처럼 타고나지는 않은 것 같다.

잡생각과 노래가 5~6곡 정도 뒤섞이며 흘렀을 때 어느새 버스는 학교 앞에 도착해 있었다. 다양한 사람들이 학교 정문을 통과했다. 기타를 맨 사람들, 뒷모습만 봐서는 여자인지 남자인지 모를 장발인 사람들, 포카리스웨트 광고에서 봤던 것 같은 원피스를 입은 여자들과 딱 봐도 어제 새벽 연습실에서 튀어나왔을 법한 추리닝을 입은 댄서들. 다들 아무렇지 않은 표정들을 하고 있지만 분명 나와 같을 것이다.

설렘과 긴장이 적절히 반죽된 상태, 그렇게 대학생으로서의 첫 발걸음을 내디뎠다.

## 힙합동아리

혼자 점심을 먹었다. 처음 학식을 갔는데 음식 맛은 제법 나쁘지 않았다. 엄마한테는 죄송하지만, 집밥보다 조금 더 맛있었다. 절반 정도 먹었을 즈음 누군가 내 앞에 식판을 슬쩍 들이밀며 말을 걸었다.

"나도 혼자 먹기 싫은데 같이 먹어도 되지?"

붉은색으로 짙게 물든 아이비리그 커트 머리 스타일, 그래피티가 가득 채워진 검은색 후드에 공기로 가득 찬 듯한 통이 큰 바지를 입은 누군가가 나에게 친근한 말투로 물어봤다. 딱 봐도 힙합을 하는 사람인 듯했다. 잠시 고민하는 와중에 그 사람은 답을 듣기도 전에 의자를 쓱 빼고 자리에 앉았다.

"아까 우리 수업 같이 들었었어. 난 너 뒤에 앉았거든."

그 사람이 수저와 젓가락을 들고 웃으며 말했다.

"아, 아하. 오, 그랬구나. 반가워."

난 무슨 대답을 할지 몰라 말을 버벅거렸다.

"너 신입생이지? 나도. 너 랩해?"

그 사람이 내 몸을 한번 스캔하듯이 훑어보며 말했다.

"아, 응! 어떻게 알았어?"

나는 살짝 당황했다.

"야이! 딱 보면 알지. 반가워! 난 DJ이고 정수라고 해!"

정수가 수저를 내려놓고 내게 손을 건넸다.

"오 DJ? 그래 반가워. 난 예진배야!"

난 DJ라는 말에 마음이 반쯤 열렸다.

"야, 근데 여기 학식 개 맛있지 않냐? 우리 집보다 맛있는 듯."

정수가 밥을 오물거리며 말했다.

"어? 나도 그 생각했는데. ㅋㅋㅋ"

나도 웃으며 맞장구를 쳤다.

낯선 학교생활일 것 같았는데 의외의 반가운 만남에 마음이 한결 따뜻해졌다. 정수는 꽤 골수 힙합 팬이었다. 나도 모르는 많은 정보를 갖고 있었고, 난 그것들을 물어보며 힙합 이야기에 열을 올렸다. 우리의 이야기가 뜨거웠는지 식판 위에 가득 담겨 있던 음식들은 어느새 다 녹고 사라졌다. 우린 인스턴트커피를 하나씩 뽑아 들었고, 다음 수업까지는 시간이 많이 남아서 잠시 학교를 둘러보기 위해 천천히 걸었다. 그러던 중 중앙게시판을 지나고 있는데 무언가가 내 시선을 확 하고 낚아챘다.

**– 힙합동아리 신입생 모집 –**

2023년도 힙합동아리 신입생을 모집합니다.

힙합을 좋아하는 신입생이라면 누구나 환영합니다.

부담없이 지원해주세요.

- 모집기간: 3월 2~25일
- 모집 분야: 래퍼, 비트메이커, 보컬
- 활동: 교내 축제 오프닝 무대, 학기 말 정기공연 등
- 문의: 동아리 대표 한은성 010-xxxx-xxxx

"오!"

내가 반갑게 소리쳤다.

"뭔데?"

정수가 놀라며 물어본다.

"정수야, 너도 이거 같이 할래?"

난 게시판을 가리키며 정수에게 제안했다.

"오~ 동아리! 좋은데~. 그런데 난 지금 밴드를 하고 있어서 어려울 것 같아."

정수는 미간을 찌푸리며 아쉬움을 표한다.

"와, 너 밴드도 해 벌써?"

난 놀라서 물었다.

"형들이 예쁘게 봐줘서 뭐 그렇게 됐어. ㅎ"

정수가 슬쩍 입꼬리를 올리며 말한다.

"야, 넌 바로 연락해봐!"

정수가 밑에 번호를 가리키며 재촉했다.

"스읍~ 오케이!"

난 잠시 뜸을 들이다 이내 문자를 보냈다.

'안녕하세요. 저는 실용음악학과 23학번 예진배라고 합니다. 동아리 지원하고 싶어서 연락드렸습니다. 혹시 어떻게 찾아뵈면 될까요. ^^'

몇 분이 지나고 핸드폰 진동이 짧게 두 번 울렸다.

'반갑습니다. 회장 한은성입니다. 다음 주 화요일 예술동 지하1층 아트홀에서 정기 모임이 있습니다. 그날 지원해주신 신입생들을 소개하는 시간이 있으니 오셔서 인사 나누시면 됩니다. 그리고 본인을 어필할 수 있는 것이 있다면 짧게라도 준비해오시면 더 좋습니다!'

'네, 알겠습니다. 감사합니다. 그럼 짧게 벌스 하나 정도 보여드리면 괜찮을까요?'

'오오, 래퍼시군요! 너무 좋습니다. 그럼 그날 뵙겠습니다!'

'넵넵 감사드립니다!'

난 문자로 대화를 마치고 정수에게 보여줬다.

"오우! 야, 가서 찢어. ㅋㅋㅋㅋ"

정수가 내 팔을 툭 치며 말했다.

"다 죽여주지. ㅋㅋㅋㅋㅋ"

난 손날로 목을 긋는 시늉을 하며 말했다.

"야, 근데 너 주일에는 뭐하냐?"

정수가 커피를 한번 홀짝 마시고는 물었다.

"나? 음… 원래 교회 가야 하는데 내가 서울로 이제 막 이사를 와서 어떻게 해야 할지 모르겠네."

난 고민스러운 표정으로 답했다.

"오! 야, 그럼 우리 교회 가자!"

정수가 반갑게 말했다.

"뭐야, 너 교회 다녀? 아, 맞다. 너 주일이라고 말했지."

난 정수를 슬쩍 손가락으로 가리키며 말했다.

"응. 야 우리 교회 목사님 개 힙함. ㅋㅋㅋㅋ"

정수가 웃음을 참지 못하며 말한다.

"뭔데 그렇게 웃으면서 이야기하냐. ㅋㅋㅋ"

나는 궁금했다.

"아, 오면 알아. ㅋㅋㅋㅋ 아무튼 난 이제 다른 수업! 일욜에 보자!"

정수가 시계를 보더니 급히 뛰어가며 인사를 했다.

"오케이~ 조심히 가~!"

나도 정수에게 손을 살짝 흔들며 인사를 건넸다.

## 언더그라운드는 '비주류'가 아니다

메타가 진배에게 말한 '언더그라운드'라는 표현은 낯설다. 낯익게 느끼는 중수 이상의 힙합팬들에게는 아마 저마다의 이해가 있을 수도 있다. 이에 관해 나는 좀 적어보려고 한다. 이것은 한국 언더그라운드 힙합에 대한 내 날선 변호 혹은 비판이기보다 오늘날 내 기호에 있어서는 그것의 상징 중 한 사람이라고 할 수 있는 딥플로우Deepflow의 행보를 대표적으로 짚어가는 가운데, 그 용어의 어원과 미국 그리고 한국에서의 현 위치 또한 간단히 적고 가려고 한다.

진배는 '하고 싶은 것보다 되고 싶은 게 먼저'딥플로우 – '불구경', 2015'였던 게 아니다. 이는 한국 언더그라운드 힙합의 수호신이라고 할 수 이는 그의 문장이다. 이 가사가 수록된 앨범으로 2016년 한국대중음악상에서 6개 부문에 후보로 이름을 올렸고, 최종적으로 2개의 트로피를 들었다올해의 음악인, 최우수 랩&힙합 노래.

언더그라운드 뮤지션의 순수하고 높은 꿈, 그리고 그에 대비되어 'TV에 나오지 않는 래퍼'가 겪는 냉혹한 현실 사이에 위치한 물리적 정신적 상징물인 양화대교. 그사이를 오가며 느낀 감정과 생각들을 모티브로 제작된 이 앨범은 그가 낳은 한국 힙합 최고의 명반 중 하나요, 딥플로우의 출세작임과 동시에 이후로 오랫동안 그의 '족쇄'가 되고 만다. 이는 그와 그의 레이블 비스메이저 Vismajor 의 행보에 대해 엇갈릴 수 있는 여러 평가만이 이유가 아니다. 한국의 힙합 팬/마니아들과 한국 대중들, 대중매체가 갖고 있는 '언더그라운드'에 대한 인식과 이해가 저마다 다르고 차이가 있었던 것에 근본 원인이 있다.

'언더그라운드'란 단어는 미국의 Subway나 Metro에 해당하는 영국식 표현으로, 일상에서 '지하철'을 뜻한다 그 모습을 따라 'Tube'로 보다 친근하게 불리기도 한다 . 하지만 이는 훨씬 더 고상한 것을 지칭하는 바도 있으니, 바로 '지하 운동, 또는 그 조직'이나 '상업성을 무시한 전위적, 실험적인 예술 또는 그러한 풍조'를 말한다.《동아 새국어사전》 제5판, 두산동아 접두사 under를 포함한 만큼 이는 주로 '비밀히, 몰래'와 같은 음성적인 것이나 '반체제'를 의미하는 바로 이해하면 대략 옳다.

하지만 이는 서브 컬처 Sub-Culture 가 번역된 단어 '하위문화'로 이해한다면 명백히 틀리다. 언더그라운드는 그에 소속된 아티스트의 수준과 관심 가진 대중의 규모가 작고 낮은 lower 정도에 위치한다는 지칭이 아니다. 오히려 언더그라운드의 정신과 그 구성원, 작품과 활동은 그 분야와 문화의 근간이다. 이는 "난 이 세상의 밑바닥의 아닌 밑받침 에픽하이 - '풍파' feat.한상원, 2003 '이란 타블로 tablo 의 가사에서도 느껴볼 수 있는 정신이다.

영국은 1825년 9월 27일, 최초의 상업철도 노선을 운행한 국가이며 영국 스톡턴-달링턴 구간, 1863년 1월 10일에는 런던에서 세계 최초로 지하철을 운행한다. 그 이름은 '런던 언더그라운드 London Underground.' 아마도 이를 유래로 따진다면 언더그라운드 문화, 언더그라운드 신, 언더그라운드 정신이라는 표현들 역시도 약 100년 가까이 된 것으로도 볼 수 있겠다.

그러나 이 자부심 가득한 단어는 2020년대의 한국 힙합에서는 특히 서로 너무 많이 다른 해석들 간의 갈등과 충돌을 낳았고, 그로 인해 어쩌면 아직까지도 진행 중일 논쟁을 사생아로 태어나게도 했다. 30여 년 전 한국에 귀화한 언더그라운드, '언더그라운드-힙합'의 족보를 대략 짚자면 다음과 같다 언더그라운드 정신과 문화는 힙합만의 독점적인 게 아니다. 다방면의 분야에 존재한다. 그리고 이들 간에는 통일성이 있기도 하고, 조금씩 다르기도 하다.

'언더그라운드'는 가리온이 2000년에 〈Mp Hip-Hop Project 2000 초超〉 앨범에 처음 담은 뒤 2004년 첫 정규 앨범에 다시 수록한 초창기 대표곡의 제목이기도 하다. 따로 리믹스 버전까지 담을 정도로 애착을 보인다! 가리온 1집이 나왔던 겨울이 지나고 다음 해 여름에 나와 모두를 놀라게 했던 소울컴퍼니의 〈The Bangerz〉

앨범에서도 플래닛 블랙PLANET BLACK이 "Keep It Underground!"라고 분명히 외쳤다.

〈양화〉는 그로부터 대략 11년이 지난 시점인 2015년에 발매된, 비교적 최근작이다. 그러나 딥플로우는 그제야 막차에 막 올라타던 사람이 아니었다. 오래 전 오른 기차의 노선을 묵묵히 유지하고 있던 기관사였다, 그 시점에도.

그럼 그로부터 이제 대략 10년 가까이가 지난 오늘의 그는 누구인가? '노선을 바꾼 뱀새끼'일까? 오늘의 한국 힙합에서, 런던 지하철의 명칭이었던 그 이름은 과연 어떤 의미일까? 한국 언더그라운드 힙합 신의 수호자이기도 한 메타. 역시, 쇼미더머니의 시즌 1과 2에 출연했었다. 딥플로우는 〈마이 리틀 텔레비전〉에 나온 것을 시작으로 〈고등래퍼〉의 시즌 1과 2에 멘토로 등장했으며 〈오늘도 스웩〉 같은 케이블 예능 프로에도 얼굴 비추었다. 그러자면 〈언프리티 랩스타〉에 '15인의 심사단' 중 1인이었던 것도 포함해야 될까? 결국 쇼미더머니 일곱 번째 시즌의 프로듀서 중 한 사람이 되며 그는 '변화'를 스스로 인정한다. "내가 변했단 거 인정? 어, 인정쇼미더머니 777 '프로듀서 싸이퍼' 중에서."

2020년 겨울에 저스디스JUSTHIS가 죽음에 깊은 애도를 표하기도 했던 영미권의 언더그라운드 힙합 아티스트 MF DOOM둠에게서 우리는 언더그라운드, 적어도 '언더그라운드 힙합'에 있어서는 미래를 볼 수 있지 않을까 한다. 런던에서 태어나고 뉴욕에서 주로 활동했던 그는 일반 대중들은 접하기 쉽지 않은 영역에 스스로 속해 있던 아티스트였지만 그렇기도 한게, 마블 코믹스 시리즈의 악당인 닥터 둠(Doctor Doom)의 가면을 쓰고 내내 활동했다, 태평양 건너편에 있는 힙합 팬과 아티스트로부터도 존경과 사랑을 받았다.

하지만 미 언더그라운드 힙합 역사에 있어서 빼놓을 수 없는 주요 인물로서 손꼽히는 그는 놀랍게도 메인스트림 아티스트들과도 활발히 교류하고 협업한 것으로도 유명하다. 끝내 콜라보가 이루어지지는 못했지만, 생전의 그를 깊이 사랑하고 존중했던 이들 중에는 타일러, 더 크리에이터 Tyler The Creator 같은 랩스타도 있었다 타일러는 래퍼이자 프로듀서, 패션 디자이너, 그리고 뮤직 비디오 감독이기도 하다. 현재 미 힙합 신의 움직임을 선도하는 리더 중 한 사람이다.

반면에 둠과 교류하고 우정을 주고 받았던 뉴욕의 언더그라운드 래퍼 중 대표적인 인물들도 여럿 속해 있던 레이블 Rawkus Records는 발매한 앨범 중 '골드 미국 음반 산업 협회(RIAA) 인증 50만 장 이상 판매 기록'와 '플래티넘 동일한 협회의 100만 장 판매 인증' 인증을 받기도 했음에도

2007년에 조용히 문을 닫고 거리로 사라졌다. 본인의 관점에서 간략히 요약하자면, 이는 상업적 성공 이후 이어진 합작 투자 계약, 인수, 분리, 배급 계약 과정 등으로부터 그 '본질'을 잃었기 때문으로 보인다.

한국에선 소울컴퍼니Soul Company와 빅딜Bigdeal Records이 사라졌고, 이후에는 일리네어1LLIONAIRE RECORDS, 하이라이트Hi-Lite Records가 지난 역사가 됐다. VMC는 다시 크루가 되었다. 언더그라운드는 "비주류성을 띤 것, 주류에 반항하는 것/저항하는 것/무관심한 것"에 대한 이름일 수는 있어도, '비주류' 그 자체를 지목해 지칭하는 표현이 아니다. 그것을 위해서는 non-mainstream이라는 용어가 따로 있다. 언더그라운드 힙합의 목표와 지향하는 성취는 어쩌면 그 비주류성을 가지고 주류를 전복시키는 것일지도 모른다. 2023년의 이센스나 빈지노처럼 말이다.

실제 런던의 지하철 로고

# 기도 제목

한 주를 정신없이 보내고 주말에는 정수가 다니는 교회에 따라갔다. 서울로 이사를 오면서 새 교회를 어떻게 나가야 하나 걱정했는데 정수가 자기네 교회에 가보자고 해서 다행이다 싶었다. 주일이 되었고 해도 나른하게 하품을 할 것 같은 시간쯤 교회 앞에서 정수와 만났다.

그리 큰 교회는 아니라고 말했지만, 내가 고향에서 다니던 교회에 비하면 꽤 큰 교회였다. 입구를 지나 들어서니 새가족팀 임원들이 날 반갑게 맞이해주었다.

"반가워요! 처음 보는 얼굴이네요!"

"아, 네. 안녕하세요, 정수 소개로 왔습니다."

이어서 정수가 소개를 거들었다.

"학교에서 만난 친구인데 지방에서 올라왔대요. 그래서 다닐 교회가 없다고 하길래 데려왔어요!"

"오~ 역시 정수 핵인싸네. 벌써 친구 만들어서 교회까지 데려왔어."

"훗! 접니다."

정수는 의기양양한 모습으로 옅은 미소를 짓고 고개를 살짝 쳐들었다.

"그럼 새로운 친구는 이거 들고 가서 적어주세요."

새가족 임원 한 명이 나에게 새가족 등록카드를 건네주었다.

이름, 나이, 다니는 학교, 추천인 등등 몇 가지를 휘리릭 적고 다시 돌려주었다.

"요, 정수!"

예배당으로 들어가려고 하는데 누가 정수를 뒤에서 호탕하게 불렀다.

"오, 목사님. 안녕하세요!"

정수도 활기차게 대답했다.

"진배야, 인사해. 우리 청년부 목사님이셔!"

이내 정수는 나에게 그 남자를 소개했다.

덩치가 크지는 않지만 다부진 몸이었고 남색계열의 슈트와 갈색 구두를 신고 있었다. 중력에 저항하지 못한 듯 약간 처진 눈에 빈티

지한 안경을 걸쳐서 부드러운 이미지였지만 그와 반대로 눈동자 안에서는 강렬한 불꽃이 내 얼굴 앞에까지 튀었다.

"아, 안녕하세요. 예진배입니다."

나는 살짝 거리를 두고 인사했다.

"목사님, 여기는 제 학교 친구 예진배예요."

정수가 목사님께 나를 소개했다.

"반가워요. 청년부 목사 최재욱이에요."

목사님도 나에게 반갑게 손을 뻗으며 인사를 건넸다.

"목사님, 그럼 저희 예배 드리러 들어갈게요!"

정수가 말했다.

"어, 그래! 오늘은 담임 목사님이 말씀 전하시니까 졸지 말아라~!"

목사님이 정수의 배를 살짝 치며 말씀하셨다.

"아, 저 안 졸아요!"

정수가 항변하듯 외쳤다.

"진배야, 따라와. 본당은 이쪽이야."

정수가 내게 손짓했다.

"아! 어!"

나는 정수의 손에 이끌려 본당으로 들어갔다.

큰 문을 열고 들어가니 가장 먼저 질서정연하게 놓인 나무 의자들이 보였다. 내가 다니던 고향 교회와는 약간 다른 풍경이었다. 일자로 긴 의자가 아닌 1인용 의자를 겹겹이 붙여 놓았다. 편의에 따라 책 받침대를 접었다 폈다 할 수도 있었다. 저 앞에는 무대와 강대상이 보였다. 크기는 작지만 세련된 조명과 음향기기들이 깔끔하게 자리 잡고 있었다. 조명 스태프와 음향 스태프가 전깃줄 위에 참새들처럼 서로 붙어 이야기를 나눈다. 아무래도 마지막 합을 맞추고 있는 듯 하다. 찬양팀은 서로 동그랗게 모여 예배 시작 전 기도를 하고 있다. 적당히 어수선한 분위기 속에서 정수와 나는 빈자리를 찾아 앉았다. 찬양팀의 연주와 인도자의 멘트가 시작됐다.

“오늘도 귀한 예배의 자리에 오신 여러분들을 환영합니다.”

“우리 옆 사람들과 이렇게 인사해볼까요? 환영합니다~!”

인도자의 선창에 맞춰 사람들은 서로 화답했다.

“환영합니다~.”

나는 옅은 미소를 지으며 고개를 까딱였다.

“자, 그럼 우리 다음에는 이렇게 나눕시다. 사랑합니다~!”

“사랑합니다~!”

또 한 번 사람들은 인도자의 선창에 맞춰 서로 화답했다.

“사랑합니다~!”

정수도 나에게 손을 뻗으며 말했다. 하지만 나는 정수의 인사에 답하지 못했다.

"야, 왜 안 해? 빨리 해."

정수가 나에게 속삭이며 다그쳤다.

"아, 미안해. 하하!"

난 멋쩍은 미소로 정수에게 사과했다.

매번 의문이었다.

'교회에서는 서로 사랑하라고 하고, 사랑한다 말하는데 진짜 서로 사랑하고 있는 걸까?'

'난 아직 이들을 사랑하지 못하는데 사랑한다고 말하는 게 맞는 걸까?'

'왜 사랑한다고 하는데 다들 싸우고 떠나고 뒤에서 헐뜯는 모습이 보일까?'

이에 대한 답이 내 안에서 성립되지 않는 이상 나는 절대 사랑한다고 하지 않겠다고 다짐했다. 이러한 이유 때문에 정수에게 답하지 못했고 이 모든 것을 설명하기에는 아직 정수와 그만큼 친하지 못했다.

찬양팀이 준비한 모든 세트 리스트가 끝나고 담임 목사님이 나오시며 설교가 시작됐다. 잘 정돈된 머리 스타일처럼 단정하고 인자한 톤의 목소리셨다.

하지만 난 아까 빠졌던 고민에 한참 침몰되었기에 설교에 하나도 집중을 하지 못했다.

정신을 차려 보니 어느덧 담임 목사님께서 축도를 하고 계셨다.

다들 눈을 감고 고개를 숙이고 있기에 나도 냉큼 고개를 땅으로 처박았다.

“자, 모든 예배를 마쳤습니다. 여러분! 이젠 각자가 속한 셀로 가셔서 2부 순서를 진행해주세요.”

광고 스태프가 모두에게 전달했다.

“진배야, 너는 새 신자반으로 가서 모임하면 돼.”

정수가 준비된 멘트를 뱉듯이 안내를 해줬다.

“안내원이냐? 크크.”

나는 정수의 말투가 웃겨서 가볍게 놀렸다.

“교회 혼자 다니고 싶으면 계속 그렇게 해라.”

정수도 농담으로 되받아쳤다.

“다 끝나면 톡할게~!”

정수에게 말했다.

“어! 재밌게 하고 와~!”

2층으로 올라가는 계단을 지나 올라서니 여러 방이 있었다. 그중에 새 신자반이라고 적혀 있는 곳을 찾아 들어가니 직사각형 탁자에 5명 정도 되는 사람들이 옹기종기 모여 앉아 있었다.

그중 가운데에 앉아 있는 사람이 가장 나를 반갑게 맞이해주었다. 단정한 투블럭 스타일에 짙은 검은색 머리와 눈웃음이 상냥해보였다. 보라색 체크무늬 셔츠와 색이 옅은 청바지를 입고 있었는데 훤칠한 키 덕분에 옷 느낌이 모델처럼 잘 돋보였다. 아무래도 리더인가 싶었다.

"어서 오세요! 진배 형제 맞죠?"

그 사람이 웃으며 물었다.

"아, 네. 맞아요."

나도 이내 대답했다.

"정수한테 이야기 들었어요. 반가워요. 저는 새 신자반 리더 윤혁입니다."

역시 맞았다.

"네, 안녕하세요. 저는 여기 앉으면 될까요?"

나는 구석에 남겨진 자리를 가리키며 물어봤다.

"그럼요! 편하게 앉으세요."

나는 자리에 앉았다.

"그럼 이번 주 새 신자 형제분도 왔으니 모임을 진행해볼까요. 각자 자기소개 해주시죠."

리더님을 기준으로 왼쪽부터 소개가 시작되었다.

"안녕하세요. 저는 새 신자반 부리더 김은혜라고 합니다. 반갑습니다."

잠시 정적이 흘렀다.

"아니, 나이랑 무슨 일을 하는지 정도는 알려줘야죠~. 사람 참 정 없네~."

리더님이 개울가에 돌을 던지듯 장난스레 정적에 균열을 일으키며 말을 던졌다.

"앗! 죄송합니다. 네, 저는 24살이고 한국대학교 경영학과 졸업반입니다."

모두가 약속한 듯 박수를 쳤다.

이어서 한 사람씩 자기소개를 했고 내 차례가 되었다.

"자, 이제 옷차림이 남다른 진배 형제, 자기소개 해주시죠!"

리더님이 나에게 손을 뻗으며 요청을 했다. 다른 사람들도 꽤 궁금한 눈빛으로 나를 쳐다보고 있었다,

"안녕하세요. 저는 신서울문화예술대학교 실용음악과 1학년에 입학한 예진배입니다. 정수 소개로 이번에 오게 되었습니다. 잘 부탁드립니다."

나는 살짝 미소를 지으며 소개를 마쳤다.

"오, 저는 드럼 전공인데, 전공이 뭐예요?"

리더님이 반가운 눈빛으로 물었다.

"저는 보컬 전공인데 노래는 아니고, 래퍼입니다."

"오, 랩! 와 신기하다. 학교에서는 몇 명 봤는데 교회 나오는 래퍼는 처음 봐요! 여러분 신기하지 않아요? 그죠?"

리더님은 경쾌하게 주변에게 호응을 유도했지만 누구도 그 장단에 어울리지 않았다.

"아, 네…. 하하."

부리더는 마지못해 반응했다.

반가워하는 리더님과는 달리 주변 반응은 조금 당황하는 눈치였다.

리더님도 약간 멋쩍었는지 이내 화제를 바꾸었다.

"자, 그럼 우리 각자의 삶을 나눠볼까요?"

리더님은 땀을 몰래 닦으면서 말을 이었다.

모두가 한 사람씩 한 주간 무슨 일이 있었는지 또는 어떤 것들을 느꼈는지 나눴다.

가만히 듣고 있는데 각자 처해 있는 환경만 다를 뿐 모두 비슷한 것들을 느끼고 생각한다는 것을 알았다. 앞으로의 진로, 그리고 새롭게 시작되는 학기생활 또는 연애문제 등등 누구나 비슷한 나이에 생각해볼 만한 것들이 주류를 이뤘다.

"그럼 진배 형제는 나눠줄 것들이 있을까요?"

내 차례가 되었다.

"아… 음…."

나는 무슨 말을 나눠야 할지 몰라 우물쭈물했다.

"나누기 힘들면 기도 제목이라도 있으면 편하게 말해주세요."

리더님께서 상냥하게 이끌어주었다.

잠시 고민하는데 그 순간 딱 떠오르는 것이 있었다.

"제가 다음 주에 학교 힙합동아리 오디션이 있는데 좋은 결과 있었으면 좋겠습니다."

나는 핸드폰 달력을 보며 말했다.

"멋지네요! 모두 좋은 결과 있기를 함께 기도해줍시다. 래퍼로 지원하는 거죠?"

리더님은 가볍게 손뼉을 치며 물었다.

"네, 맞아요! 합격하면 학교 축제랑 정기공연도 할 수 있다고 해서 꼭 합격하고 싶어요!"

내가 이 교회에 와서 했던 말들 중 가장 생동감 있는 말투였다.

"네, 그럼 모두 오는 주도 파이팅하고 다음 주에 더 활기찬 모습으로 다시 볼게요! 그럼 제가 마무리 기도하고 마치겠습니다. 하나님. 오늘도 저희 형제자매들 함께 모여서 삶을 나눌 수 있음에 감사드립니다. 모두 한 주간 하나님을 더 생각하고 경험할 수 있게 도와주시고…."

리더님의 마무리 기도 후 각자 방을 나섰다.

계단을 내려가는데 알 수 없는 평안이 있었다. 객지 생활의 허전함이 채워지는 기분이기도 했고, 잠시 놓치고 잃어버렸던 뭔가를 찾아 안심되는 기분이기도 했다. 하나님에 대해서는 아직 잘 모르지만 그래도 교회라는 곳이 나에게 꽤 의지가 되는 곳이라는 것을 알 수 있었다.

1층에 내려갔는데 주변을 계속 주시하는 정수를 발견했다.

"정수야!"

정수를 불렀다.

"야, 예진배! 너 왜 전화 안 받아!"

정수는 나를 보더니 쏘아붙이듯 말했다.

"전화? 안 왔는데?"

나는 대답하면서 주머니를 더듬었다. 그런데 핸드폰이 만져지지 않았다.

"아! 모임방에 놓고 왔다. 정수야, 잠깐만 기다려줘!"

나는 정수에게 부탁하고 이내 2층 모임방으로 뛰어갔다.

달음박질하니 모임방에 금방 도착했다. 그런데 아직 사람들이 있는지 말소리가 들려왔다. 잠시 호흡을 가다듬은 뒤 노크를 하려고 조금 더 문에 가까이 다가갔다. 말소리가 더 선명하게 들려왔다.

"리더님, 조금 불편하지 않아요?"

부리더의 목소리였다.

"뭐가요?"

리더님이 의아한 듯 되물었다.

"아니, 아까 그 래퍼라고 했던 사람 있잖아요. 모자도 푹 눌러쓰고 옷차림도 그렇고. 제가 슬쩍 봤는데 눈도 게슴츠레 풀려 있는게…. 설마 약하고 그러는 것은 아니겠죠?"

의심이 한가득 섞인 목소리였다.

"어휴, 설마요. 그러지 않을 거예요."

리더님이 부정하며 말했다.

"리더님. 사람 모르는 거예요. 요즘 뉴스에도 많이 나오잖아요 래퍼들 보면 약하고 걸려서 잡혀가고…. 글쎄 제 친구들이 그러는데 알려진 사람보다 안 알려진 사람들이 훨씬 많대요."

"그렇지 않을 겁니다. 제가 다니는 학교에도 래퍼들이 있는데 그런 사람들은 별로 없어요."

리더님의 말투에 단호함이 느껴졌다.

"그런데요, 리더님. 저는 힙합 한다고 하는 사람들 너무 받아들이기가 어려워요. TV에 나오는 사람들 보면 아니 무슨 그렇게 말을 험하게 해요? 욕을 안 쓰면 가사를 전혀 못 쓰는 것 같아요. 그리고 몸에는 무슨 문신이 그렇게 많은지…. 조폭이랑 구별이 안 돼요. 솔직히 저는 아까 모임 할 때 너무 불편했어요. 건들거리는 말투하며… 그리고 공연 같은 것 할 때 래퍼들 보면 너무 음란하던데, 거기서 또 무슨 짓을 할지 어떻게 알아요? 그런 것도 기도를 해줘야 하나요? 하나님 보시기에 너무 악하지 않나요?"

부리더님은 화를 내며 리더님께 쏟아부었다.

"아니, 그리고…."

"똑똑똑!"

나는 더 이상 듣기 힘들어 문을 두드렸다.

"끼익~"

나는 답이 오기 전에 문을 열었다.

"어! 진배 형제!"

리더님은 당황한 말투로 나를 맞이했다.

"핸드폰을 두고 가서요…."

나는 표정 관리를 하기 힘들었다.

"아, 이거 진배 형제 폰이었구나. 누구 것인지 몰라서 제가 맡아두고 있었어요."

리더님은 내게 핸드폰을 건네주었다.

"그리고 아까 정수한테 전화가 오더라고요."

리더님은 멋쩍은 웃음을 지으며 말을 건넸다.

"아… 네. 안녕히 계세요."

나는 어떠한 말도 하고 싶지 않았다.

"…"

주변에 있던 사람들은 아무 말 없이 다른 곳을 보고 있었다.

쿵!

그렇게 나는 어떠한 짧은 인사도 없이 문을 닫았다.

아니, 문이 닫혔다.

마음이 닫혔다.

다쳤다.

그들의 말들이 칼바람이 되어, 잠시나마 피었던 평안과 부푼 마음의 꽃들이

다 졌다.

## 교회로 간 힙합!

과연 힙합과 교회, 교회와 힙합 간의 첫 만남은 언제쯤이었을까? 이를 아마 가장 잘 정리해놓은 것은 영문 위키피디아 wiki-pedia 가운데 'Christian hip hop' 항목 문서다. 힙합 같은 젊은 대중문화에 대해서는 브리태니커 대백과사전보다 여기 모아둔 것이 더 낫다. 여기서 밝히기로 최초의 기독교 힙합 음악은 1982년 뉴욕 퀸즈 출신의 아티스트 MC Sweet가 낸 'The Gospel Beat: Jesus-Christ'라고 한다. 첫 번째 정규 크리스천 힙합 앨범은 〈Bible Break〉라는 1985년 작품이며, 타이틀 트랙은 1986년에 기독교 라디오에서 빅히트를 기록했다.

이를 통해 우리는 교회와 힙합 간의 첫 만남이 비와이 BewhY 가 쇼미더머니에 나오기 훨씬 이전이라는 것을 아마 알 수 있을 것이다. 이는 재치 있는 라임과 독특한 억양이 기억하기 좋게 청중을 매료시키는 흑인 교회 목사님들의 설교를 어떤 꼬마 아이가 귀 기울여 듣고 있던 모습에서 오래 전 시작되었다고도 볼 수 있다. 이는 교회 전도사의 억지스러운 끼워 맞추기가 아니다.

'Black Preach'를 웹에서 검색해보시라. 꽤 많은 관련 서적과 영상, 인물을 열람해볼 수 있다. 랩이라는 보컬 형식의 기원에 대해서는 흑인 목사님들의 독특한 설교 스타일을 연구하는 데 중요한 조각 중 하나로 미 본토에서 공공연하게 언급되고 또 연구된다. 꼭 랩의 '형식'에 대해서만일까? 물론 그 '내용'에 있어서도 영향을 안 받았을 수가 없다!

물론 비슷한 가지로 당대 인기 있던 라디오 DJ의 독특한 화법 역시 영향을 끼쳤던 것으로 주장되기도 한다. 하지만 장담컨대 당대 미 흑인 공동체에는 라디오 DJ의 영향력보다 흑인 목사의 파급력이 지대했었다고 나는 말할 수 있다. 1900년대 후반의 아프로 아메리칸 공동체에 있어 '구심점'은 흑인 교회Black Church, African American Christianity였으며, 흑인 목사는 교회의 지도자일 뿐만 아니라 '미 흑인 공동체의 지도자' 역할 역시도 수행했다. 이는 1955년 로자 파크스Rosa Parks 체포 사건으로 인해 '몽고메리 버스 보이콧 운동Montgomery Bus Boycott'이 촉발되는 과정에 리더 역할을 요청받아 '어쩔 수 없이' 수락했던 게 마틴 루터 킹Martin Luther King Jr. '목사'였던 것에서도 나타난다.

현재도 미 흑인 공동체에 있어서 '래퍼'와 '목사' 간의 중대한 공통점이 있는데 그것은 바로 "공동체에 메시지를 선포하는 사람"이라는 것이다. 신앙의 진정성과 깊이를 떠나서, 거의 모든 미 흑인은 교회에서 태어나며, 교회에서 자랐다. 그리고 교회를 떠나기도 했다. 우리가 방금 만난 한 소년, 진배처럼 말이다.

그중 누군가는 돌아왔으며, 또 다른 누군가는 다시는 돌아올 수 없는 강을 건너버리기도 했다. 우리 지푸, 최재욱, 이창수는 아마도 천국에 있을 투팍 Tupac 이나 DMX, 휘트니 휴스턴 Whitney Houston 과 텐타시온 XXXTENTACION 을 아직도 기억하며 지금 이 책을 쓰고 있다. 그들의 아들과 딸들이 잘 자라거나, 또는 오래된 집으로 잘 돌아올 수 있기를 바라면서 말이다.

이제 진배의 다친 마음 위에는 꽃이 핀다.

# 벚꽃

화요일, 예술 동으로 가는 길. 매년 3월 말에 분홍터널이 생긴다고 선배님들께 이야기를 들은 적이 있다. 그게 무슨 말일까 했는데 오늘에서야 알게 되었다. 가지마다 빼곡히 핀 벚꽃들이 서로 얽히고설키며 마치 터널을 연상케 하였다. 왠지 저 터널을 통과하면 내 마음 가장 구석진 곳까지 꽃이 피어날 것 같은 기분이 들었다. 하지만 아직 내 마음은 겨울이었다. 아니, 다시 겨울이 찾아왔다. 지난 주일 집으로 돌아와 한동안 이불 밖으로 나오지 않았다. 거부당하는 기분은 언제나 익숙해지지 않는다. 전부 다 때려치우고 싶었지만, 이렇게 포기하면 그들의 무시와 비난에 두 번 지는 것 같아서 난 오기로 더욱 오디션 준비를 했다. 이후의 결과가 지금 바라보는 꽃 중에 한 송이만이라도 내 마음에 선물해주기를 간절히 바랐다.

'우웅'

잠시 꽃길에 심취해 있는 와중에 핸드폰 진동이 울렸다.

'오늘 힙합동아리 지원하시는 분들께서는 오후 4시까지 예술동으로 모여주시길 바랍니다.'

3시 45분.

이 길만 지나면 바로 예술동이다. 가끔 지금 보고 있는 것을 캡처해서 액자에 걸어놓고 싶은 장면들이 있다. 지금이 바로 그 순간이고 난 그 순간마다 떠오르는 음악들을 서둘러 찾아 풍경과 함께 곁들인다.

Sound Providers – The Field

Nujabes – Luv sic part. 2 Feat. Shing 02

재생버튼을 눌렀다.

때마침 불어오는 바람에 살랑이는 벚꽃들이 마치 음악에 맞춰 가볍게 그루브를 타는 것 같다.

나도 리듬을 타며 분홍빛 터널을 지난다. 길을 걸으며 주변을 둘러보니 주변에 커플들이 꽤나 많다. 함께 손을 잡고 걷는 이들, 꽃 아래에서 포즈를 잡는 여자 그리고 그 모습을 사랑스럽게 바라보며 찍어주는 남자. 그 모습들을 보는데 잠시 죽어 있던 연애 세포가 꿈틀거리는 기분이 들었다. 아, 역시 캠퍼스의 낭만은 연애인가….

하지만 내게는 동아리 오디션이 더 중요했기에 잠시 집어든 생각을 이내 내려놓았다.

'연애소설은 합격 후에 생각해보자. 일단 지금의 나는 청춘소설이다.'

스스로 다짐을 하며 걷다 보니 예술동에 도착했다. 정문에는 A4용지 사이즈로 힙합동아리 오디션 포스터가 붙어 있었고, 전형적인 필기체로 내용이 적혀 있었다.

'동아리 오디션 지원자분들께서는 지하 공연장으로 오시길 바랍니다.'

'지하 공연장은 어떻게 가야 하지?'라고 생각하는 찰나에 갑자기 뒤에서 포스터에 적힌 내용이 목소리로 들려왔다.

"동아리 오디션 지원자분들께서는 지하 공연장으로 오시길 바랍니다."

뒤를 돌아보니 어떤 남자애가 안내문의 글자들을 손가락으로 가리키며 읽어 내려가고 있었다.

히피펌으로 굴곡진 머리카락들이 바람에 살랑인다. 한치수 더 크게 입은 것 같은 체크무늬 셔츠와 긴 통바지, 신발은 내가 아직 본

적이 없는 모델의 포스 그리고 마샬 헤드폰이 목에서 낮잠을 자듯 축 늘어져 걸쳐 있었다. 이 사람도 힙합동아리 오디션을 보러 왔다는 것을 서로 대화를 나누지 않아도 난 바로 알 수 있었다.

"아, 저 중앙계단으로 내려가면 되겠네."

그 사람은 저 멀리 보이는 계단을 게슴츠레 바라보더니 이내 혼잣말을 내뱉었다.

"너도 오디션 보러 왔어?"

나를 스윽 훑어보더니 이내 묻는다.

"아, 네…."

난 훅 들어오는 편한 반말에 당황스러워 머뭇거리며 대답했다.

"요~ 말 편하게 해. 나도 신입생이야."

남자가 무표정하지만 따뜻한 톤으로 말했다.

"어, 진짜?"

당연히 선배일 거라 생각했기 때문에 바로 되물었다.

"응. 반가워 난 박다니엘이야. 난 이번에 프로듀서로 지원하려고 해. 넌 뭐로 지원하는 거야?"

다니엘이 헤드폰을 만지작거리며 말했다.

"아, 난 래퍼!"

나는 손을 슬쩍 흔들며 대답했다.

"오~, 있다가 기대할게. 일단 여기서 더 있다가는 늦을 것 같으니까 빨리 내려가자."

다니엘은 계단을 가리키며 재촉했다.

다니엘과 함께 중앙계단을 따라 한층 내려가니 커다란 공연장 문이 있었다. 그리고 그 앞에는 오디션을 진행하는 동아리 선배들이 앞서 온 사람들의 이름을 확인하고 있었다.

"휴~ 다행히 늦지는 않았네!"

다니엘이 가방에서 꺼낸 생수를 한 모금 들이켜고 말을 뱉었다.

"그러게."

그리고 줄이 생각보다 길게 늘어선 상황을 보고 이내 말을 이었다.

"들어가려면 시간 좀 걸리겠다."

"그러네."

다니엘은 짧게 대답했다.

"오디션 참여하시는 분들께서는 원활한 진행을 위해서 학생증 미리 꺼내놓으시고 본인 차례에 바로 보여주시길 바랍니다!"

진행 스태프 중 한 사람이 크게 소리치며 광고를 한다.

나와 다니엘은 서로 말없이 주섬주섬 학생증을 꺼냈다.

"근데 넌 왜 오디션에 지원했어?"

나는 쌓인 어색함을 좀 흩어보고자 다니엘에게 물었다.

“아, 난 찬양사역자가 꿈인데, 요즘은 힙합이 유행이잖아. 그래서 동아리에서 좀 배워볼 수 있을 것 같아서 지원해봤어.”

다니엘이 폰을 만지며 대답한다.

“아~ 찬양사역자. 혹시 CCM 가수 말하는 거야?”

예상 외의 답변에 난 흥미를 느꼈다.

“아, 응! 뭐 비슷한데, 난 단순히 가수라고 말하기보다는 사역자라고 말하고 싶어. 주님의 일을 하는데 가수라는 표현은 조금… 음… 아니, 너무 가볍잖아.”

다니엘의 눈빛에서 옅은 불꽃이 튀는 것을 느꼈다.

“너는 교회 다녀?”

다니엘이 내게 물었다.

“아, 얼마전까지는 다녔는데, 지금은 안 다녀.”

난 씁쓸한 미소를 지으며 답했다.

“어? 왜?”

다니엘은 내게 질문인지 추궁인지 모를 의문을 던졌다.

“아. 그게 좀….”

나는 쉽게 대답하지 못했다.

“무슨 일인지는 모르겠지만 그러면 안 돼. 다시 한번 잘 생각해봐. 하나님께서 정하신 안식일을 어기는 건 큰 죄를 짓는 거랬어.”

다니엘의 모습이 마치 강단에서 설교를 맡은 목사처럼 느껴졌다.

"그리고…"

"박다니엘 씨!"

다니엘이 말을 이어가려는데 진행 스태프가 다니엘의 이름을 불렀다.

"아, 나머지는 나중에 이야기하자! 무튼 교회는 꼭 가야 돼!"

다니엘은 걸어가면서도 고개를 돌리며 나에게 당부를 했다.

하지만 다니엘의 말은 반감만 일으킬 뿐 나에게 단 한 방울도 스며들지 못했다. 되려 내 생각의 수도꼭지를 열었고, 그로 인해 콸콸 쏟아지는 생각들이 내 온몸을 적셨다.

'네가 내 입장이었어도 교회에 나갈 수 있었을까? 이 자식아?'

다음에 만나면 꼭 면상에 대고 질문을 던지고 말겠다는 다짐과 다니엘에게 한방 먹여주고 싶다는 생각에 한동안 사로잡힌 그때, 문득 내 이름을 부르는 소리에 정신이 번쩍 깼다.

"예진배 씨! 예진배 씨, 없나요?"

진행 요원이 신경질을 섞어 질문을 허공에 던진다.

"아니요! 죄송합니다, 여깄습니다!"

나는 다급하게 대답했다.

'아, 모르겠고. 오디션만 집중하자!'

후!

숨을 짧게 내쉬고 두 손을 수건 삼아 잡생각들로 홍건해진 얼굴을 쓸어내렸다. 문을 열고 들어가니 작은 무대 위에 스탠드에 꽂힌 유선마이크 하나가 덩그러니 있었다. 난 올라가 마이크를 빼 들고 앞에 심사를 보시는 분들에게 짧게 소개를 했다.

"안녕하세요, 실용음악학과 23학번 예진배입니다. 래퍼 지원입니다!"

"네, 준비해온 것 보여주세요~."

푸석푸석한 심사위원의 말이 이어졌다.

"넵! 비트 주세요."

"쿵! 치키 탁! 쿵 치키 탁!"

나의 비트 콜에 맞춰 미리 전달한 비트의 전주가 시작되었다. 전부 다 트랩 비트에 랩을 할 것 같아서 나는 좀 더 강렬한 인상을 심어주고자 붐뱁 비트 위에 랩을 썼다.

"Uh.

Check the mic.

One Two.”

간단한 추임새를 내뱉은 후 벌스를 시작했다.

“난 랩 못 하는 놈들 사이에서 랩 잘하는 놈
실력은 인정됐고, 내 적 오직 내일의 나라고
어릴 적 바라본 형들과 바라보네 맞팔로
한사코 말리던 엄마 아빠 이젠 아들 자랑스러움

2020 태일이형 나가플로우
상상속 앨범 피처링 기적이지 빛어진 내 목소리
듣고 싶으면 검색해 4christ we need prayer
그땐 어린애였어

그저 peace love 바랐지만 사방엔 pistol
어쩜 디스 전일 수도 있던 잊혀진 Mr.
지금 어딨어? 때론 가끔 궁금해 잘 지내는지
아직도 세는지 매번 비교하던 별점

형한테 그게 뭔 말버릇이냐며 내 핀백에 혼내던 그 형
도태된 지 오래됐고 내 고뇌에만 디엠보내다 보니

쇼미더머니 빨던 놈들보다 훨 커리어 하이
주와 같이 길가는 게 제일 죽이는 바이브"

쿵 쿵 탁! 쿵 치키 탁!
쿵 쿵 탁! 쿵 치키 탁!
쿵 쿵 탁! 쿵 치키 탁!
쿵 쿵 탁! 쿵 치키…

남은 비트가 페이드아웃 되면서 내 퍼포먼스가 마무리되었다. 생각보다 박자를 급하게 탄 것 같아서 내심 꺼림칙한 무대였다.

"네, 잘들었습니다. 수고하셨어요."

심사위원들은 여전히 건조한 말투였다.

"감사합니다!"

난 90도로 고개를 숙여 인사를 하고 뭔가 피드백이 있을 것 같아 그 자리에 잠시 서 있었다.

"네, 이제 내려가세요~."

가만히 서 있는 나를 보면서 심사위원은 약간 귀찮은 듯이 퉁명스럽게 말을 건넸다.

"아, 네! 감사합니다!"

준비한 시간에 비해 짧았던 심사위원의 말은 허기진 배 속에 비스킷 부스러기와 같았다.

공허했다. 합격이 아닐 수도 있다는 생각이 들었다. 집으로 돌아가는 길에 걱정은 한참 동안이나 짙은 안개처럼 내 시야를 가렸다.

퍽!

뭔가에 부딪치며 잠시 아찔해졌다.

"아얏!"

여자의 짧은 비명이 들리고 내 왼쪽 어깨가 저릿했다.

"엇! 너무 죄송합니다. 괜찮으세요?"

나는 다급하게 허리를 굽히며 사과했다.

"아야…."

여자는 나를 흘깃 보더니 어깨를 부여잡는다.

"너무 죄송합니다. 어, 근데 밑에 핸드폰 떨어졌어요."

나는 바닥에 엎어진 핸드폰을 가리켰다.

"앗!"

여자는 엎어진 핸드폰을 급하게 집어 들고 확인했다.

"아, 이게 뭐야…."

액정은 땅에 운석이 떨어진 것처럼 깊이 패여 있었다.

"헛! 너무 죄송합니다. 이거 제가 변상해드릴게요."

가뜩이나 돈이 없는데 나는 정말 절망스러웠다.

"아, 됐어요. 그나저나 앞은 꼭 똑바로 보고 다니세요! 한참 전부터 그냥 무작정 앞으로 오길래 제가 몇 번이나 이리저리 피했는데….”

여자는 마술사의 불꽃처럼 말을 화륵 태우다가 금세 사그라뜨렸다.

“아닙니다. 제가 꼭 변상해드릴게요.”

“됐어요. 어차피 내일 폰 바꾸려고 했어요. 무튼 조심 좀 하고 다니세요.”

여자는 그렇게 학교 정문 쪽으로 발걸음을 옮겼다.

‘우리 학교 학생인가?’

나는 잠시 멀어지는 그녀의 뒷모습을 지켜봤다.

깔끔한 단색으로 된 남색 볼캡에 물기 머금은 해초처럼 내려진 웨이브펌 머리, 흰색 긴팔티에 넉넉한 워싱진을 입고 있었고 어제 산 듯한 올백 포스를 신고 있었다.

예뻤다.

여자는 저 멀리 갔지만 샴푸 향기는 은은히 그 자리에서 계속 내 코를 간지럽혔다.

‘아, 전화번호라도 물어볼걸 그랬나?’

하지만 아쉬움의 잔상보다는 변상해주지 않아도 된다는 안도감이 더욱 컸다.

···

일요일 오후, 날씨가 오늘따라 심술궂다. 아침부터 찡그린 얼굴에 울다 그치기를 반복했다. 모든 색을 훔쳐간 것을 보니 봄의 화사함이 퍽 질투가 났나 보다. 기분은 날씨를 따라간다더니 짙은 먹구름이 어느새 내 안으로 스며들었다. 4시, 평소였으면 청년부 예배가 끝났을 시간이었다. 하지만 난 교회가 아닌 카페에 멍하니 앉아 있고, 유튜브 쇼츠는 강물처럼 하염없이 흘러갔다. 1시간 전에 시킨 아이스 아메리카노는 온난화를 앓고 있었다. 미지근해진 커피 위에 거의 녹은 얼음 조각들이 북극의 빙하처럼 위태로이 떠 있었다.

「우웅~」

핸드폰 진동이 울렸다. 셀장님의 카톡이다.

'진배야, 잘 지내고 있어? ㅎㅎ. 다른 건 아니고~ 주일날 안 보이길래 카톡 남겨 두려고! 셀 모임에 안 보이니까 뭔가 허전하게 느껴지네! 혹시라도 아프거나 무슨 일 있으면 언제든지 편하게 얘기해주고, 내가 도와줄 수 있는 거라면 도와주고, 도와주기 어려운 거라면 기도할게! 카톡 보면 답장해줘! 목소리 한번 듣게 전화라도 한번 하자! 오늘도 평안한 하루 보내고, 좋은 시간 보내!'

답장하려고 했지만, 딱히 뭐라 해야 할지 몰라 대화창을 다시 닫았다.

'평소엔 연락도 없다가 꼭 일요일만 되면 연락이 오네.'

난 창밖을 바라보며 커피를 한 모금 들이켰다. 빗방울이 점점 거세지면서 창을 두드리는 소리가 점점 커졌다. 미처 우산을 준비하지 못한 사람이 흠뻑 젖은 몸으로 부지런히 달린다. 문득 저 비가 만약 좋은 소식이라면 가지고 있던 우산도 버리고 그 자리에서 흠뻑 맞고 싶다는 생각이 들었다.

"쿠릉!"

천둥마저 쳤다. 그럴 일 없다는 하나님의 호통처럼 느껴졌다.

「우웅~」

또 핸드폰 진동이 울렸다.

'아, 진짜 질척거리네. 또 교회 누구야? 이젠 전도사님이냐?'

매주 이 시간만 되면 교회 사람들에게서 연락이 왔기 때문에 이젠 대충 누구일지 짐작이 갔다. 어떻게 내 연락처를 알았는지, 셀장님, 전도사님이 매주 연락이 왔다. 형식적인 안부로 시작해서 끝은 결국 교회에 나오라는 내용이다. 내가 왜 교회에 나가지 않는지 묻는 사람은 아무도 없다. 그냥 읽고 씹으려고 테이블 위에 올려진 핸드폰을 집지도 않고 손가락으로 액정을 쓸었다. 그런데 당연히 있어야 할 전도사님의 이름이 아닌 다른 사람의 이름 옆에 숫자 1이 적혀 있었다. 나는 'N'egative한 상태에서 'S'uprise한 소식을 만났고. 자석처럼 핸드폰은 내 얼굴을 바짝 끌어당겼다.

'오디션 합격을 축하드립니다. 이 카톡을 받은 분들께서는 동아리 입단 환영식 때 뵙겠습니다.'

일시 : 2023. 04. 10(월) 오후 5:00

장소 : 힙합동아리실

세차게 내리는 비는 좋은 소식이었다. 너무 기쁜 나머지 진짜로 우산을 두고 카페 밖을 나서고 싶었다. 교회는 싫지만 기쁜 소식은 전해야 한다고 들었기에, 정수에게 카톡을 보냈다.

'야, ㅋㅋㅋㅋㅋㅋㅋ'

'??????'

이내 답장이 왔다.

'ㅋㅋㅋㅋㅋㅋㅋㅋㅋㅋㅋㅋㅋㅋㅋㅋㅋㅋㅋㅋㅋㅋㅋㅋㅋㅋㅋㅋㅋㅋㅋㅋㅋㅋㅋㅋㅋㅋㅋㅋ'

'뭐임? 뭔데?'

정수의 당황하는 기색이 글자에 고스란히 묻어났다.

'나 동아리 오디션 합격함 ㅋㅋㅋㅋㅋ'

'오, 미친. 심사위원 니 형이냐?'

정수는 진심으로 날 축하해줬다.

'꺼져ㅋㅋㅋㅋㅋㅋㅋㅋㅋㅋ 무튼 곧 봐!'

'ㅇㅇ. 야, 근데 전도사님이랑 목사님이 너 연락처 물어봐서 알려줌!'

범인은 이 새끼였다.

'너였냐?'

나는 취조하듯 물었다.

'번호??? ㅇㅇ 왜???'

'아, 개같은 거 맨날 연락 오잖아. 교회 나오라고 ㅡㅡ'

'아, 맞다. 너 요즘 안 보임. 왜 안 와?'

'아, 그런 게 있어. 무튼 아… 내 번호 ㅜ'

차마 그때의 일을 정수에게 말할 수 없어서 난 말을 흐렸다.

'야, 근데 마지막 주 주일에 어떤 래퍼 와서 콘서트한대. 오실?'

'누군데?'

교회는 안중에도 없었고 래퍼 콘서트라는 말이 솔깃해서 물었다.

'아넌딜라이트? 쇼미 나왔던 래퍼라던데.'

'아넌딜라이트????? 오 미친….'

그 말을 듣는 순간 내 동공은 심하게 흔들렸다. 쇼미더머니 보면서 다른 래퍼들과는 다른 에너지를 주는 래퍼라고 느껴서 내심 굉장히 응원하고 노래도 찾아들었던 래퍼였다. 특히 세미파이널에서 보여줬던 '높이'라는 곡은 지금도 힘들 때마다 다시 꺼내 먹는 곡이다.

"초등학교 때 유학도 갈 정도로

별일 없이 매일 즐거워 보였었는데

아빠의 표정은 어두워

회사의 해고는 아빠의 술을 막지 못해"

'높이'를 처음 들었을 때 나에게 어깨를 내어준 가사이다. 나 또한 부유했던 가정에서 부모님의 사업 실패로 집안 사정이 뒤엎어진 경험이 있기에, 마치 먼저 비슷한 일을 겪었던 형이 나에게 위로를 건네는 듯했다. 이후 이어폰을 꽂을 때마다 나도 모르는 사이에 아넌딜라이트는 내 곁으로 다가와 말없이 어깨를 빌려준다. 높이는 언제나 내 머리를 누이기에 알맞다.

'요~ 갈게!'

교회를 다시 나가는 게 꺼려지긴 했지만 그래도 아넌딜라이트는 꼭 보고 싶었기에, 난 결정했다.

'가릿. 일단 학교에서 봐!'

'응!'

## 동아리 첫 모임

6인실 병실보다 약간 더 큰 방에 많은 사람이 꾸역꾸역 모였다. 낡은 소파와 접이식 간이침대가 노쇠한 모습으로 간신히 버티고 있다. 그 위에 앉은 사람들이 조금씩 엉덩이를 비틀 때마다 기침을 하며 먼지를 내뿜었다. 적막 사이사이를 스피커에서 잔잔히 울리는 비트가 휘젓고 다닌다. 한쪽 구석에서는 각자 A4용지 한 장씩 들고 동아리 선배들의 회의가 한창이다.

옆에서는 다니엘이 앉아서 성경책을 읽고 있다. 몰래 스윽 엿보니 형광펜으로 꽤 많은 줄이 처져 있다. 마치 천국 도시의 네온사인 같았다. 난 어색함을 조금이라도 덜어보고자 음악을 듣지도 않으면서 이어폰을 귀에 꽂았다. 그 순간 동아리실 문이 열리면서 누군가의 목소리가 들렸다. 그 소리는 마치 비트가 드랍 되듯이 어색한 분위기에 반전을 줬다.

"늦어서 죄송합니다!"

여자의 목소리였다. 그녀의 샤우팅에 모두의 시선이 여자에게 쏠렸다. 뭔가 낯이 익다 했는데 가만히 보니 그때 나 때문에 핸드폰을 떨궜던 그 사람이었다. 나는 잠시 말을 잇지 못한 채 빤히 그녀를 쳐다봤다. 그녀는 종종걸음으로 빈자리를 찾아가 앉았다. 나를 잠시 흘깃 보더니 이내 핸드폰을 만지며 분주하게 액정을 두드린다.

'어? 나를 기억 못 하나?'

나는 내심 서운했다. 하지만 이내 내가 뭐라고 그런 생각을 하냐며 가볍게 나를 탓했다.

"아, 너도 신입생이지?"

선배 중 한 사람이 말을 건넨다.

"앗, 네!"

그녀가 답했다.

"좋아! 그럼 다 왔으니까 슬슬 시작하자. 다들 반갑다. 난 힙합동아리 회장이고 이름은 한은성이야. 다들 내 이름은 보낸 문자에서 한 번씩 봐서 낯이 익지?"

회장 선배는 쾌활하면서 다정하게 말을 이었다.

"뭐 딱히 엄청나게 할 것은 없고, 재밌게 좋은 추억 만들면서 같이 동아리 활동했으면 좋겠어. 그리고 매년 축제 때마다 우리 공연이 있어. 신입생들 중에서도 잘하는 친구는 우리랑 같이 무대 설 수 있으니까 관심 있으면 개쩌는 모습 한번 보여줘 봐~."

정기공연이라는 말에 모두가 잠시 술렁였다. 나 또한 그 말에 다시 한번 가슴이 뜨거워졌다.

"선배님, 정기공연은 어떻게 뽑히나요?"

다니엘이 성경을 덮고 손을 들며 질문했다.

"아, 따로 오디션은 없고 우리끼리 같이 단체 곡을 만드는데 거기서 벌스 잘 쓴 사람 뽑을 거야."

그 얘기를 듣자마자 난 바로 집으로 가서 가사를 쓰고 싶었다.

"아, 그리고 이번에 우리 동기 중에 보컬 친구가 성대결절이 걸려서 공연에 참여하기 힘들게 되었어. 그런데 때마침 신입생 중에 보컬이 한 명 들어왔으니 이번 공연 잘 부탁할게. 너 이름이…."

회장 선배님은 잠시 A4용지를 들여다보며 이름을 찾는다.

"아! 신예솔, 예솔이!"

회장 선배님은 이내 시선을 누군가에게 돌리며 손가락으로 가리켰다.

"네, 선배님!"

지목받은 사람은 명랑하게 대답했고, 그 손가락의 방향을 따라 시선을 돌리니 다름 아닌 그녀였다.

"자, 다들 혹시 다른 질문 있어?"

회장님이 주변을 둘러보며 물어봤다.

"선배님, 그럼 벌스는 언제까지 쓰나요?"

내가 이내 손을 들고 물었다.

"아! 다들 이번 주말까지 써서 다음 주 동방에서 보여주면 돼. 비트는 나오는 대로 단톡방에 공유할게. 또 질문?"

"…"

모두 아무 대답이 없었다.

"자, 그럼 오늘 첫 모임은 여기까지 하자. 다들 반가웠다!"

"아참!"

모두가 각자의 짐을 주섬주섬 집는 와중에 회장님이 급히 말을 이었다.

"오늘 신입생 온 기념으로 가볍게 맥주나 마실까 하는데 다들 시간 있지?"

회장이 공지 때보다 한결 가벼운 표정으로 모두에게 물어본다.

"야, 안 그래도 미리 다 공지 돌렸다. ㅋ"

옆에 있던 선배가 회장님에게 걱정하지 말라는 듯이 나긋하게 말했다.

"아, 오키 굿! 있다가 6시에 학교 뒤 먹자골목 치킨집에서 보자!"

회장이 그 선배의 어깨를 가볍게 치며 말했다.

"넵!"

나와 몇몇을 제외한 모두가 동시에 대답했다.

모두가 하나둘씩 동아리실 문을 빠져나갔다.

"저 선배님…!"

"어?"

회장님은 잠시 당황하며 나를 바라봤다.

"저는 오늘 환영식에 못 갈 것 같습니다…."

나는 조심스레 말을 전했다.

"엥? 왜?"

"아… 저, 그게…."

나는 차마 말하려니 민망해서 우물쭈물했다.

"야, 괜찮아. 나 그렇게 빡빡한 사람 아니고 이거 필참 아니야. ㅋㅋㅋ 무슨 일인데?"

회장은 나를 안심시키며 다시 물었다.

"아, 저 집에 가서 빨리 벌스 쓰고 싶어서요."

"벌스? 단체곡? 그걸 벌써?"

회장은 놀라며 되물었다.

"넵."

"이 새끼, 이거 골때리네. ㅋㅋㅋㅋㅋㅋㅋㅋㅋㅋㅋㅋ"

회장은 크게 웃으며 나를 바라봤다.

"잘하고 싶어서요. 아까 뭔가 막 떠오르는데 잊어버릴 것 같기도 하고…."

나는 땅을 보고 중얼거리듯 말했다.

"오케이! 알겠어. 빨리 들어가라 벌스 기대할게! 그럼 담에 봐!"

회장은 신발을 신으면서 손만 흔들며 나에게 인사했다.

"저, 회장님!"

다니엘이 문을 나서려는 회장을 붙잡았다.

"?????"

회장은 말없이 고개를 돌렸다.

"저도 오늘 환영식에 참석하지 못할 것 같습니다."

"넌 또 왜?"

회장은 살짝 짜증이 섞인 말투로 되물었다.

"저는 크리스천이라서 술을 마시지 않습니다. 그리고 오늘 수요예배에 참석해야 합니다."

다니엘은 당당한 말투로 대답했다.

"아, 오케! 알겠어 너도 다음에 보자! 나 이제 진짜 간다!"

회장님은 바람처럼 순식간에 문을 빠져나갔다.

"넌 수요예배…. 아, 맞다. 너 교회 안 나간다고 했지? 그럼 담주에 보자!"

다니엘은 혼자 묻고 혼자 답하더니 혼자 떠났다. 나를 바라보는 눈빛이 썩 따스하지는 않았다. 마치 뭔가 잘못하는 사람에게 탓하지 않고 애써 무시할 때 보이는 눈빛이었다.

'지는 얼마나 잘났다고.'

괜히 나도 기분이 나빠지면서 심술이 났다.

'교회는 안 나가도 벌스는 너보다는 잘 쓸 거다, 이 새꺄.'

좋은 자극이었다. 이대로 가서 다 찢어버릴 뭔가를 쓰면 되겠다.

## 한국에도 크리스천 힙합이 있나요?

진배가 힙합동아리 오디션 랩에서 언급한 '4 christ we need prayer'는 허구의 산물이 아니다. 일단 포크라이스트4CHRIST는 20년이 넘게 활동하고 있는 크리스천 힙합 전문 플랫폼이다. 오래전부터 다양한 공연 및 모임을 주관해왔고, 또 단체곡 발표를 통해 신인들의 등용문 및 신에서 활동하는 다양한 아티스트들을 하나로 모으는 구심점이 되기도 했다.

'We Need Prayer'는 2010년 9월 8일에 발매된 더블 싱글 〈KING IZ BACK〉에 실린 지푸의 솔로 데뷔곡이고, 여기에는 바로 그 단체곡 중 최초의 것인 'JC IZ BACK'이 실려 있기도 하다.

'JC IZ BACK' 영상

자, 이제 QR코드를 클릭해서 BGM에 둠칫거리다 보면 당신은 진배와 함께 학교로 같이 걷게 된다. 아참, 노래에 집중하느라고 주변을 둘러보는 것을 놓치지 말라. 그러다가 누구랑 꽉 부딪칠라.

# 세 친구

지하철에서 내려 학교 방향 입구로 나갔다. 평소 같았으면 급한 마음에 에스컬레이터를 계단처럼 밟고 올랐을 텐데, 오늘은 멈춰서서 이어폰을 꽂고 주말 내내 작업한 벌스를 외우고 있었다. 집중하다 보니 나도 모르게 목소리와 제스처가 커졌나 보다. 앞에 있던 할아버지가 뒤돌아 나를 흘깃 아래위로 훑어보고는 다시 몸을 돌렸다. 하지만 나는 아랑곳하지 않고 계속 연습했다. 지하철 출구를 지나 학교 정문이 얼핏 보였다.

'앞으로 4~5번은 더 연습해볼 수 있겠다.'

난 다시 시선을 땅에 두고 썼던 가사들을 되뇌였다.

퍽!

갑자기 어깨가 아파오며 모든 단어와 문장이 흩날렸다.

"아얏!"

누군가의 짧은 비명 소리가 들려 앞을 봤다.

"어!"

나는 짧게 놀랐다.

"아, 뭐야. 너야?"

예솔이가 어깨를 만지며 날 보고 물었다.

"아, 너 앞 좀 보고 다녀!"

예솔이가 짜증 섞인 말투로 핀잔을 준다.

"아, 미안…. 괜찮아?"

난 예솔이의 어깨를 가볍게 건드리며 물었다.

"어~ 그래도 지난번처럼 폰은 안 떨궜어. ㅋ"

예솔이는 가방을 다시 고쳐 매며 답했다.

"근데 너 어디 가? 동아리실은 반대쪽이잖아."

내가 물었다.

"아, 난 일찍 도착했는데 편의점 잠깐 들르려고 나왔어. 넌 이제 오는 거?"

예솔이가 편의점 방향을 가리키며 말했다.

"응."

나는 가볍게 고개를 끄덕이며 말했다.

"아하. 너 편의점 같이 갈래? 선배들 거 음료도 같이 사려고 하는데 손이 좀 부족할 듯."

예솔이가 가볍게 제안했다.

"아, 그래!"

예솔이의 뜻밖의 제안에 기분이 좋아져서 냉큼 승낙했고, 함께 편의점으로 걸음을 옮겼다.

'…'

서로 아직 친하지 않아서인지 잠시 정적이 흘렀다. 뭐라도 이야기를 해야 할 것만 같은데 아무 말도 떠오르지 않았다.

"넌 랩 언제부터 시작했어?"

예솔이의 질문이 삭막한 땅에 새싹처럼 피어났다.

"나? 음… 원래 15살 때부터 랩은 좋아했는데, 고3 되면서 본격적으로 시작했어."

"아하. 니 랩 아직 한 번도 못 들어봤는데 궁금하다."

예솔이가 기대에 찬 눈빛으로 답을 했다.

"넌 어떻게 하다가 보컬이 된 거야?"

처음 피어난 예솔이의 질문에 나도 관심이란 비를 뿌렸다.

"난 교회에서 중고등부 찬양팀 하면서 자연스럽게 시작했어. TMI인데 내 이름 뜻이 예수님의 소리를 전하라는 의미로 예솔이야. 부모님이 그렇게 지어주셨어."

뜻밖이었다. 굉장히 힙하게 입은 예솔이의 스타일에서 중고등부 찬양팀이란 단어는 스님이 고기를 먹는다는 말처럼 이질감이 느껴졌다.

"아, 진짜? 너 교회 다녀?"

나는 놀란 모습으로 물었다.

"왜? 너도 나 교회 다닐 것처럼 안 보여?"

예솔이가 가볍게 웃으며 되물었다.

"아! 아… 아니, 뭐 그런 건 아닌데… 어…."

나는 당황한 나머지 말을 얼버무렸다.

"괜찮아! 그런 말 많이 들어."

예솔이는 대수롭지 않은 듯이 말을 이었다.

"원래 불편한 거 되게 싫어 하기도 하고, 편한데 이쁘게 입을 수 있는 게 뭐가 있을까 하고 찾아보니 스트리트 패션이 나한테 가장 잘 맞더라고. 그래서 자연스럽게 이러고 다니게 됐어. 그리고 찬양팀이긴 한데 알앤비 보컬들 되게 좋아해. SZA, H.E.R, 그리고 옛날 가수인데 Lauryn hill이라고 내 최애야."

예솔이는 신이 난 표정으로 말했다.

"오… 신기하네."

뭔가 매칭이 잘 안 됐지만 잘 어울리는 예솔이와 취향이 퍽 신기했다.

"아, 미안. 너 혹시 교회 다녀? 안 다니는데 내가 너무 교회 얘기만 했네."

예솔이는 조심스러운 눈빛으로 나한테 두손을 합장하며 물었다.

"아, 다녔었는데 지금은 안 다녀."

난 머쓱한 표정으로 답했다.

"무슨 안 좋은 일이라도 있었던 거야?"

예솔이가 조금은 조용해진 목소리로 물었다.

"음… 그게, 좀 그럴 일이 있었어…."

나는 이유를 다 말하지 않았다. 사실 말하기 싫었고 굳이 그 기억들을 되짚어 꺼내고 싶지 않았다.

"그래. 그럴 수도 있지. 사실 나도 많은 일이 있는데 하나님 믿어서 나가는 거야. 사람 때문에 나가는 거면 진작 때려치웠지, 휴~."

예솔이는 한숨을 내쉬면서 하소연하듯이 말했다.

"진배 너도 하나님이 잘 위로해주시고 회복하길 기도할게~."

예솔이가 내 어깨에 가볍게 손을 올리고 말했다.

"응… 고마워!"

기도해준다는 말이 고마웠는지, 아니면 예솔이의 손이 내 어깨에 올려진 것이 좋았던 건지, 금세 마음이 맑게 개는 기분이었다.

“야! 진배!”

편의점 입구 앞에 다다랐을 때 누군가의 목소리가 크게 들려왔다. 나와 예솔이는 뒤를 돌아봤다.

“어? 예솔이도 있었네?”

다니엘이었다.

“오~ 다니엘.”

나와 달리 예솔이는 다니엘을 반갑게 맞이했다.

“시간 다 됐는데 동아리실 안 가?”

다니엘이 물었다.

“우리 음료만 사 가지고 금방 가려고!”

예솔이가 답했다.

“아, 빨리 사와 기다릴게. 같이 가자.”

다니엘이 핸드폰을 슬쩍 보며 말했다.

‘그냥 혼자 가지 이 새끼는 아오…’

나는 속으로 다니엘을 씹었다.

“진배야, 너 벌스 다 썼어?”

다니엘이 물었다.

“당연하지, 너 탈락할 수도 있으니까 조심해라.”

난 턱을 치켜올리며 다니엘에게 말했다.

"난 경쟁 따위는 안 해. 그저 하나님께 올릴 뿐이지."

다니엘이 비웃듯이 맞받아쳤다.

'이런….'

괜히 내가 나쁜놈이 된 것 같았다. 난 아무 말도 하지 못했다.

"자, 자. 빨리 우리 살 것들 사고 동아리실로 가자~."

예솔이가 웃으며 중재를 했다.

"진배, 너 커피지?"

예솔이가 화제를 돌리며 내게 물었다.

"아, 응!"

나는 급히 답했다.

"좋아! 나 어제 알바비 받았으니까 내가 사줄게! 자, 가자!"

예솔이가 나와 다니엘의 팔을 부여잡으며 편의점으로 끌고 갔다.

"야, 난 벌써 있는데…!"

다니엘이 당황하며 말했다.

"에이, 하나 또 마셔! 가자~!"

## 힙합 문화 속 배틀Battle에 대한 교회의 오해

힙합은 경쟁을 통해서 성장해온 문화다. 아마 경쟁이 없었다면 지금의 힙합은 없었을 것이다. '힙합의 4대 요소'로 불리는 DJ, MC, B-boy, Graffiti의 공통점은 무엇일까? 바로 배틀Battle이 있다는 것이다. 디제이들은 한껏 자신들의 스크래치를 뽐내고, 엠씨는 더 말해서 뭐하나! 이젠 스우파와 스맨파로 많이들 본 적 있는 비보이, 비걸들의 치열한 경쟁! 게다가 심지어 그래피티 아티스트들은 정해진 시간 안에 누가 더 멋진 작품을 남겼느냐로 승자와 패자를 가린다!

경쟁이란 싸움이나 다툼을 말함만이 아니다. 이는 놀이의 기본 속성 중의 하나이며, 승패는 전쟁이나 올림픽 경기에서만 존재하는 것만이 아니라 동네 공터에서 노는 어린아이들의 장난 속에도 존재하는 개념이다. 힙합에 경쟁의 요소가 있는 것을 기독교에서 말하는 '평화'의 가치를 들어서 지적하기에는 무리가 많다.

힙합 문화에 경쟁이 있는 것은, 그것이 거리에서 시작된 '순수한 놀이'에서부터 출발했기 때문이다. 거기에 걸렸던 건 값비싼 무엇이나 대중의 관심 또는 명예가 아니었다. 보상은 보다 순수한 성취감, 소박하게 그 거리 안에서 누릴 수 있는 소소한 유명세 같은 것들이 그 시작이었다.

이는 당대에 한계에 도달해 정부에서마저 관리를 포기했던 갱 폭력Gang-Violence에 참여함이 주는 자기/타인 파괴적인 쾌감이나 만연했던 불법적인 방화, 살인, 절도가 주는 금품 보상과는 다른 종류의 것이었다. 이는 힙합이 당시 사회에 대안문화Alternative-Culture로 그 시대의 미 흑인 공동체를 구원했다고도 볼 수 있는 이유가 된다. 이는 죽이고 뺏는 전쟁 가운데서 피어난 '샬롬'이었으며, 이야말로 힙합이 그곳에 전했던 '평화'였다.

하지만 물론 태동에 대한 역사적 이해나 근원에 대한 관심, 오늘날의 모습에 대한 진지하고 진정성 있는 예의 바른 접근이 없이는 힙합은 마치 사춘기 소년처럼 어른들에게 오해받기 딱 좋은 타입이다. 청소년을 TV에 출연시켜 화제로 만들거나 이런저런 소일거리로 돈을 좀 만지는 게 목적인 아저씨의 손을 탄다면 더욱이 그럴 것이다.

좋은 등용문을 모조리 비판하는 것은 아니다. 그런 과도기적인 관심과 사업으로도 힙합이란 어린이는 어느덧 50살의 중년이 되었기 때문이다2023년 8월 11일은 힙합의 50번째 생일이었다. 이제 한국에서도 우리가 한국 힙합이라는 청년을 다 함께 잘 키워나가면 되겠다. 그 '함께'에는 당연히 '교회'도 포함된다.

당신이 오늘 TV에서 보고 있는 그것만이 힙합의 전부는 아니다.

"진배야, 이번 정기공연에서 꼭 보여주기다!"

# 정기공연

무대 뒤편, 한 치 앞도 볼 수 없는 어둠 속에서 플래시를 든 스태프들이 분주했다. 저마다 종이를 하나씩 들고 그다음 순서를 확인한다. 무대로 오르는 계단 바로 앞에 회장님이 몸을 풀고 있었다. 나는 회장님이 등장하고 2곡을 한 다음 순서이다. 단체곡 벌스 발표 당일에 회장님은 내 벌스를 듣고 꽤나 놀란 표정을 지었다. 갑작스레 자신의 목걸이를 내 목에 걸어주더니 "축하합니다"라고 하면서 쇼미더머니 장면을 따라 했다. 나 스스로도 벌스를 쓰면서 이것만큼 자극적이고 멋지게 나온 벌스가 없었기에 자신감이 가득했었다. 그때 누군가 내 등을 툭 쳤다.

"야, 진배! 이따 찢어야 돼!"

예솔이었다.

“응! 고마워~!”

나는 감사를 표했다.

“넌 회장님이랑 같이 무대 서지?”

난 예솔이에게 물었다.

“응! 아우 떨려. 잘해야 되는데….”

예솔이는 기가 죽은 모습이었다.

“야, 찬양팀 할 때처럼 해.”

난 예솔이의 긴장을 풀어주었다.

“글쎄, 저기에는 주님은 안 계셔서 잘 안 될 것 같은데. ㅋㅋ”

“에이, 주님은 어디든 계시지.”

나도 모르게 어디선가 들었던 말이 튀어나왔다.

“오~ 진배 슬슬 교회 다시 나가겠네~.”

예솔이가 한결 편안해진 얼굴로 이야기했다.

“예솔이, 준비해. 나 먼저 올라간다!”

회장님이 계단을 오르며 예솔이에게 말했다.

“넵! 곧 뵙겠습니다. 파이팅이십니다!”

예솔이가 답했다.

“다니엘도 같이 했음 좋았을 텐데 아쉽다.”

예솔이가 살짝 시무룩한 표정으로 말했다.

“아, 그러게.”

나는 마지못해 맞장구를 쳤다.

원래 다니엘도 함께 무대에 설 수 있었다. 하지만 다니엘이 써온 가사는 노골적으로 신앙적인 가사였다. 그 때문에 회장은 조금만 신앙적인 색을 뺄 수 없겠냐며 다니엘에게 협상을 제안했지만, 다니엘은 완고했다.

“그럴 바에야 차라리 무대에 오르지 않겠습니다.”

정확하게 이런 답변이었다. 해서 다니엘은 무대에 오르지 못하게 되었다. 그 말을 들었을 때 난 한편으로는 다행이라고 생각했지만, 다른 한편으로는 다니엘의 저런 태도가 부러웠다. 난 이 무대를 서고 싶어서 평소보다 더 과격하게 가사를 적었고, 그것 때문인지 무대에 설 수 있게 되었다. 그때부터 이런 가사를 부르는 게 맞는걸까 의심이 들었지만, 무대에 서는 게 나에겐 더 중요했기에 애써 무시했다.

“진배야! 무슨 생각해?”

예솔이가 내게 물었다.

"아! 아… 다니엘도 같이 했으면 어땠을까 생각했어."

나는 대충 둘러댔다.

"아아~ 역시 너도 아쉽구나. 에휴! 아쉬워, 아쉬워."

예솔이는 퍽 아쉬워했다.

"나, 이제 슬슬 가서 대기할게. 진배, 너도 파이팅이야!"

예솔이는 내게 응원을 건네고 계단 앞으로 향했다.

"응, 고마워!"

예솔이가 나가고 난 아직 시간이 남았기에 썼던 가사를 거울 앞에서 뱉었다.

"흠 흠! yo."

"무대 위 빈자리는 니가 아닌 내가 주인
넌 걍 내려가서 해 카메라 들고 줌인
오직 내 랩이 널 죽일 치명적인 무기
널 발가벗기니까 내 가사는 높지, 수위

내가 여친이랑 재미볼 때 방 잡고
이 새끼는 방 닫고 쳐 보고 있지 야동
가끔 추상적인 플로우 마치 랩 피카소
칠한 물감이 마를 때 날 씹던 걘 피 말려

내가 랩할 때마다 넌 부럽겠지
난 항상 짖고 있지 기름 부자처럼 '유'종의 미
니 수식어는 순한 조나단 조나단 순하지
니 라임 플로우 스킬 존나 단순하지

새'로 세운 기술' 너한텐 과했냐?
오버히트 '술 기운 새로'
이건 Bitch 같은 너네한테 하는 '경고'지
'경'박하게 '고'추 빨아대는 입 속임"

완벽했다.
'좋아, 이대로 무대에 가서 찢으면 되겠어.'

이제 다음 곡이 끝나면 내 차례다. 점점 시간이 갈수록 긴장감이 몰려왔다. 선배들에게 잘 보일 수 있을지, 사람들 앞에서 실수하지는 않을지 온갖 걱정들이 내 몸에 들러붙어서 날 괴롭히고 있었다. 그런데 그중에서도 역시 이 가사를 내가 뱉는 것이 맞는지에 대한 의구심은 걷히지 않았다.

"여러분, 재밌게 즐기고 있나요?"
무대 밖에서 회장이 다음 곡을 진행하기 전에 멘트를 하고 있다.

"네~!"

역시 회장은 괜히 회장이 아니었다. 사람들이 열광적으로 반응을 하고 있다.

"이번에 저희 동아리에 신입생이 들어왔습니다!"

"오~~!"

관객들이 기대하는 목소리로 화답했다.

"이번 곡을 통해서 소개를 드리고 싶은데 한번 불러볼까요?"

"네!"

"얼마나 잘하는지 여러분들이 판단해주시고, 아직 신입생이니까 여러분들의 큰 응원 부탁드리겠습니다!

YO DJ, Drop the Beat!"

회장의 신호에 DJ는 몇 번 판을 긁고 비트를 내리꽂았다.

"쿵 치기 탁 쿠 쿵 쿵 탁!"

비트는 내 심장과 함께 bpm을 맞췄다.

"Yo! 진배! Let's get it!"

회장이 내 이름을 크게 외쳤다. 그 신호에 맞춰 나는 천막을 뚫고 무대로 향했다. 조명은 밝았다. 난 처음 태어난 아이처럼 눈을 찌푸렸다. 어쩌면 처음 태어난 것이 맞을 수도 있다. 이 공연은 성인이 되고 처음 하는 공연이기 때문이다. 점점 내 차례가 다가왔다. 마디 수가 적어지고 선배님들이 날 점점 가운데로 이끌었다. 생각보다 긴장감은 더욱 커졌다. 당장이라도 토할 것만 같은 기분이었다. 평소 청소년 가요제에서 하던 무대와는 차원이 달랐다.

"진배, You Ready?"

회장이 나에게 신호를 보냈다.

"Uh"

난 겨우 짧게 답했다.

마지막 마디가 지나고 드디어 내 차례가 되었다.

"Uh"

랩을 뱉으려는 순간 예수님을 믿는데 이런 가사를 뱉는 것이 맞는지에 대한 의구심이 내 머리를 세게 때렸다.

"…"

"…………"

무대에 있던 모든 멤버가 당황한 눈빛으로 일제히 나를 쳐다봤다.

"Uh yo…"

무의미한 추임새로는 분위기가 무마되지 않았다.

“쿵 치기 탁 쿵 쿵 탁!”

비트는 무의미하게 흘러갔다.

“…………”

정신이 아득해졌다.

“yo! put your hands up in the air!”

회장이 재빨리 치고 나와 관객 호응으로 내 랩의 빈자리를 메웠다.

“Say Ah Yeah!”

다른 멤버들도 함께 분위기를 끌어 올렸다.

“Ah Yeah!”

관객들은 동아리 멤버들에 선창에 화답했다.

멤버들의 임기응변에 다행히 곡은 잘 끝났지만, 난 곡이 끝날 때까지 고개를 들지 못했다. DJ를 하던 선배의 눈초리가 매우 따가웠다.

“여러분, 이번 신입이 많이 긴장했나 봅니다. 그래도 큰 격려 부탁드립니다!”

회장은 애써 나를 민망하지 않게 해주셨다.

“와~.”

관객들은 응원의 함성과 박수를 내게 던졌다. 하지만 그 어느 것도 받고 싶지 않았다. 결국 나는 무대를 망쳤고 아무것도 하지 못했다. 결국 무대에 오르기 전부터 날 옥죄이던 그 의구심은 날 무대 위에서 처형했다.

"여러분, 그럼 저희…"

회장이 말씀을 몇 마디 더 하셨지만 그 어느 것도 들리지 않았다. 난 그렇게 반쯤 넋이 빠진 상태로 무대에서 내려왔다.

"진배야! 고생했어. 임마, 그럴 때도 있는 거지~."

예솔이가 날 위로해주었다.

"…"

난 아무런 대꾸도 할 수 없었다.

"나 먼저 가볼게…."

난 인사를 버리듯이 던지고 바로 공연장을 빠져나왔다. 밤공기는 꽤 따뜻해졌다. 그런데 그 따스함 때문에 더 기분이 나빴다. 차라리 추웠으면 좋으련만 난 이런 따스함을 누릴 자격도 없었다.

"카톡!"

카톡 알림음이 울렸다.

'진배야, 괜찮아?'

예솔이었다. 하지만 난 답장하지 않았다. 그 어느 누구도 만나기 싫었다.

만물은 긴 겨울잠을 깨고 소생하는데, 난 반대로 깊은 겨울잠을 자려고 한다.

나의 일상에 심해가 있다면 가장 깊은 곳에 도달하고 싶었다. 어떠한 빛도 나를 찾지 못하는 곳으로….

## 배틀랩에서 욕하려면 자격증이 필요하다

배틀랩, 왜 그렇게들 지독한 단어들을 써가면서 서로를 농락할까? 영화 〈8마일8mile〉에서 래빗B-Rabbit은 멋졌지만, 홍대 길거리 래퍼들의 배틀은 때론 눈살을 찌푸리게 한다. “엥? 정말인가?”

당신은 배틀랩에서 무엇을 듣고자 하는가? 기본적으로 배틀랩은 ‘놀이’고 또 ‘스포츠’이다. 최대한 멋지고 정교한 라이밍, 그리고 매끄럽고 리드미컬한 플로우, 상대의 얼을 빼놓을 펀치라인으로 공격해야 한다. 그리고 여기에서 아시아 문화, 특히 한국 문화와 상당히 다를 수 있는 영미권의 개그 방식이 하나 있는데, 바로 ‘풍자’라고 하는 특유의 빈정대고 깔보는 투의 유머다. ‘satire, sarcasm, irony신랄하게 빈정거려 웃음거리로 만드는 것’이라 번역되는 그것은 한국어로 옮겨놓고 봐도 그 의미를 공감하기 어렵다. 이런 것이 우리에게 익숙치 않기 때문이리라. 도무지 짐작되지 않는다면, 해를 거듭하며 이제는 한국에서 고유의 개그 코드를 형성하고 있는 ‘SNL’ 스타일의 유머를 생각해보시라. 피식대학@Psick Univ도 강추한다힙합이다.

욕을 한다고? 상대를 비방한다고? 음… 육두문자를 대놓고 배틀랩 가사에 쓰는 것은 좋지 않은 방법이다. 그것은 "욕을 한다/했다"의 1차원적인 면에서 그런 것이 아니다. 그것은 놀이, 조크joke일 뿐만 아니라 '문학'의 성격도 지녀야 하는 랩에서 그런 표현 방식이 평면적이고 수준이 낮은 것일 수 있기 때문에 그렇다.

욕은 보통 숨기는 것 없이 솔직하다. 곡선이지 않고 직선적이다. 이는 랩에서 '리얼함'을 나타낼 수는 있어도 '문학성'을 조성하기란 쉽지 않을 수도 있을 요소이다 물론, 여기서 말하는 문학성이란 모호함을 뜻하는 건 아니니다. 어떤 때에 적절한 욕은 현장성과 사실성을 높인다.

배틀랩에서 욕을 좀 할 수도 있다. 하지만 그러려면 사용된 그 단어들을 가지고 기가 막힌 라이밍과 플로우를 형성해야 할 것이다. 아니라면 그 욕은 잘못 쏜 화살처럼 상대를 빗겨서 가고, 배틀의 승패를 평가해야 할 청중들은 멋짐 대신에 불쾌감만 느끼게 될 것이다. 대부분의 언어 속에서 욕은 그 의미뿐만이 아니라 소리조차도 거칠어서 된소리, 파찰음에 해당하는 소리들을 주로 내는데, 잘 쓰면 굉장히 멋지지만, 반대로 잘 못 쓰거나 남발하면 전체적인 랩의 흐름을 흐트려 버린다. 욕이 가진 강한 어조와 특유의 발음이 균형을 무너뜨릴 수도 있다. '강약'이 없는 '강강강강'의 지루하고 단순한 랩이 될 수 있는 거다.

이게 뭔 소린가 싶어 지금 혼자서 욕을 중얼거려 보지는 말길. 이 전도사님은 욕을 절대 금지한다. "특히 교회 안에서는!"

아무튼 그래서 배틀랩에서 욕은 복어 고기 같은 것이다. 잘 썰면 진미지만, 실수하면 무대에서 목숨이 위태로울 수도 있다. 따라서 모두에게 추천하진 않는다. '복어조리 기능사' 같은 자격증을 ADV에서 발급해야 할 것 같다.

"좋은 래퍼는 어떤 재료건 재치 있게 조리한다, 맛있게!"

# 2부

# “예수는 힙합이다”

# 데칼코마니

## 최 목사's view

화요일, 나에게는 한 주를 시작하는 날이다. 많은 사람이 아는 듯 모르는 듯한 놀라운 사실이 하나 있는데, 내가 맡고 있는 청년들은 종종 이렇게 묻곤 했다.

"목사님은 일요일이 제일 바쁜 날이죠? 그럼 대체 언제 쉬시는 거예요?"

"목사님들은 월요일이 휴일이지!"

"오, 진짜요? 와 좋겠다. 남들 출근할 때 쉬니까 개이득 아니에요?"

"음…꼭 그렇지만은 않은데…. 허허."

뭔가 하고픈 말이 많았지만, 말해도 다 이해하지는 못할 듯한 것들이라 꿀꺽 삼킨 적이 더 많았다.

오늘은 화요일, 사무실에서 아침 회의를 마치고 루틴처럼 책상에 복잡하게 포개진 주일의 서류들을 정리하며 일과를 시작한다. 그중에서도 지난 주일에 처음으로 교회에 온 새 가족 녀석들에게 연락하는 것이 화요일 나의 중요한 일과 중 하나이다. 새 가족 임원들이 나에게 넘겨준 등록카드를 손에 들었다. 두 장의 새 가족 등록카드. 그리 크지 않은 교회임을 따져보면 꽤 고무적이다.

"한 주에 두 명의 새 가족이라…."

난 들고 있는 등록카드를 가만히 바라보며 혼잣말을 중얼거렸다.

"우와, 목사님! 이번 주 새 가족이 둘이나 왔어요!"

새 가족 담당 주열이가 오래간만에 상기된 얼굴로 청년들의 이름과 연락처를 빈칸에 넣는다. 나 또한 카톡 '친구 관리'를 새로 고침하고 추가된 프로필을 열어 조금은 직업적인 친절함을 담은 안부 인사를 보낸다.

'네, 목사님 안녕하세요. 다음에 또 뵙겠습니다~^^!'

자판기에 동전을 넣고, 버튼을 누르면 음료수가 텅~ 하고 튀어나오듯, 한 녀석의 답은 바쁜 일과 중에 교회 목사님께 드리는 답변으로는 지극히 적당한 온도의 그것이었다. 그저 텅~ 하고 떨어지는 느낌의 답장.

'이번 주에도 교회에서 보자.'

그래도 힘을 내어 상냥한 이모티콘과 함께 보내며, 손에 들고 있던 두 장의 등록카드를 파일철에 포개어 끼웠다.

새 가족 등록철을 덮어 책장으로 넣으려는데, 등록카드 한 장이 툭 삐져나와 팔랑- 하고 책상에 나풀거리며 내려앉았다. 꽤 기억하기 '좋은' 독특한 이름이, 조금은 무신경한 필체로 휘리릭 날려 써진 등록카드였다. 나는 손에 집어든 '삐져나온' 등록카드를 다시 날자순으로 정렬하려고 돌려놓을 자리를 찾다가, 등록카드의 이름으로 자연스레 시선이 옮겨졌다.

'예…진배? 아, 성이 예 씨인 건가, 이름이 진배. 교회는 어릴 때 다녔었다가… 중간에 좀 방황…. 아무튼 공백이 있었던 친구라고 특이사항에 적혀 있군…. 이번에 학교를 서울로 올라오면서 교회를 찾던 중에, 학교친구 정수의 인도로 우리 교회 나옴. 아, 그러고 보니 주일에 정수가 반갑게 인사를 시켜줬던 그 친구였구먼.'

기억을 조금 더 더듬어보니 진배라는 친구, 어딘가 여느 또래 청년들과는 다른 듯한 아우라가 느껴지는 아이였다. 아니, 조금 더 정확히 말하면 누가 봐도 '나 래퍼요' 하는 느낌이 충만한 녀석이었다. 그걸 어떻게 눈치챘냐고 하면, 뭐랄까… 내가 스무 살 때, 딱 그 모습이었기 때문에 기억하고 있었다. 마치 흑백영화에서 컬러로 혼자 '삐져나온' 것처럼.

나는 습관처럼 커피원두를 분쇄기에 넣고 반시계방향으로 돌렸다. '드득'거리는 소리와 시곗바늘을 반대로 돌려 20년도 더 된 나의 청소년기의 기억을 소환했다.

중학교 때는 엑스재팬을 필두로 한 일본의 비주얼록 밴드들에 심취했고, 고등학교 때는 메탈리카와 림프비즈킷, 드림씨어터 등 서양쪽 록음악을 흡수하듯 빨아들였던 분당고등학교 밴드 마그네틱 코어의 세컨 기타리스트, 최재욱. 불굴의 록스피릿으로 말달리자를 외쳐댔던 홍대의 록 키드였지만, 고막이 녹아내릴 듯한 그 음악들을 좋아하던 그 때에도 꾸준히 들어왔던 것은 듀스부터 드렁큰타이거, 조PD, 김진표 같은 래퍼들의 음악이었다. 그것은 록음악의 질감과 화법과는 달랐다. 하지만 어딘가 모르게 청각적인 쾌감과 직설적인 메시지가 주는 저항정신 같은 것에서 같은 분위기를 느꼈기에, 마찬가지로 빠져들기 시작했다. 그리고 그 둘을 이어주는 비스티보이즈나 RUN D.M.C. 같은 뮤지션들도 있었다.

스무 살의 청년 최재욱은 록과 힙합을 한 몸에 녹여낸, 그야말로 하이브리드하고 크로스오버된 존재가 되어 살아가고 있었다. 그런 스스로의 멋에 흠뻑 취해서, 방충망 알바를 한 돈으로 하이톱 스니커즈를 사고, 7과 8분의 3 뉴에라를 사서 차곡차곡 포개두고 그날의 기분에 맞게 비스듬히 걸쳐 쓰는 것이 그 당시 청년 최재욱의 몇 안 되는 만족이었다. 그런 과거를 가진 목사의 레이더에 예진배의 비범함은 포착되지 않을 수 없는 동질감을 느낀 것이다.

여과지에 내린, 아직 온기가 남아 있는 커피 한 모금을 호로록 소리가 나도록 입 안에 머금으며, 핸드폰에서 진배의 이름을 검색했다.

문득 새 가족팀 모임 나눔 보고서에 진배의 이름이 없었던 기억이 떠올랐다. 궁금증을 참지 못한 나는 주열이에게 전화를 걸어 무슨 상황인지 물었다. 주열이의 어딘가 멋쩍어하는 목소리가 들려왔다.

"아, 그게 목사님, 그 진배라는 친구 모임 끝나고 연락을 해봤는데…."

주열이가 머뭇거리며 말을 흐린다.

"응응. 그런데?"

난 재촉하듯 주열이에게 되물었다.

"갑자기 연락 두절이어서, 정수에게 물어봤거든요. 근데 학교에서 준비하는 게 바빠서 당분간 교회는 오기 힘들 것 같다고 했다더라구요. 그, 뭐 동아리 공연 준비를 하는 게 있대요. 걔 처음 왔을 때도 자기 랩한다고 했거든요."

주열이의 말끝에 웃음이 섞여 있었다.

"아, 그래? 랩을 한다고 했다고?"

난 듣고도 믿기지 않아서 재차 물었다.

"네네, 아. 생각해보니 목사님도 종종 하시잖아요, 랩. 목사님이 한번 연락해보세요. 전화해서 프리스타일이라도 해야 하는 거 아니에요?"

주열이가 은근히 놀리며 묻는다.

"주열아, 요즘 목사님이 너무 잘해준 거 같은데. ^^ 많이 풀어졌구나?"

난 상냥한 미소로 주열이를 겁박했다.

"아, 그럴 리가요, 장난입니다. 암튼 제가 아는 것은 요정도입니다."

"오케이, 알겠어. 내가 한번 연락해볼게."

"넵, 목사님만 믿습니다. 고생하십쇼!"

"그래~!"

난 전화를 끊고 잠시 생각에 잠겼다.

'첫 주에 새가족팀에 가서 자기를 래퍼라고 소개했다고? 그거 내

가 스무살 때 하던 짓인데, [나 래퍼요] 이러는 거.'

커피잔에서 올라오는 김처럼 나의 과거 기억이 모락모락 피어나고 있었다.

나는 진배에게 뭔가 좀 특별한 카톡을 보내고 싶어, 몇 번을 썼다 지우기를 반복했다. 공통분모를 가진가지고 있다고 스스로 착각하고 있는지도 모를 녀석에게 뭔가 좀 멋드러지게 보이고 싶은 이상한 욕심이 생겨서, 마치 설교를 위해 깊은 말씀 묵상의 세계로 들어가는 것 마냥, 한참을 이리저리 고심해보았지만 마땅한 말을 찾지 못했다.

한참을 고민하던 중 거의 개인자료 보관용으로 쓰고 있었던 유튜브 채널의 존재가 문득 떠올랐다. 영상을 뒤적거려보니, 청년 시절에 'HOLYCREW'라는 이름으로 교회 동생들과 결성했던 CCM 힙합팀의 공연 클립들이 게시되어 있었다.

'오, 이게 아직 있었네, 근데 조회 수 217이 뭐냐….'

이걸 보내면 되레 욕을 먹지는 않을까 두려웠다. 잠시 잠깐 고민을 한다. 보낼까, 말까…. 이내 고민은 빠르게 정리되었다.

'영혼 구원을 위해, 목사가 뭐라도 해야지.'

나의 사명감은 이내 고민을 빠르게 정리했다.

타닥타닥. PC카톡에 인사를 적어 내려갔다. 그리고 마지막에 유튜브 링크를 붙여넣었다. 그리고 전송.

"흠…."

왜인지 모르겠지만, 진배의 답을 기다리는 것이 마치 오디션이라도 보는 느낌이었다. '과연 나는 목걸이를 받을 수 있을 것인가.' 이게 뭐라고 긴장이 되는지는 모르겠지만 진배의 답이 오기까지 상당히 긴 시간처럼 느껴지는 시간이다. 돌아오는 주일 설교 본문을 조금 더 집중해서 읽고 준비해야 하는데, 방금 링크로 보낸 20년 전의 공연 영상을 몇 번이고 돌려보며 진배가 이걸 봤을까 못 봤을까를 노심초사하고 있다. 그런 내 모습이 어딘가 우스워서 피식하고 혼자 웃었는데, 헤드폰의 소리가 컸던 것인지 옆 책상의 다른 목사님이 흘끗 쳐다보셨다. 황급히 성경책을 소리가 나도록 세게 넘기며 헛기침을 '흠흠' 해본다. 그리고 커피를 한모금 홀짝이는데 핸드폰이 크게 외쳤다.

"카톡"

진배다.

## '청소년 문화'로서의 힙합

'청소년 문화 Youth-Culture'로서 힙합을 다루는 일은 한국이란 배경 안에서 무척 쌩뚱맞거나, 혹은 아주 당연하거나 둘 중 하나로 극단적이다. 여기, '영혼 구원을 위해 뭐라도 하려는' 최 목사가 있는데, 이는 교회 다니는 누구 주변에도 있을 만큼 평범하고, 또 귀한 모습이기도 하겠다.

쇼미더머니에서 좋은 성적을 거두고 있는 크리스천 래퍼 소식이 반가워 주일 강단에서 직접 '랩'을 선보였던 대형 교회의 나이 지긋하신 어른 목사님. 또는 절기 행사에서 장기자랑으로 열심히 연습한 랩을 선보이는 선글라스 낀 부교역자님들…. 교회에서 종종 본 익숙한 모습들이 선하다. 세대공감을 시도한 따뜻한 장면들이다.

'청소년들이 좋아해서', '유행이니까', '우리 아이들이 좋아하기 때문에' 그러시는 분들의 호의와 관심, 영혼 구원에 대한 열정을 폄하해선 안 된다. 힙합에 대한 순도 높은 관심과 접근만이 유일하게 인정할 수 있는 바라 믿고, 그 문화의 문과 마음을 걸어 잠그고 있는 '힙합-홍선대원군'은 힙합에게도 힘들고 교회에도 덕이 안 된다.

교회 안에 그런 세대공감의 선한 열심이 있는 분들께는 태동기에 있어 '힙합이 청소년 문화였던' 면에 대하여 소개해드린다면 도움이 될 듯하여 나누려 한다. 초창기에 힙합 문화를 형성하고 알린 것은 다름 아닌 '청소년'들이었다.

힙합의 50번째 생일을 축하하기 위해 열린 여러 행사에서 무대 중심에 초청돼 박수갈채를 받은 'DJ 쿨 허크 DJ Kool Herc'는 현재 70세가 다 된 고령이다. 그러나 '힙합의 탄생'이라 불리는 1973년 어느 날, 뉴욕 브롱크스 Bronx에서 열린 하우스 파티 House-Party 'Back-to-school-jam'을 주관하고 디제잉했던 그는 당시 몇 살이었을 것 같은가?

그는 당시 18세였으며 1955년생, 그 어느 날은 바로 그의 여동생! 신디 캠벨 Cindy Campbell의 생일 8월 11일이었다. 파티를 연 목적 또한 사랑과 평화를 위한 것이 아닌, '개학을 준비하기 위해 멋진 옷을 사려고' 한 또래다운 발상이었다.

세즈윅 에비뉴 1520번지 1520 Sedgwick Avenue에 위치한 아파트 건물 휴게실을 25달러에 남매는 대여했다. 방학 끝 무렵에 퍼진 이 특별한 음악과 파티, 새로운 문화에 대한 소식은 삽시간에 퍼져 300명 이상의 사람들이 몰려들었다고 한다. 그 300명의 얼굴을 상상해보라. 우리 교회 주일학교 청소년들일 테다. 왠지 '문학의 밤' 같은 장면이 떠오르지 않는가?

오늘날의 대한민국에서 청소년들이 '사업가 어른들이 만든 힙합'만을 대하고 있는 것으로 여긴다면, 그건 착각일 수 있다. 어린이 때부터 손에 들고 있는 스마트폰과 유튜브에서 우리 다음 세대들은 벌써 미 본토의 힙합을 듣고 즐기고 있다. 구글과 네이버를 통해 힙합의 태동기와 쿨허크, 신디 캠벨의 이야기를 직접 찾아보는 이들 또한 있기를 나는 바란다.

그럼 청소년 문화로서의 힙합을 대함에 있어서 힙합을 좋아할 수도 있고 싫어할 수도 있으며, 많이 알 수도 있고 아예 모를 수도 있는 목사, 전도사, 장로, 권사, 집사, 교사는 어떻게 하는 것이 좋을까? 나는 이렇게 생각한다. 오늘날의 힙합은 한국에서도 짧은 유행 이상의 '메가트렌드10년 이상 지속되는 트렌드에 대한 지칭. 이제 힙합은 대략 20년 이상 된 세계적인 트렌드이다'이며 대중문화 속 주류 중 한 장르가 되었다. 그러니 이제 세대 간의 공감대 형성을 고민하고 청소년들에게 복음을 전하고 양육할 목적을 지닌 성도는 힙합에 대해 무지해서는 안 된다. 이는 '지식이 부족한 사랑'이 되는 오류에 빠지게 되는 엄연한 '게으름'인 것이다.

꼭 힙합이 아니더라도, 공감하려 꺼낸 주제에 대한 설익은 관심과 신중하지 못한 표현들이 얼마나 청소년들을 더 실망시키는지는 어른 본인도 경험에 의해서 알 수 있다. 그래서 나는 '교양으로서의 힙합'이라는 강의 명칭을 오래전부터 사용해왔다. 힙합은 동시대를 살아가고 있는 지식인, 그리고 세상 모든 지식의 최고봉인 《성경》을 알고/믿고 있는 그리스도인이라면 필수로 알아야 할 만한 교양의 영역이 됐다.

"한국 교회 청소년, 청년 사역자 여러분, '진실한 사랑'을 위해 교양을 공부합시다."

"능히 모든 성도와 함께 지식에 넘치는 그리스도의 사랑을 알고 엡3:18, 개역개정

여러분을 위해 기도합니다. 여러분의 사랑이 나날이 커지고, 그 사랑으로 더 풍성한 지식과 통찰력을 갖게 되기를 기도합니다 빌1:9, 쉬운성경."

세즈윅 에비뉴 1520번지, '힙합이 시작된' 곳에서. 이제 한반도에도 자리 잡은 '한국 힙합'의 '역사'를 들고 함께했다.

# 주님,
# 저는 도대체 뭔가요?

## 진배's view

창을 통해 내리쬐는 햇빛이 내 눈을 괴롭혔다.

"에잇!"

난 갑자기 내리치는 번개처럼 신경질을 날카롭게 부리며 커튼을 홱 잡아당겼다.

병가를 핑계로 며칠 동안 학교에 나가지 않았다. 도저히 사람들의 얼굴을 쳐다볼 수 없었다. 매일 밤 그날 있었던 일로 악몽을 꾸었다. 조롱 섞인 표정으로 보는 사람들의 눈빛과 손가락질들이 내 심장을 쿡쿡 찔렀다.

'난 도대체 무슨 짓을 저지른 것인가.'

매일 스스로를 탓해도 더 죄책감만 짙어질 뿐, 변하는 것은 없었다. 청소하지 않은 카톡에는 읽지 않은 메시지들이 먼지처럼 쌓여있다. 의미 없이 핸드폰을 만지작거리고 있는데 메모장에 그날 불렀어야 했었던 가사가 떡 하니 보였다. 나는 일말의 망설임도 없이 이내 삭제했다. 그와 함께 그날의 내 모습도 함께 삭제되었으면 좋겠다고 생각했다.

"하, 시발…."

나도 모르게 탄식과 함께 욕이 새어 나왔다.

"주님, 도대체 저는 뭔가요…?"

이제는 내가 누군지도 잘 모르겠다. 하나님을 믿지만 성경에서 말하는 대로 살아가기에는 매번 벅차다. 하지만 최대한 선하게 살고 싶은 마음도 있다. 그렇지만 또 무례한 이 세상에서 마냥 착하고 싶지는 않다. 교회는 나가고 싶은데 교회에 있는 사람들은 마주치기 싫다. 나를 설레게 하고 뜨겁게 만드는 것은 힙합인데 교회에서는 그것을 죄악처럼 여긴다. 종종 CCM에서 랩을 하는 사람들이 있기는 하지만, 그들의 가사나 랩이 날 움직이지는 않는다. 어쩌면 과거에 메타. 선생님이 말씀하셨던 랩과 힙합의 차이가 이런 부분이 아닐까.

단순히 랩을 하는 것이 아니라 그 랩을 통해 가슴 깊은 부분까지 뚫고 들어오는 에너지가 나에겐 가장 중요했다. 나 또한 그런 힘을 사람들에게 느끼게 하고 싶은데, 그렇게 하려면 좀 더 강해야 하고 자극적인 것이 필요한데, 그럼 내가 크리스천이라고 말할 수 있을지 의문이었다. 반면 '왜 안 돼?'라는 생각도 동시에 들었다. 크리스천도 사람이고 화가 나면 욕을 할 수도 있지 않나? 그런데 종교인들은 뭐가 그렇게 고상하다고 다들 깨끗한 척을 하려는지 이해할 수 없었다. 과연 이 갈등의 답은 무엇일까? 당장 명쾌한 해답이 나오지는 않았다.

"카톡"

불현듯 혼란의 굴레를 깨는 소리였다. 폰을 집어보니 청년부 목사님이었다.

'진배야~ 나 최재욱 목사야. 잘 지내지? 지난번….'

매주 오던 셀장님과 전도사님들과 같은 전형적인 톡 스타일이었다. 무시하고 인스타를 켜려고 하는 와중에 톡이 하나가 더 왔다.

'혹시 흥미가 있다면 이것도 한번 보렴.'

그리고 어떤 링크가 첨부되어 있었다.

'뭐지?'

나는 알 수 없는 호기심에 이끌려 톡을 열었다.

'4CS VOL.5 HOLYCREW FULL'

유튜브 영상의 제목이었다. 메시지를 읽어보니 목사님의 과거 음악을 하던 시절이라고 했다.

"2010년? 와, 개 유물이네?"

링크를 열어보니 굉장히 흐릿한 화질 때문에 누가 누군지 얼굴도 알아볼 수 없었다. 먼지라도 후~ 하고 털어야 할 것 같은 영상이었다. 하지만 목소리와 체형으로 누가 최재욱 목사님인지는 대충 알아볼 수 있었다.

"모두 Put your Hands up!"

영상 속 목사님은 내가 봤던 사람과 사뭇 달랐다. 한껏 꾸민 스타일과 건들거리는 걸음, 그리고 내게 익숙한 제스처와 말투 등등. 지난번 정장을 입고 점잖게 악수를 건넸던 그 사람이 아니었다. 가만히 영상을 보는데 랩 스타일과 음악도 꽤 스타일리시하게 느껴졌다. 특히 재욱 목사님의 랩에 라임이 탄탄히 배치되어 있었고, 억지스럽지 않고 자연스럽게 흘러가는 플로우에 깜짝 놀랐다. 무엇보다 끝까지 영상을 보게 만든 요인은 무대를 가득 채운 목사님과 그 팀원들의 뜨거움이었다. 이들도 지금의 나와 같은 열정이었을까 싶었다. 그때의 이 사람들과 대화를 한 것은 아니었지만, 랩에 대해 진심이었고, 정말 무대를 하고 싶어 하는 간절함이 고스란히 느껴졌다.

영상을 쭉 보는데 어쩌면 목사님은 지금 나의 고민을 충분히 이해해줄 수 있을 것이라는 생각이 강하게 들었다. '크리스천은 힙합을 하면 안 되는 것인지, 가사의 표현은 어디까지 허용이 되는 것인지, 정말 힙합은 죄악인 것인지, 그리고 내가 힙합이라는 음악과 문화를 좋아하는 것이 정말 잘못된 것인지.' 갑자기 물어보고 싶은 질문들이 여름의 폭우처럼 쏟아져 내렸다. 그래서 망설이지 않고 바로 목사님께 답장을 적었다.

'안녕하세요, 목사님. 저 목사님께 물어보고 싶은 게 있어요.'

## 홀리크루HOLYCREW의 실존에 관하여

홀리크루는 실존했다! 그리고 실존하고 있다! 그리고 'B.JoHN비죤'은 실제 인물이며, 그는 나중에 '최재욱 목사'가 되는 것도 사실이다. 믿어달라. 이는 글쓴이가 추론이나 느낌, 어쩌면 힙합과 교회, 교회와 힙합이라는 주제를 다룸에 있어서 '묵상'보다도 더 비중 있게 생각하는 '역사적 팩트'인 것이다!

홀리크루로서의 작업물도 참 좋고, 비죤 개인의 흔적도 현재의 시점에서까지 의미 있게 곱씹을 만한 지점이 많아 아직도 신선하다. 가령, 복서 최요삼 선수의 죽음을 추모하기 위한 곡이나 일리네어 레코즈의 '연결고리' 비트에 랩을 했던 것. 그 외에도 성경을 입체적으로 묵상한 내용을 가사로 만든 곡들에서 시대를 앞서갔음을 느낀다.

이는 홀리크루와 비죤의 성취였으며, 또한 '힙합'이라는 문화와 '힙합 음악'이라는 장르가 지닌 주제, 소재 선택에 있어서 다양성의 힘이기도 하다. 이는 심지어 젊은 날의 치기에만 그치지 않았고, '최재욱 목사'가 되어 살아가는 그의 삶에서도 픽션과 논픽션을 오가면서 영향을 끼치고 있다.

그리고 그 '조회 수 217'의 유튜브 영상도 물론 실존하고 있다!
"자, 아래 QR 코드를 클릭하시면 역주행에 동참하시게 됩니다!"

크리스천 힙합의 축제 '포크쇼(4 Christ Show)'에서 있었던
홀리크루의 공연, 전체 영상(2012. 8. 25. 압구정 Club L)

# 랩하는 목사

## 최 목사's view

나는 진배가 보내온 답톡에 오랜만에 가슴이 뛰었다. 힙합이라는 공통분모를 가진 스무 살의 청년이 나에게 묻고 싶은 것은 과연 무엇이었을까? 나는 태연한 척 답을 보내 진배와 일정을 잡았다. 그렇게 'bpm 180' 정도로 느껴지는 빠른 템포로 진배와의 만남은 성사되었다.

교회에서는 통상 '심방'이라고 불리는 언제나처럼의 만남이지만, 나는 어딘가 좀 특별하게 느껴지는 두근거림으로 진배와의 약속장소인 교회 앞 카페로 향했다. 저 멀리 진배의 모습이 눈에 들어왔다.

"오, 진배야, 왔나! 여기다, 여기!"

난 손을 흔들며 진배를 향해 인사했다.

"아, 네! 목사님 안녕하세요."

진배가 나를 보더니 빠른 걸음으로 다가왔다.

진배의 복장은 오히려 주일보다 조금은 평범하고 차분한 느낌이었다. 진배 나름대로 '목사님'을 만난다고 해서 조금은 단정한 착장을 한 것인지 모르겠지만, 이렇게 보면 또 지극히 평범한 대한민국 청년의 모습이다. 나는 정적을 깨며 두어 톤 정도 올라간 목소리로 말을 걸었다.

"진배야, 음료는 뭘로 할래? 먹고 싶은 거로 골라!"

난 메뉴판을 바라보며 슬쩍 진배에게 으스댔다.

"아, 네. 저는 아아 마시겠습니다."

진배는 몇 번 메뉴판을 훑어보곤 말했다.

"오~ 역시 힙합은 아아지. 그럼 나도 아아! 여기 아아 두 잔 주세요. 테이크 아웃 할게요."

난 고개를 몇 번 끄덕이며 메뉴를 주문했다.

진배는 뜬금없는 아아 드립 때문인지 표정 관리를 하지 못하고, 쓴웃음 비슷한 숨소리를 피식 내뱉었다. 나는 뭐가 되었든 녀석이 좀 마음을 누그러뜨리고 '목사'라는 사람을 편하게 만나게 하고 싶었기에 실없는 농을 쳤고, 금세 나온 아아 두 잔을 캐리어에 담아들었다.

"여기는 좀 산만하고, 교회 상담실 가서 얘기하자!"

난 진배에게 턱으로 교회 위층을 가리키며 말했다.

"넵."

진배는 고개를 끄덕이며 짧은 대답을 던졌다.

아마 진배에게는 교회라는 장소도, 상담실이라는 장소도 낯설 것이 분명했다. 왜냐하면 상담실은 그 이름에 걸맞게 테이블 하나를 기준으로 양쪽에 의자 두 개씩이 놓여 있고, 책상 위에는 작은 아로마 용기 하나와 교회 이름이 새겨진 각티슈 하나가 올려져 있는, 전형적인 '교회스러운' 장소였기 때문이다. 그래도 조용하고 차분하게 두 사람이 이야기하기에는 여기만 한 곳이 없다. 나는 상담실에 진배와 함께 들어와 캐리어에서 아아 두 잔을 꺼내어 맞은편에 앉은 진배에게 하나 건네고, 하나는 내 앞에 내려놓았다.

"진배야, 시간 내서 찾아와주어서 너무 반갑다. 안 그래도 물어볼 게 있다고 해서 엄청 궁금했는데!"

나는 한껏 들뜬 표정을 지었다.

"아, 네…. 그 좀 잘 모르겠는 게 있어서요."

진배는 어색한 건지 부끄러운 건지 시종일관 나와 대화할 때 고개를 들지 못했다.

"뭔지는 모르겠지만, 일단 아주 잘 찾아왔다고 생각한다!"

나는 그런 진배를 편하게 해주기 위해 목소리에 온기를 더했다.

나는 계속해서 두어 톤 정도 업된 목소리로 진배에게 말을 걸었다. 진배는 뭐라 대답하기 어려운 나의 멘트에 무슨 답을 해야 하나 잠깐 고민을 하는 눈치였다. 나는 정적을 깨고 먼저 역으로 질문을 날렸다.

"아, 그래. 그전에 나도 너무 궁금한 게 있는데, 내가 링크로 보내준 영상 혹시 봤어?"

나는 질문과 함께 카톡 화면을 보여주었다.

"아, 네. 봤어요."

진배가 처음으로 내 얼굴을 보며 답했다.

나는 어딘가 모르게 상당한 뿌듯함을 느꼈다. 뭐랄까, 그래도 성의 있게 영상을 보고 왔구나라는 기특함이랄까, 아니면 힙합을 아는 사람들끼리 뭔가 통했다는 희열 같은 것이랄까, 나도 모르게 좀 들뜬 반응을 보이며 진배에게 질문을 이어갔다.

"역시 맘에 들어 할 줄 알았지! 어떻게 봤어? 피드백 좀 해주라!"

나는 신이 나서 말을 이었다.

들떠서 말을 던지고 보니 진배가 '좋았다'고 대답한 적은 없었다는 사실이 떠올랐지만, 그래도 이미 뱉어 버린 말이라 에라 모르겠다는 심정으로 진배의 답을 기다렸다.

"음… 신기했어요."

진배는 잠시 쭈뼛거리다가 입을 열었다.

"아, 그래? '신기'했군. 어떤 점이 신기했어?"

생각보다 냉담한 반응에 나는 약간 풀이 죽었다.

"목사님이 랩하는 게요."

진배가 슬쩍 웃으며 대답했다.

"아아, 아무래도 그렇게 느낄 수도 있긴 하겠다. 뭐 종종 그런 말 듣긴 하니까! 우리 청년들도 보통 그런 반응이기는 해."

난 멋쩍어 머리를 긁적였다.

"근데요. 교회에서는 그런 거 하면 좀 이상하게 보지 않아요?

진배가 눈치를 보며 조심스레 물어봤다.

그… 목사님이시니까 더더욱 그런 거는 하시면 안 되는 거 아닌가요? 힙합이나 랩 같은 거요."

"아니, 전혀 문제없는데! 왜 그렇게 생각하는데?"

지금까지의 대화에서 가장 긴 문장으로 대답한 진배의 이야기에 나는 더욱 흥미로운 표정을 지으며, 대화를 이어갔다.

진배의 얼굴에 잠시 잠깐 묘한 표정이 스쳐가는 것이 보였다. 하지만 처음 보는 표정은 아니었고, 내가 사역하며 만났던 수많은 청소년과 청년이 보이는 표정이기도 했다. '랩 하는 목사'를 눈앞에서 본 청소년과 청년들의 '보통의' 반응이었다. 그리고 이내 진배는 뭔가를 골똘히 생각하며 말을 아끼는 듯했다.

"괜찮으니 어떤 말이든 편하게 해라!"

나는 그런 진배를 안심시키며 대화를 이어갔다.

"힙합은 나쁜 거잖아요. 적어도 '교회'에서는…."

진배는 어렵게 입을 떼었다.

나는 그 말을 들으며, 보통의 청년들이 으레 생각하는 것들이라 놀랍거나 새삼스럽지는 않았다. 그런데 눈앞에 있는 진배가 그런 말을 하니 왠인지 모르게 조금 씁쓸한 마음이 들었다. 나는 그것이 오해라고, 그렇지 않다고 말해주고 싶어서 의도적으로 진배의 흐려진 말끝을 다시 붙들어서 멱살을 끌어올리듯, 한층 더 올라간 목소리로 대답을 이어갔다.

"아니, 무슨 그런 말을. 그게 정말 나쁜 거면 내가 왜 랩을 했겠어. 심지어 목사님은 지금도 가끔 가사도 쓰고 랩도 하는데?"

진배는 '지금도'라는 나의 말에 귀가 솔깃한 것 같았다. 아마도 내가 어렸을 때의 잠시 잠깐의 취미 정도로 힙합을 대했다면, 혹은 '목사'라는 타이틀 때문에 힙합을 폐기해 버렸다면, 나의 이야기는 진배에게 가벼운 위로나 해주려는 이야기처럼 들렸을 것이다. 하지만 진배는 나의 힙합이 여전히 '현재진행형'이라는 것에 속으로 꽤나 놀라워하는 것 같았다. 진배의 눈에 스쳐 지나가는 반짝임 같은 것이 보였다.

"아, 목사님. 그 제가 물어보고 싶었던 게 사실은 뭐냐면요."

진배는 뭔가를 결심한 눈빛으로 내게 자신의 속마음을 말하기 시작했다.

진배는 나에게 학교 동아리 정기공연에서 있었던 사건을 고해성사하듯 말해주었다. 강렬한 인상을 주고 실력을 인정받기 위해 최대한 '힙합스러운' 빡센 가사를 썼다는 것과 왜인지 모르겠지만 결국 그 가사를 하나도 뱉지 못하고 무대에서 내려온 사건에 대해서다. 나는 사뭇 진지하게 진배의 이야기를 듣고는 이렇게 되물었다.

"음… 그런 일이 있었군. 이거이거 멘탈에 데미지 좀 있었겠는데? 혹시, 그때 썼다는 그 가사 좀 볼 수 있냐? 궁금하네!"

나는 아무래도 그 가사를 직접 보아야 뭐라도 좀 더 말해줄 수 있을 것 같았다. 물론 나 역시도 그렇지만, 나의 설익은 가사를 누군가에게 보여주는 것은 상당히 고민스러운 일임에 틀림없었다. 아티스트의 양가감정이랄까. 누군가에게 전하고 싶어 쓴 가사이지만, 그것은 나라는 사람의 머릿속을 열어서 보여주는 것과 진배없기에 설렘과 두려움이 동시에 드는 일이다.

"아, 그거 다 지웠는데요."

진배는 건조한 말투로 내게 말했다.

"아, 아쉽네. 가사를 봐야 나도 뭐라고 피드백을 해줄 텐데."

나는 진배라는 이 녀석이 어떤 생각으로, 어떤 마인드로 힙합이라는 문화를 해석하고 있는지 너무 궁금했기에, 나도 모르게 '아'라는 탄식을 너무 크게 했다는 것을 깨닫고 짐짓 놀랐다. 그만큼 정말로, 참 궁금하기도 했던 것이었다. 마치 내 20년 전의 모습을 보는 것 같은, 눈 앞에 앉아 있는 청년 예진배의 머릿속이 말이다. 바로 그때였다.

"아, 목사님, 잠시만요. 잠시만."

진배는 핸드폰을 열어 바쁘게 손가락을 움직였다.

다행히 메모장 휴지통에 아직 완전 삭제하지 않은 가사가 남아 있다며, 조심스럽게 '복원'을 눌러 다시 메모장으로 가사를 옮겨오고는 핸드폰을 내 쪽으로 돌려서 내밀었다.

"아, 진짜 그 좀 개민망한데…. 진짜 대충 보세요."

눈도 못 마주치고 고개를 살짝 떨구고 긴장하는 눈치였다. 그 모습이 마치 지코나 개코 앞에 선 쇼미더머니 1차 지원자 같았다.

"무대 위 빈자리는 네가 아닌 내가 주인
넌 걍 내려가서 해 카메라 들고 줌인
오직 내 랩이 널 죽일 치명적인 무기
널 발가벗기니까 내 가사는 높지, 수위

내가 여친이랑 재미를 볼 때 방 잡고
이 새끼는 방 닫고 처 보고 있지 야동
가끔 추상적인 플로우 마치 랩 피카소
칠한 물감이 마를 때 날 씹던 갠 피 말려

내가 랩 할 때마다 넌 부럽겠지
난 항상 짖고 있지 기름 부자처럼 '유'종의 미
네 수식어는 순한 조나단 조나단 순하지
네 라임 플로우 스킬 존나 단순하지

새'로 세운 기술' 너한텐 과했냐?
오버히트 '술 기운 새로'
이건 Bitch같은 너네한테 하는 '경고'지
'경'박하게 '고'추 빨아대는 입 속임"

'대충'이라는 말이 무색하게 나는 진배의 가사를 엄청나게 꼼꼼하게 읽어 내려갔다. 가사의 분량은 끽해야 열여섯 마디인데, 못해도 3분 정도는 되는 시간이 흐른 것 같았다. 진배는 목이 바싹 타들어가는지 아아 세 모금을 단번에 꿀꺽, 하고 들이켰다.

"그러니까 이 가사를 준비했는데 아예 절었다는 거지?"

나는 핸드폰을 계속 뚫어져라 바라보며 물었다.

"네, 아무것도 못 했어요, 완벽하게."

"연습이 부족했나?"

"아뇨, 누구보다 멋있게 찢었어야 했으니까… 연습은 토 나오게 했죠."

"근데 뭐가 문제였을까?"

"가사를 뱉으려고 하는데, 갑자기 이게 맞나 싶은 생각이 들어가지고요."

"그러네. 나도 가사를 읽으면서 딱 그 생각이 들더라고."

나는 손가락으로 딱 소리를 내며, 마치 범인을 발견한 소년 탐정 김전일처럼 확신에 찬 목소리로 진배에게 말했다.

"왜요? 뭐 때문이죠? 역시 목사님이시니까… 이런 가사들은 안 된다고 생각하시는 거죠? 사실 저도 그게 마음에 걸려서 아마 갑자기 막힌 거 같…"

누구보다 빠르게 남들보다 다르게 말이 빨라지는 진배의 이야기를 싹둑 자르며, 나는 단호하게 말했다.

"아니, 그게 문제가 아니라 힙합이 아니잖아, 이게."

진배는 잠시 귀를 의심하는 눈치였다. '힙합이 아니다'라니. 아마도 그 누구보다 고심에 고심을 거듭하여 최신 트렌드와 펀치라인으로 세련되게, 그리고 공격적으로 단어 하나하나 힘주어 눌러 쓴 가사였을 것이다. 그런데 거기에 대고 '힙합이 아니다'라니. 아마 진배는 마음 중에서 가장 말랑한 부분을 꾹 꼬집힌 사람처럼 날선 반응으로 나에게 쏘아붙였다.

"아니, 이게 왜 힙합이 아니에요? 요즘 다 이런 얘기하는 게 트렌드인데요. 제가 이거 엄청 공들여서 쓴 가사거든요. 며칠 밤을 새가면서 완성한…."

"이건 네가 아니잖아, 예진배의 이야기가 아니니까."

난 진배의 말을 막고 나의 말을 힘껏 날렸다.

진배는 카운터펀치를 얻어맞은 것처럼 잠시 휘청거렸다. 아마도 내가 말한 '힙합이 아니다'라는 이야기는 당연하게도 자신이 쓴 가사에 대한 이야기일 것이라고 생각했을 것이다. 하지만 내가 말하고 싶은 포인트는 그것이 아니었다.

"아, 그럼 목사님은 가사 내용이 안 된다는 게 아니라…?"

진배는 잠시 주춤했다.

"정말 네가 그런 이야기를 해야 하는 삶을 살고 있었다면 그것도 힙합의 표현이지만, 내가 말하는 건 너 자신과 가사가 하나 되지 않고 있다는 이야기!"

난 더 강한 말로 밀어붙였다.

진배는 가드가 내려간 상태에서 팩트로 두들겨 맞는 그로기 상태의 복서처럼 보였다. 이러다가는 곧 링 바닥에 등이 달라붙을 것 같은 느낌이 들어서, 나는 조금 완곡하게 표현을 바꾸어보았다.

"아까 그거 물어봤었지? 목사가 힙합을 해도 되냐고. 나는 당연히 된다고 생각해서 하고 있다."

진배는 그 틈을 타 다시 호흡을 고르는 듯하더니, 자기가 왜 그렇게 질문을 꺼냈는지를 나에게 설명하기 시작했다. 교회에 온 첫날, 새 가족팀에서 있었던 작은 해프닝에 대해 이야기하였고, 나는 나도 모르게 '아…' 하는 탄식이 새어나오고 말았다.

"아, 그거는 애들이 뭔가 오해가 있어서 그런 거 같다. 그 일은 내가 대신해서 미안하다."

나는 진배에게 진심을 사과했다.

"오해요?"

진배는 당황하며 물었다.

"진배야, 성경에 힙합이 나오냐, 안 나오냐?"

난 성경을 집어들며 진배에게 물었다.

"당연히 안 나오죠, 성경에 무슨 힙합이 있어요."

진배는 헛웃음을 웃으며 말했다.

"아니, 완전 있다. 완전 있어. 그거 아냐? 예수가 힙합인 거?"

난 의미심장한 말투로 진배에게 물었다.

진배의 눈이 보름달처럼 동그랗게 커졌다. 아마도 지금 자기가 들은 두 개의 단어에 전혀 공통분모가 없다고 생각할 것이 틀림없었다. '예수'와 '힙합'이라니. 어쩌면 진배는 내가 '예수님'도 아니고, '예수'라고 말한 것도 어딘가 모르게 당황스럽게 여겼을지도 모른다.

"그… 저… 목사님 그런 얘기하시면… 교회에서 안 짤려요?"

진배는 주변을 둘러보며 나에게 조용히 물었다.

"당연하지, 이게 내가 지어낸 말이 아니라, 예수가 힙합이라니까 진짜로?"

난 의자에 등을 푹 기대며 자신 있는 표정을 말했다.

진배는 잠시 고개를 갸우뚱거리며 미간을 옅게 찌푸렸다. 아마도, 자기가 알고 있는 예수님의 모습을 머릿속에 떠올렸을까. 부드러운 머릿결, 투명하게 하얀 가운을 입고, 새끼 양을 안고 있는 모습. 그런 것을 떠올리며 그 어디에도 힙합 같은 모습은 없다고 생각했을지도 모르겠다. 뭐, 사실 나도 백번 양보해서 외형적인 공통분모를 찾자면 턱에 자란 턱수염 정도가 그나마 힙합스럽다면 힙합스러운 요소라고 생각하고 있으니까 말이다. 나는 진배의 오해를 빠르게 풀어주고 싶었다.

"내가 다년간 성경을 열심히 연구해본 바, 예수야말로 힙합 그 자체라니까?"

나는 진배 쪽으로 몸을 기울이며 말했다.

“아니, 근데 목사님! 저는 성경 잘 모르니까요…. 설명을 좀 해주셔야….”

진배가 답답한 듯 재촉했다.

“오케이, 잘 들어봐라.”

## 힙합, 나를 표현할 수 있는 최고의 수단

2003년, 고등학생이었던 그때 래퍼 주석Joosuc의 앨범 〈Superior Vol.1 - This Iz My Life〉에서 이 가사를 들었다.

"힙합, 나를 표현할 수 있는 최고의 수단."

리믹스와 보너스, 히든 트랙을 제외한 14개의 수록곡 중 13번째에 해당하는 곡으로 '人生 ~ This Iz My Life'이란 노래는 주석 개인의 삶의 여정을 시작부터 지금까지 농도 짙게 다루고 있었다. 그런 곡의 여러 문장 가운데서, 왜 하필이면 저 한 줄이 청소년이었던 내 가슴 어딘가에 꽂혀서 아직도 빛나고 있는 걸까?

그 해답은 지난 진배와 최 목사의 대화 가운데서도 드러났다. 공들여 쓴 가사에 대한 피드백, "이건 네가 아니잖아"라는 직설. 다름 아닌 힙합, 그중에서도 특히 랩에 있어서는 더욱더 '나다움', '나'를 반영함이 중요하기 때문이다.

물론 랩의 작법에 있어서 이런 정신은 2020년대 와선 다양한 변화에 직면해 여러 논점을 낳고 있기도 하다. 최근 'I'll be missing you'로 역주행 열풍을 탄 퍼프 대디 Puff Daddy 같은 래퍼는 오래전부터 적극적으로 대필자 고스트 라이터Ghost-Writter)라고 한다를 고용해왔고, 이는 앨범 크레디트에도 해당 래퍼가 작사가로 정식 표기됐을 정도이다. 얼마 전에는 제이지가 닥터드레의 유명곡 'Still D.R.E'를 대필했다는 오래된 소문이 본인 인증되기도 했다.

그러나 아직도 우리에겐 '다른 사람이 작사한 가사를 부르는 발라더 또는 록커'와 '대필 받은 가사를 랩하는 래퍼'를 받아들이는 것 간에는 모종의 차이가 존재한다. 이는 골수 힙합 팬만이 아니라 일반 대중도 공유하고 있는 힙합에 대한 기본 이해 중 하나라고 필자는 생각한다.

이외, 직접 경험한 내용이 아닌 상상과 허구를 본인이 만들고 연기하는 캐릭터를 통해 표현하고 행동하는 류의 랩 아티스트들에 대한 논의는 여기서 다 밝히기는 어렵다. 초창기부터 힙합과 랩에 있어 중요해왔던 'Real'이라는 가치, 그리고 그 반대에 있는 것을 'Fake, Gimmick'이라고 한 데 있어 중대한 변화가 지금 시대에는 일어나고 있다. 그중에 그 '가장된 것을, 가장됐다고 솔직하게 말하는 류의 리얼함'에 대해서는 가히 소피스트적이라고 본인은 느낀다.

절대 진리의 존재를 인정하지 않는 자, 또는 타종교인, 무신론자라 할지라도 솔직함, 진실함, 진지함, 나다움 같은 단어들은 청자/감상자에게 깊은 울림을 만든다.

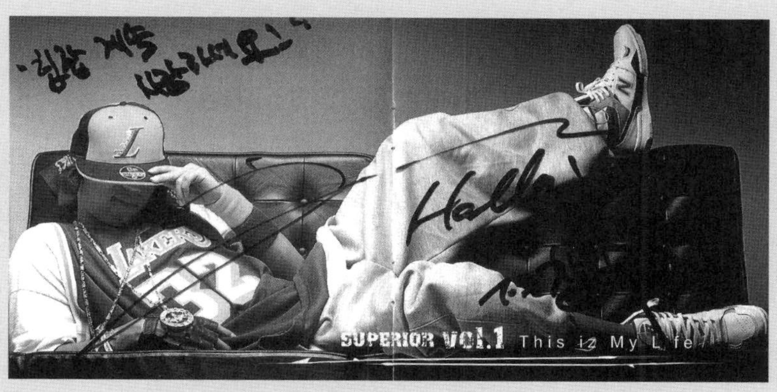


2003년, 부산 남포동에서 열린 사인회에서 만났던 주석. 내가 태어나서 처음으로 실제 만나본 래퍼였다! 이때 서명받은 CD는 훗날 태워 버리고 이젠 없지만, 대신 그 문장들이 가슴에 새겨졌다.

# 예수는 힙합이다

## 최 목사's view

나는 20여 년 전, 스무 살의 청년 최재욱의 시절을 잠시 떠올렸다. 격동의 청소년기를 겪는 동안, 항상 귀에 꽂혀 있던 이어폰, 그리고 거기에서 흘러나오던 각양각색의 음악들. 그중에서도 나의 마음을 가장 사로잡았던 것은 '록'과 '힙합'이었다. '록'에서는 밴드라는 구성에서 흘러나오는 멋진 아우라와 다양한 악기들의 사운드가 주는 타격감을 느낄 수 있었다면, '힙합'에서 가장 매력적으로 느꼈던 것은 '거침없는 솔직함'과 '이야기가 주는 힘'이었다. 어딘가 정제되지 않은 그 날것의 느낌, 나는 그것을 사랑하는 청년이었다.

그래서 고민이었다. 그 '날것'의 느낌이 나를 가슴 뛰게 한 것이 분명하면서도, 그것이 어딘가 내가 속해 있는 '교회'라는 공간에는 어울리지 않는 것 같다는 이질감 때문이었다. 마치 내가 이중생활이라도 하고 있는 듯한 그 느낌을 영 지울 수 없었다. 그것은 사실 중학교 때 내 워크맨 속에 들어 있던 다양한 국적의 록밴드들의 음악을 들을 때부터 시종 이어져 왔던 감정이기도 했다. 나는 내 앞에 앉아 있는 진배의 모습에서 같은 고민을 읽어낸다. 그리고 내가 빛처럼 발견했던 예수의 이야기의 한 조각을 나눠주고 싶었다.

"진배야, 너는 성경에 나오는 예수에 대해서 어떤 이미지를 가지고 있니?"

"뭐, 저도 어릴 때부터 교회는 다녀봐서…. 우리의 죄를 용서하기 위해 십자가에서 죽은? 그거 아닌가요?"

진배는 더듬더듬 자신의 생각을 이야기했다.

"그래, 맞는 말이다. 틀리지는 않아. 그런데 그렇게만 설명하기에는 예수의 삶에는 훨씬 다양한 의미들이 담겨 있지. 내가 너에게 적당한 위로를 주려고 갑자기 하는 이야기가 아니라, 네가 지금 하고 있는 그 고민을 정확히 20년 전에 똑같이 했었거든."

"아, 그래요? 목사님도 똑같은 고민을 했다고요? 그럼, 답은 찾으셨나요?"

진배의 눈에서 찰나의 광채가 스쳐 지나가는 것을 나는 정확히 볼 수 있었다.

"그래, 너 힙합에서 쓰는 '게토Ghetto'라는 말을 알고 있지?"

나는 안경을 한번 쓱 올리며 질문했다.

"네네, 알아요. 흑인들이 살아가는 터전이죠. 가난하고, 찌들어 있는 삶의 장소?"

진배가 성경 이야기와는 달리 자신 있게 대답했다.

"그래, 맞아. 힙합을 하는 사람들의 가사를 들어보면, 그런 게토에 대한 이야기나 자기의 출신에 대해서 당당하게 이야기하는 것을 볼 수 있지? 사실 그건 핸디캡 같은 것인데 말이야. 왜 그렇게 할 수 있다고 생각해?"

"글쎄요…?"

진배는 미간을 찌푸리며 고민한다.

"그들은 처음부터 게토의 삶 자체가 '자기 자신'이었던 거야. 많은 래퍼는 자신들의 게토에서의 삶이 고통스러웠을지언정, 그것을 부정하거나 자기의 뿌리를 감추려고 하지 않았어. 그것이 자신을 설명하는 데 있어서 가장 중요한 터전이었기 때문이지."

"오호…."

진배는 나의 이야기에 큰 흥미를 느끼고 있었고, 나는 이때를 놓칠세라 잽싸게 예수의 이야기를 가지고 말을 이었다.

“자랑이 될 수 없는 가난하고 험악한 출신지인 ‘게토’를 자신의 정체성이자 자랑으로 삼았다는 것, 나는 그 부분이 힙합의 멋이라고 생각을 했다. 놀라운 것은, 성경의 이야기를 살펴보니, 예수 자신도 베들레헴에 태어나 갈릴리라는 작은 촌마을에서 자라났지만 그것을 부정하거나 감추려고 했던 것이 아니라, 오히려 그곳을 너무나 아끼고 사랑했기 때문에 더 많은 사역을 그곳에서 행했다는 것을 알게 되었지!”

“아, 그런 것은 처음 듣네요. 저는 예수님은 하늘에서 내려오신 분이라고만 생각을 했어서.”

진배는 고개를 끄덕이며 대화에 흥미를 보였다.

“근데 잘 생각해보면 나는 그게 또 엄청난 메시지라고 생각해. 예수가 만약 우리가 살아가는 세상의 기준에서 소위 잘나가고 힘 있는, 권력을 가진 사람들의 입장에서 태어나고 자라고 사역을 했다면 어땠을까?”

“음, 확실히 어려운 사람들 입장에서는 덜 와닿았겠어요.”

“그래, 바로 그거. 나는 예수 역시 가장 낮고 천박한 삶을 살았고, 하지만 그것을 부정하거나 숨기지 않고, 오히려 비슷한 아픔과 어려움을 가진 사람들에게 더 많이 찾아가고 시간을 보냈다는 게, 그게 큰 감동이었거든. 사실, 너나 나나, 어쩌면 그런 사람들 중 하나일 수도 있지 않을까? 그런 우리에게 찾아온 예수가 그래서 너무 고마운 것 같고.”

나는 어딘가 모르게 눈가가 촉촉해질 뻔한 것을 가까스로 참아가며 계속 이야기를 이었다. 진배도 어딘가 모르게 많은 생각을 하는 듯 침묵하고 있었다.

"나는 그런 의미에서 예수야말로 힙합의 정신, '게토'의 정신을 가지고 있는 분이 아니었을까 하고 생각해. 자신의 뿌리를 정확히 알고 있는 사람만이 어디에서든, 어떤 상황에서든 자기 자신이 되어 살아갈 수 있는 것 같거든. 예수는 그 누구보다 그런 삶을 살아내셨고."

"음… 그런 의미에서 제가 쓴 가사가 '힙합이 아니다'라고 하셨던 것이군요."

진배는 수긍하는 듯 눈을 지그시 감고 고개를 끄덕였다.

"그래. 표현이 조금 자극적이긴 했지만, 나는 그렇게 생각한다. 네가 정말 너의 이야기를 당당하게, 너 자신이 되어서 써내려가는 것이, 가장 중요한 것 아닐까? 가사의 완성도나 기술은 어쩌면 그 이후의 이야기일 것 같고."

"으흠"

진배는 고심하는 듯 팔짱을 끼고 옅은 신음을 낸다.

"진배야, 목사님이 하는 이야기 치고는 이상하게 들릴지 모르겠지만."

나는 조금 망설이다가, 쇠뿔도 단김에 뽑는다는 심정으로 말을 덧붙였다.

"나는 소위 교회 안에서 '하나님을 만났다'는 경험을 기점으로, 완전히 자신의 이전 삶을 마치 지우개로 지워 버리듯 부정하는 사람들의 이야기는 그다지 신뢰하지 않는 편이야. 물론 너 역시 '하나님을 만나면 삶이 변한다'는 이야기는 잘 알겠지? 하지만 그것은 우리가 그동안 살아온 삶을 마치 없었던 일처럼 지워내려고 하는 듯한 강박이어서는 안 되고, 오히려 하나님을 만난 이후에 이전의 자신의 삶을 새롭게 '해석'할 수 있는 힘이 생기는 것이어야겠지!"

"오, 해석의 힘…이군요."

진배는 조금은 느릿하지만, 확실한 의사 표현으로 고개를 끄덕였다. 그리고 이렇게 질문을 던져왔다. 나는 진배가 던지는 그 질문이 참 좋았다.

"음… 목사님, 그러면 관련해서 궁금한 건데요. 예수님은 게토의 삶을 사셨던 분이고, 자기 자신으로 살아가신 분이라는 것인데, 그러면 거칠고 센 표현들? 그런 것도 마다하지 않으셨나요? 교회에서는 왠지 모르게 '착해야' 한다는 암묵적인 분위기가 있는 것 같아서요. 그 뭐라더라, '거룩'이라고 하나요? 예쁘게 말하고, 착하게 말하고, 화내면 안 될 것 같고 그런 거?"

"이런 이런, 진배야. 그거야말로 진~짜로 오해 중의 오해다!"

나는 손사래를 치며 진배에게 말했다.

"오해인가요? 근데, 교회 안에서는 뭔가 다 그런 사람들만 모여 있는 것 같아요. 적어도 제 눈에는…. 그리고 뭔가 저 같은 사람들은 좀 안 어울리는 거 같아서 좀…."

진배는 말하면서 다시 풀이 죽었다.

"음… 이건 영업비밀인데, 사실 내 눈에는 다 거기서 거기인 것 같다. 뭐, 농담 반 진담 반이지만, 사실이 그렇거든. 다들 부족한 사람들이지. 그리고 거룩하다는 것은 그냥 착하고 이쁘고, 싸우지 않고, 아무 문제없는 그런 상태를 말하는 게 아니기도 하고!"

나는 진배가 풀이 죽은 만큼 내 목소리 톤을 밝게 올렸다.

"어, 그래요? 예수님은 뭔가 인자하고, 선하고, 그런 분이라고 알고 있는데요?"

"이게 우리의 뿌리 깊은 선입견이야. 예수님이 엄청 극대노하신 사건이 있다는 것 알고 있어?"

진배는 흠칫 놀라는 기색이다. 나는 그 틈을 파고들어 조금 더 균열을 키워보았다.

"그냥 좀 편하게 표현해볼게. 예수도 '깊은 빡침' 때문에 쓴소리도 하고 화도 냈던 적이 있으셨어."

"오, 정말요?"

"응, 성경의 이야기들 중에서도 특별히 '부당하고 불의한 일'들이 일어날 때 주로 예수의 반응들이었지. 예를 들면, 가난한 사람들에게서 착취를 한다든지, 아니면 정직하지 않은 일들 때문에 누군가가 고통을 받고 있다든지 하는?"

"오 쩟… 그건 좀 간지네요. 뭔가 사회운동가 같은데요?"

진배는 손을 흔들면서 멋지다는 표현을 아끼지 않았다.

나는 진배의 입에서 나온 '사회운동가'라는 신선한 표현에 매우 놀라며, '역시는 역시'라는 생각을 했다. 아무래도 수많은 단어를 고민하고 생각하는 래퍼라면 이 정도 표현은 해줘야 한다고 생각하며, 신이 나서 설명을 이었다.

"나는 그런 면에서 예수야말로 '정당한 싸움꾼'이었다는 생각을 해봤어. 정말 싸워야 할 것에 대해서 한 치의 물러섬도 없이, 링 위로 오르는 모습이랄까?"

"오, 그거 랩배틀이잖아요."

진배가 이내 격한 반응을 했다.

"이제 조금 말이 통하는구나. 그래 예수야말로 거침없는 싸움꾼이었지. 올바름을 위해서는 전혀 물러서지 않았던! 예를 들어, 성경에 이런 사건이 있었어. 예수님이 병든 사람들을 고치는 사건인데, 문제는 유대인들이 전통처럼 지켜왔던 '안식일'에 병을 고쳤다는 것이지. 율법의 기준에 의하면 안식일은 아무것도 안 하고 쉬어야 하는 날이었거든. 예수는 안식일에 병을 고쳤고, 그 당시 율법을 생명처럼 수호했던 바리새인들은 예수가 올바른 일을 했음에도 불구하고 예수와 그의 제자들을 비난했지. 하지만 예수는 '인간성의 회복'이라는 안식일의 본질을 정확히 꿰뚫고 있었기 때문에, 그것이 정당하다고 당당히 주장했거든. 오히려 바리새인들이 율법을 기계적으로 지키느라 그 본질을 잃어버린 것을 폭로하면서 말이야."

"와… 그건 좀 멋있네요. 싸울 만한 것을 가지고 정당하게 싸웠던 거네요."

진배의 눈이 이전보다 훨씬 반짝였다.

"그래, 나는 사실 그래서 요즘 교회를 보면 좀 아쉽기도 해. 진짜 싸우고 지켜야 할 가치를 가지고 피 터지게 싸우는 것을 통해 서로 성장하는 것인데…. 뭐랄까, 다들 너무 양반 같다고 할까? 다들 아무 일 없는 척, 문제의 핵심에 다가가지 않고, 오히려 뒤에서 수근거리기만 하는 것 같아서 좀 안타깝지."

나는 씁쓸한 표정을 지으며 잠시 한탄했다.

"오… 이런 말씀하시는 목사님은 처음 보는 거 같아요. 왠지 좀 든든하네요!"

나는 진배의 입에서 나온 '든든하다'라는 말에 속으로 적잖이 울컥하고 말았다. 그리고 적어도 오늘의 짧은 대화는 진배가 '예수가 힙합'이라는 대명제에 조금은 다가서게 해주었을 것이라는 생각이 들었다. 그리고 내가 했던 시행착오들과 돌고 돌아가야 했던 그 길을, 조금은 단축하여 걸을 수 있으리라는 생각에, 어딘가 스스로가 꽤 목사다운 목사라고 느껴지는 진한 여운을 느끼고 있던 찰나, 카톡이 연이어 붕붕~ 하고 일벌의 날갯짓 소리처럼 울려댔다.

"아, 그러면 목사님, 마지막으로 하나만 더 궁금한 게 있는데…."

나는 진배의 질문에 귀를 열면서 동시에 눈은 카톡으로 향했다. 아, 긴급한 연락이다. 교역자들이 급하게 모여야 하는 모양이다. 하필이면, 왜 지금인가, 야속하다.

"아, 진짜 미안한데, 우리 못다 한 이야기는 다음에 이어서 해도 괜찮을까! 지금 바로 목사님들 급하게 모여야 하는 연락이 와서…. 아이고!"

나는 진배에게 두 손을 모으며 양해를 구했다.

"네네, 괜찮아요. 빨리 가세요, 목사님!"

진배는 컵에 남은 커피를 황급히 쭉 들이켜고는 주섬주섬 일어날 채비를 했다. 하지만 미처 다 마시지 못한 아아 몇 모금이 투명한 컵 아래에서 찰랑거렸다. 마치 못다 한 이야기를 남겨두고 가는 사람처럼 말이다. 못내 미안한 마음을 가지고, 나 또한 서둘러 모임 장소로 향했다. 내 투명한 커피잔에도 아직 다 마시지 못한 아아 몇 모금이 남아서 찰랑거리고 있었다.

## 게토의 영웅이 된 래퍼들

_짧은 퀸즈 방문기 about Nas.

게토, 원래는 유대인이 모여 살도록 법으로 규정해 놓은 도시의 거리나 구역을 가리켰던 말이다. 유대인에 대한 최초의 강제 격리구역은 1280년 이슬람 왕국 모로코에서 만든 밀라 millah였다. 게토라는 용어에 있어서는 '이웃에 있는 무쇠 주물공장'이란 말에서 나왔다는 추정이 있는데 출처: 브리태니커 대백과사전 신뢰할 만한 사실인 건 알겠지만 여전히 의미가 아리송하게 느껴진다.

이와 같이 게토는 지난날엔 유대인의 강제 거주 구역이었으며, 근현대에 있어서는 주로 미국의 흑인 빈민 구역이다 출처: 《동아 새국어사전》 제5판, 두산동아, 《프라임 영한사전》, 두산동아. 그렇기에 "I'm from ghetto"라고 하는 말은 "나는 흑인 빈민 구역 출신이야"라는 뜻이 된다. 그리고 대량으로 건설되어 흑인, 라틴계, 아시아계 등 다양한 유색인종 이민자들을 한꺼번에 집단 거주시켰던 공공주택단지 project는 자연스레 그러한 '빈민 구역'이며 우범지대가 되었다.

그중에서도 뉴욕 퀸즈 Queens의 주택단지를 찾아갔던 기억은 아직 내게 뚜렷하다. '게토'로 이스트 코스트 East Coast 힙합의 뉴욕 출신 래퍼들에게 자주 언급되곤 했던 이 지역은 내게 있어서는 나의 영웅 나스 Nas의 출신지로 기억되어 있었다. 물론 2021년에 드디어 그래미 어워즈 63rd Grammy Awards에서 최우수 랩 앨범 부문을 수상하기도 했지만, 어쨌건 간에 이제는 50살의 아저씨가 된 나스를 그 동네가 과연 기억하고 있을런지는 의문이었다. 물론 기념하고 있을 수는 있겠지만.

충격이 오가고, 거친 연기가 피어오르는 등의 뮤직비디오에서만 봤던 게토의 거리는 생각보단 좀 평온했다. 물론 그래서 안전을 위해 대낮에 방문하기도 했지만. 대신 무엇보다 큰 반전은 바로 이것이었다. "지금도 모두가 나스를 안다! 심지어 저 놀이터에 놀고 있는 어린이들까지도."

그렇게 내게 말해준 이는 우연히 말을 걸어본 동네 청년이었다. 사연은 이랬다. 나는 혹시나 나스가 살았던 집을 가까이서 볼 수 있을까 해서 마침 농구 코트에 앉아 있던 한 무리에게 다가갔다. 그리고 내가 한국에서 왔으며, 너희 동네 출신인 나스의 팬이고, 나는 그가 살았던 집이 여기 몇 동인지 궁금하다고 말했다. 그리고 "혹시 너희도 나스를 아니? 나스를 좋아해? 내 말은 릴 나스 엑스 Lil Nas X 말고"라고 물었다. 그에 대한 답이 바로 이것이었다. "물론. 나스는 매번 부활절이나 추수감사절, 크리스마스에 선물과 맛있는 음식을 한껏 사 들고 이 동네를 찾아와. 그래서 이 동네에서 모르는 사람이 없어."

게토의 영웅은 뮤비나 랩 가사에만 존재하고 있지 않았다. 거기서 태어났으며, 아직도 지키고 있었다. 마치 최 목사가 말했던 것처럼 '베들레헴에 태어나 갈릴리라는 작은 촌마을에서 자라난' 사람. '그것을 부정하거나 감추려고 했던 것이 아니라, 오히려 그곳을 너무나 아끼고 사랑한' 그 하나님의 아들, '나사렛의 예수'처럼 말이다.

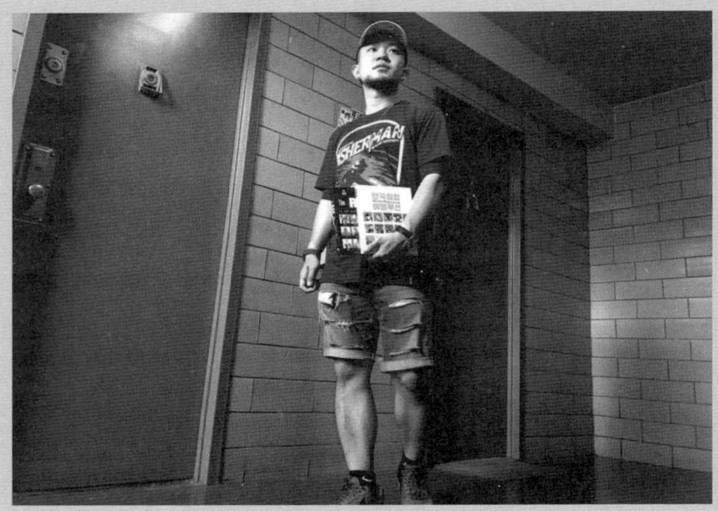

퀸즈 브릿지 주택단지, 어린 나스가 살았던 집 문 앞에서. 자랑스런 '한국 힙합'을 안고 함께 찍었다.
그 이름 모를 동네 청년은 기어코 나를 그 '집앞'까지 인도해주는 호의를 베풀었다.

# 형식 이전에 본질

## 진배's view

‘예수가 힙합이다’, 이 말은 그날 목사님과의 첫 만남 후 집으로 돌아와서도 한참 동안 내 머릿속을 배회했다. 그동안 가지고 있던 모든 고정관념이 다 부서지다 못해 모래가 되는 기분이었다. 하지만 삶의 순환은 파괴된 후 새창조가 있다고 한다. 그처럼 부서져 땅바닥에 흩어진 모래 안에서 새로운 싹이 피어났다. ‘예수가 궁금하다.’ 글자와 글자 사이, 문단과 문단 사이, 그 빈 여백에 숨겨진 예수의 모습이 궁금해졌다.

‘내가 빠져 있는 그 문화를 가장 닮아 있는 게 예수라고?’ 난 부활하신 예수님처럼 오랫동안 침대에 뉘어 있던 몸을 이내 일으켰다. 때마침 미세먼지 없는 맑은 날씨로 인해 햇살도 맑게 내 몸을 비추고 있었다.

'이건 진짜 부활하는 기분인데?'

난 밝게 빛나는 내 몸을 이리저리 훑어보며 피식 웃었다. 가볍게 양치와 세수를 하고 편한 티셔츠와 바지를 주섬주섬 집어 입었다. 그리고 책장 어딘가를 더듬거리며 성경을 찾았다.

"아, 여기 있다!"

안 본 지 꽤 오래되어서 먼지가 수북이 쌓여 있었다.

"후~"

먼지가 사방팔방으로 흩어져 고공비행을 했다. 오늘 미세먼지가 왠지 없다고 생각했는데 다 여기로 모인 모양이다. 먼지 때문에 갑자기 기침이 튀어 나왔다. 난 찡그린 얼굴로 휴지를 집어 성경을 닦은 후 책상에 앉았다. 중고등부 시절에 예수님의 활동이 담긴 것은 신약성경에 4복음서라는 내용이 기억이 났다. 성경을 펼치고 차례차례 시간의 물결을 흘려보냈다. 구약을 지나 신약이 나왔고 마태복음에서 멈췄다.

"아브라함과 다윗의 자손 예수 그리스도의 세계라 아브라함이 이삭을 낳고 이삭은 야곱을 낳고 야곱은 유다와 그의 형제를 낳고 유다는 다말에게서 베레스와 세라를 낳고 베레스는 헤스론을 낳고 헤스론은 람을 낳고 람은 아미나답을 낳고 아미나답은 나손을 낳고 나손은 살몬을 낳고…"

"…"

덮었다.

역시 난 아직 이 어려운 말들을 이해할 수 없었다. 조금 더 재욱 목사님과 만나야겠다는 생각이 들었다. 뜨거운 궁금증의 온도에 맞설 만큼 시원한 해답을 찾지 못해 내 몸은 점점 녹아 의자에서 밑으로 흘러내리고 있었다.

"카톡!"

난데없는 카톡에 난 벌떡 일어나 식탁 위에 있던 폰을 집어 들었다.

'진배야, 잘 지내지! 재훈이 형이야!'

정말 반가운 연락이었다.

재훈이형은 사촌형인데, 어렸을 때 나를 제법 잘 데리고 놀아주던 고마운 형이었다. 공부도 잘해서 좋은 대학을 나오고 지금은 유명한 IT 회사에 다니고 있어서 가족들 사이에서 늘 자랑이 되고 있다. 그만큼 나의 상대적 열등감도 있었지만, 그것보다 고마운 게 많아서 생각할 때마다 가슴이 따뜻해지는 형이다. 지난겨울에는 나도 서울로 대학에 갈 수 있을 것 같다고 이야기했더니 오게 되면 꼭 만나서 맛있는 것을 사주겠다고 했었는데, 신학기와 지난 그 사건 때문에 형한테 연락하지 못했었다.

'오, 형!'

난 이내 반갑게 답장했다.

'너 서울 왔어? 궁금해서 연락했어.'

'미안해, 나 서울 왔는데 내가 정신이 없어서 연락을 못했어.'

'아, 그랬구나. 괜찮아, 괜찮아. 야 그래도 합격했네, 축하해!'

'고마워, 형. ㅋㅋㅋ 형도 잘 지내지?'

'당연하지! 너 내일 뭐해? 형이 밥 살게 시간 되면 보자!'

'응, 형 나 시간 될 것 같아!'

요즘 사람들을 만나기 싫지만 재훈이형은 보고 싶었기에 승낙했다.

'그럼 내일 합정에서 6시에 보자.'

'알겠어, 형!'

'아, 맞다. 진배야!'

'응!'

'너 혹시 프리스타일 랩배틀 구경 같이 갈래?'

'응? 프리스타일 랩?'

난 누구도 아닌 재훈이 형 입에서 랩이 나올 줄은 상상도 하지 못했기에 사뭇 당황했다.

'응응, 내가 자주 가는 배틀이 있는데 너도 랩 좋아하니까 같이 가면 좋을 것 같아서!'

'좋지! 근데 형이 거길 왜 가? 형도 랩해?'

'앗! ㅋㅋㅋㅋ 취미로 하고 있는데 다들 좋게 봐줘서 자주 가고 있어.'

'와… 형 미쳤다.'

항상 공부의 대명사라고 불리는 형이 랩을 한다는 이야기에 놀라움과 반가움이 한데 섞여 내 마음속을 헤엄쳤다.

'같이 갈래?'

'너무 좋지, 나 갈래.'

'오우! 그래 같이 가서 재밌게 놀다 오자.'

'응응. 형 가서 형 랩하는 것 봐야겠다.'

'아잇, 아냐. 난 개못해. 다른 사람들 개쩔어. 가면 JJK도 있고 또 내가 좋아하는 래퍼들도 많은데 아마 너도 좋아할 거야!'

'알겠어, 형! 그럼 내일 합정에서 봐!'

'그래, 내일 보자!'

반가운 사람의 반가운 소식은 항상 내일을 반갑게 맞이할 힘을 준다.

## SRS822

"진배야!"

재훈이 형이 합정역 7번 출구에서 서서히 일출처럼 올라오며 나를 불렀다.

"요, 형!"

나도 반갑게 맞이했다.

"이야, 이자식 잘 지냈냐? 많이 컸네?"

형은 내 머리를 마구 헝클어뜨렸다.

"헤헤. 형 보고 싶었어."

나와 재훈이 형은 서로 안부를 물으며 힙합 악수를 했다.

"미안해, 형이 좀 늦었지. 교회 끝나고 바로 오는데 오늘 모임이 조금 늦게 끝나서…."

"아냐, 형 괜찮아! 와 그런데 형이 랩이라니 무슨 일이야?"

나는 아직도 믿기지 않아서, 한 번 더 되물었다.

"아, 그게 원래 어렸을 때부터 힙합 음악을 좋아했는데, 이게 어느 순간 점점 직접 해보고 싶더라고."

재훈이 형은 멋쩍은 듯이 머리를 긁적이며 대답했다.

"아, 그래서 계속하는 거야 지금까지? 형도 래퍼할 거야?"

난 인터뷰하듯이 질문을 쏟아냈다.

"어후, 래퍼는 무슨 잘하는 사람이 얼마나 많은데! 그냥 난 취미야."

재훈이 형은 말도 안 된다는 듯이 손사래를 치며 말했다.

"와, 취미로도 이렇게 하는구나. 형 말고 또 이런 사람 있어?"

"아직 나 말고 이런 사람은 못 봤어. 그런데 조금 더 많아졌으면 좋겠어. 이게 얼마나 재밌는데."

재훈이 형은 신이 나서 히죽거렸다.

"형, 근데 고모가 형 랩하는 거 알아??"

우리 집안에서 가장 보수적이고 학구열이 불탔던 고모였기에 난 순간 우려가 되어 물어봤다.

"아, 사실 이야기하자면 조금 긴데…. 원래 내가 몸이 좀 아팠었어."

"아, 진짜? 지금은?"

난 순간 형이 심히 걱정되었다.

"지금은 많이 좋아졌지. 그런데 이게 랩 때문에 건강해진 거야."

"엥? 랩 때문에? "

난 진심으로 깜짝 놀랐다.

"응. 학교 졸업하고 취업 준비하면서부터 최근까지 너무 스트레스를 받아서 건강이 많이 나빠졌었어…."

재훈이 형은 가슴을 쓸어내리며 이야기했다.

"어후…."

난 그동안 그런 사정을 몰랐기에 형한테 꽤 미안했다.

"그러던 중에 랩 공연을 보러 갔는데 거기서 공연이 다 끝나고 오픈마이크로 프리스타일이란 것을 갑자기 시키더라고."

재훈이 형의 눈빛이 조금 전과는 달라졌다.

"우와."

"그때 얼떨결에 나가서 하게 되었는데 그때 정말 내가 다시 태어나는 기분이었어."

재훈이 형이 주먹을 꽉 쥐며 잠시 그때의 상황을 되새기는 듯했다.

"무슨 기분이었는데?"

재훈이 형의 말이 끝나기 무섭게 바로 질문했다.

"뭔가 '이게 살아 있는 기분인가?'라는 생각이 들었어."

재훈이 형이 두 손을 하늘로 뻗으며 말했다.

"오우, Shit."

그 기분은 나도 잘 안다. 내가 처음에 무대에 올라서 사람들에게 열정을 토했을 때의 기분이다.

"그때부터 프리스타일 할 수 있는 자리는 다 찾아다녔지. 그러면서 술도 줄이고 땀도 흘리고 하니 점점 건강해지더라고."

"응응! 그래서?"

"그러다가 어느 날 건강 검진을 받고 결과가 나왔는데 엄마가 보시더니 무슨 일이 있었냐는 거야."

"응응!"

난 재훈이 형의 이야기에 점점 녹아내렸다.

"그래서 그때 사실대로 이야기했지. 엄마 저 랩이란 것을 요즘 합니다."

"헛! 고모한테 안 혼났어?"

난 순간 고모의 화난 얼굴을 상상했고, 그 상상만으로 온몸이 얼어붙었다.

"와… 나도 개털릴 줄 알았는데, 엄마가 되려 취미로 하는 거냐고 물으시더라고."

"그래서?"

나는 침을 한번 꿀꺽 삼켰다.

"그래서 당연히 그냥 취미고 회사 퇴근 후에 이거 하는 재미로 살고 있다고 했지. 그랬더니 엄마가 건강한 취미 가진 것 같아서 다행이다. 이러시더라고!"

재훈이 형이 아직도 믿기지 않는 눈빛으로 나를 바라보며 말했다.

"와… 미쳤다…."

내가 아는 고모에게서는 감히 상상조차 할 수 없는 답변이었기에 난 크게 놀랐다.

"그치? 이거 말도 안 되잖아."

재훈이 형이 흥분하며 되물었다.

"절대!"

난 고개를 절레절레 저으며 대답했다.

"그래서 '엄마 괜찮으세요?'라고 물어봤지. 그런데 엄마가 너가 건강해지는 것이면 무엇이든 상관없다고 하시면서 재밌게 해보라고 하시더라고."

"크…."

역시 피눈물도 없을 것 같은 고모도 아들의 건강이 최우선이었다.

"그때부터 재밌게 지금까지 하고 있고, 오늘 가는 곳도 내가 매달 가는 곳이야."

재훈이 형이 앞을 가리키며 서둘러 가자는 듯 손을 흔들었다.

"오호."

나는 재훈이 형의 말 때문에 더욱이 궁금해졌다.

"아, 다 왔네. 여기야!"

재훈이형이 걸음을 멈추고 가리키는 곳은 합정과 홍대 중앙에 위치한 한 클럽이었다. 아직 클럽을 가본 적이 없는 나였기에 기대감보다는 두려움이 몸에 점점 스며들었다.

"어? 형, 여기 클럽 아니야?"

난 잠시 머뭇거렸다.

"응, 맞아. 여기서 해."

"아…."

재훈이 형은 안으로 들어가려다 나를 보고 잠시 걸음을 멈췄다.

"괜찮아, 오늘은 건전하게 랩만 하는 날이라 크게 걱정 안 해도 돼!"

재훈이 형은 우물쭈물하는 나를 안심시키며 클럽 안으로 이끌었다.

계단을 내려가는데 마치 지하던전에 내려가는 듯했다. 음습한 분위기와 약간의 코를 찌르는 냄새가 내 온몸을 휘감았다. 이끼가 끼어있는 듯 계단은 미끄러웠다. 나는 두려운 나머지 재훈이 형의 가방을 슬며시 붙잡았다. 조금 내려가니 입구가 있었고 나와 재훈이 형은 클럽 내부로 들어갔다.

"쿵 쿵 빡! 쿵 빡!"

역시나 랩을 하는 곳에 맞게 비트가 흘렀다. 하지만 그동안 동아리실에서 듣던 소리와는 비교조차 되지 않을 정도로 크게 울렸다. 그동안 듣던 비트 사운드는 그저 아기의 옹알이에 불과했다.

"휘끼 휘끼 슈욱!"

중간중간 디제이의 스크래치 소리도 들렸다. 무대 구석을 바라보니 메인 디제이가 직접 비트를 플레이하고 있었다. 실제로 프로 디제이를 본 것은 처음이었다. 리듬을 타며 비트를 때에 맞게 바꿔주는 모습이 마치 클래식 연주에서 지휘자를 보는 것 같았다. 과거 어떤 인터뷰에서 디제이는 거리문화의 지휘자라는 내용을 본 적이 있었는데, 이런 모습 때문에 그렇다는 것을 이제야 깨달았다.

"어! 난 프리스타일 하고 있어. 전부 들어와 여기 싸이퍼."

시선을 돌리니 사람들이 삼삼오오 둥그렇게 모여서 랩을 하고 있다. 프리스타일 싸이퍼였다.

랩을 하는 사람이던 랩을 듣는 사람이던 모두의 열정이 뜨거웠다. 둥그런 원들이 타오르는 모습이 마치 올림픽의 로고와 닮아있었다. 랩을 하는 사람이 엄청난 라인을 뱉으면 모두가 미친 듯이 환호했다.

"재훈이 형, 여기 미쳤다."

난 신나서 재훈이 형에게 말을 건넸는데 형이 갑자기 사라졌다.

"어? 뭐야. 어디 갔어?"

주위를 둘러보니 어디선가 낯익은 실루엣이 랩을 하고 있다.

"어! 난 계속해서 이어가 너네 전부 태워 끌고 있지 마치 리어카."

재훈이형은 자연스럽게 스며들어 그들과 함께 랩을 하고 있었다.

"와…."

난 재훈이 형을 말없이 한참 동안 바라봤다.

분위기가 무르익어 갈 때 즈음 마이크를 통한 누군가의 목소리가 들렸다.

"Yo. What's up!"

JJK였다. 길거리 랩배틀의 선구자였고 ADV 크루의 리더이다. 꼭 만나보고 싶던 래퍼였는데, 여기서 볼 수 있음에 진심으로 감사했다. 예전에 올티랑 같이 프리스타일 하던 영상을 봤는데 진심으로 개쩔었다. 그리고 이 사람이 발매했던 앨범 중 〈고결한 충돌〉은 나에게는 인생 앨범이다. 첫 트랙부터 '난 주님의 아들'이라고 못을 박는데 그 한 구절 때문에 하루 종일 충격에 휩싸였다.

"자, 이제 본격적인 배틀을 시작해보겠습니다! 참가 신청을 하셨던 분들은 전부 무대 위로 올라와 주십쇼!"

JJK가 본격적인 배틀의 시작을 알렸다.

"진배야, 나 잠깐 다녀올게. 여기서 구경하고 있어!"

재훈이 형이 내 어깨를 살짝 감싸며 말했다.

"어? 뭐야? 형 배틀 나가?"

난 놀라서 되물었다.

"응. 올 때마다 도전해보고 있어. 크크."

재훈이 형은 신나는 표정으로 답했다.

"오, 미친…."

난 더 이상 말을 잇지 못했다.

"무튼 다녀온다!"

재훈이 형은 나에게 말하는 동시에 무대 위로 발걸음을 옮겼다.

'와, 재훈이 형이 랩을 하는 것도 놀랐는데 배틀이라니…. 도랐냐?'

난 모든 상황이 믿기지 않아서 정말 꿈을 꾸는 기분이었다.

치열하게 예선전을 치루고 본선전이 시작되었다. 예선에서 떨어진 사람들은 간혹 은근슬쩍 욕을 흘리고 갔다. 이에 JJK는 입고리를 씰룩 올리며 비웃음 섞인 얼굴로 대응한다.

"본선 무대에 올라오고 싶으면 죽어라 연습하고 오십쇼, 다들! 뒤에서 욕만 하면 그게 좁밥인 겁니다."

그 말을 들은 나는 괜히 침을 한번 꼴깍 삼켰다.

"자, 이제 본선 시작하겠습니다. 첫 번째 라운드!"

"찌끼찌끼"

디제이가 판을 긁으며 분위기를 고조시킨다.

"전진서 and 김재훈!"

재훈이 형이 첫 번째였다.

"와, 전진서면 지난번 준우승한 그 사람이잖아."

주변 사람들이 술렁이는 것을 보니 재훈이 형의 상대는 상당히 강적인 듯했다.

"자, 둘이 가위바위보 하세요. 이긴 사람이 공격을 선택할 수 있습니다."

JJK는 룰을 설명하며 둘을 가까이 붙였다.

"가위바위보!"

결과는 전진서의 승리였고, 재훈이 형에게 공격권을 먼저 넘겼다.

"오케이! 김재훈의 선공으로 배틀 시작합니다. DJ Drop the Beat!"

"쿵 쿵 쿵 쿵 쿵 치키 탁 치키치키 쿵 탁!"

디제이의 손끝에서 비트가 뿌려졌다.

"Uh!"

복싱 선수들이 주먹을 올리며 공격 자세를 취하듯이 재훈이 형은 가볍게 입을 풀며 상대를 공격할 준비를 했다.

"Yo.

내 앞에 있는 상대 이름 봤더니 전진서,

근데 이새끼 나이가 많아서 고장났대 전립선

생긴 것만 봐도 걍 범생이 안경 너무 어지러워

결국 나한테 쳐발리고 도지겠지 정신병"

"워후~"

잠잠했던 관객들이 재훈이 형의 랩을 듣고 조금씩 물결치고 있었다.

"Yo

니 랩은 알 수 없는 요지경

니 랩도 똑같네 니 못생긴 얼굴처럼 오징어

걍 붙여줄게 빨간 딱지 체류 고지서

랩을 못 하니 돈을 못 벌지 그게 니 고질병

내가 운전하는 건 시티 백

넌 따라오지 못해 기진맥진 해

멀미 나서 토하냐? 선물해줄게 키미테

넌 맨날 찾고 다니지 연습실보다는 기집애

전진서 누가 봐도 걍 병신새끼

니가 한끼 먹기도 힘들 때 난 삼시세끼

다 먹고 다니지. 넌 걍 열매 난 새

뭔 말인지 알아? 널 따 먹고 다니지."

"오우!!!"

재훈이 형의 마지막 라인에 사람들은 미친 듯이 열광했다. 내 눈에도 지금만큼은 재훈이 형은 8마일의 에미넴이었다.

"오케이, 바로 이어받겠습니다. 전진서!"

JJK는 바로 전진서에게 마이크를 넘겼다.

"yo."

전진서는 마이크를 받자마자 랩으로 황소처럼 재훈이 형을 들이받았다.

"니 랩 꼴 보기 싫어 마치 모의고사

나는 여길 살려 마치 허준 이건 동의보감"

"와!"

시작부터 사람들은 전진서에게 열광했다.

"뭐 씨발? 내가 병신 새끼?

이새끼 직장인 난 사장 넌 경질됐지."

"으악!"

재훈이 형의 라인을 이용한 반격에 사람들은 더 크게 반응했다. 그걸 듣는 재훈이 형도 눈동자에 지각변동이 일어났다.

"피곤해 보여 마셔 여기 비오비타
발기부전인 듯해 가봐 비뇨기과
니 랩 들으면 전부 귀만 속상
마치 듣기 평가, 고등학생 기말고사"

'와, 도대체 프리스타일인데 라임이 몇 개야?'

전진서는 마치 엘사처럼 제스처에 실린 라인을 뿌릴 때마다 날 얼어붙게 했다.

"나는 챔피언 가슴팍에 골든 뱃지
난 널 요리하는 고든 램지
난 니 두 눈에 흙 뿌리지
나 근본 그 자체 흙, 뿌리지."

"Ye~~~!!! Battle is Over!"

JJK는 전진서의 마무리를 보고 이내 분위기를 더욱 고조시켰다.

"자, 여러분 투표해주세요. 첫 번째 김재훈이 잘했다고 생각하는 사람들 소리 질러!"

"워후~~~!"

생각보다 많은 사람이 재훈이 형에게 환호를 던져서 놀랐다. 그리고 이내 나도 재훈이 형을 위해 목젖을 비틀어 짜는 심정으로 소리를 질렀다.

"김재훈!"

그 소리를 들었는지 재훈이 형은 나에게 가볍게 손을 들어줬다.

"오케이, 잘 알겠습니다! 그럼 두 번째 전진서가 잘했다고 생각하는 사람들 소리 질러!"

"와아아아아아!"

분위기는 압도적이었다. 누가 들어도 전진서의 승리였다. 재훈이 형도 인정한다는 듯 편안한 얼굴로 결과를 받아들였다.

"네! 이렇게 해서 전진서가 다음 라운드로 올라갑니다!"

재훈이 형과 전진서는 가볍게 힙합 악수를 하고 각자의 자리로 내려왔다.

"와, 형! 너무 고생 많았어!"

난 재훈이 형에게 가방을 건네며 격려했다.

"아, 이번에는 좀 이기나 했는데 아쉽다. 하하!"

말은 아쉽다고 해도 기쁨이 더 커 보이는 형이었다.

“와, 근데 형이 이렇게 프리스타일을 잘할 줄은 몰랐어. 언제 연습한 거야?”

“아이고, 그냥 뭐 하다 보니까 또 이렇게 되네. 그런데 난 아직 좁밥이야. 잘하는 사람 진짜 많아.”

“나중에 나랑도 붙자, 형.”

나는 형의 긴장을 풀어주기 위해 장난을 쳤다.

“오~ 그럼, 그때는 더 칼을 갈아야겠다.”

재훈이 형은 내 목을 조르는 시늉을 하며 말을 건넸다.

“장난이야, 형. 하핫!”

“알아, 임마~ 야, 너 배 많이 고프지?”

“앗! 그러네! 나 배고프네.”

정신없이 배틀을 보느라 배고픈 줄도 몰랐다. 시간을 보니 저녁시간을 한참이나 넘긴 시간이었다.

“근처에 맛있는 치킨집 있는데 거기로 가자, 형이 살게!”

형이 지갑을 들어올리며 으스댔다.

“오우! 너무 좋지 가자, 형!”

치킨이란 말에 난 더욱 신이 났다.

“가격 신경 쓰지 말고 먹어. 1인 2닭도 괜찮다.”

그 순간만큼은 재훈이 형은 나에게 도끼였다.

“형님! 이 아우가 큰절을 올리겠습니다.”

난 가방을 내려놓고 큰절을 올리기 위해 무릎을 반쯤 꿇었다.

"야, 뭐하는 거야 임마. 일어나, 크크."

재훈이 형은 서둘러 나를 일으켜 세웠다.

"일단 올라가자."

재훈이 형은 나를 이끌고 지상으로 올라갔다.

긴장이 풀리기 시작하는지 재훈이 형은 잠시 동안 아무 말이 없이 걸었다. 그사이 나는 문득 재훈이 형에게 궁금한 것이 생겨서 물어볼 각을 재며 눈치를 살폈다. 그때 마침 재훈이 형이 먼저 나에게 질문을 던졌다.

"진배야, 오늘 어땠어? 재밌었어?"

"오우, 완전 형! 형 에미넴인 줄 알았어, 크크."

나는 엄지 두 개를 치켜 올리며 답했다.

"에이, 그 정도는 아니지~."

재훈이 형은 멋쩍은 듯이 손사래를 쳤다.

"그런데 형, 나 궁금한 게 좀 있는데 물어봐도 돼?"

난 이때다 싶어 조심스레 질문을 던졌다.

"응, 그럼! 뭔데?"

"아니, 형도 크리스천이잖아."

"그렇지!"

재훈이 형이 당연하다는 듯이 끄덕였다.

"그런데 형은 아까 배틀에서 뱉었던 랩하는 데 거리낌 같은 거 없었어?"

"무슨 거리낌? 아, 막 센 단어나 표현들 이런 거?"

재훈이 형은 잠시 고민하더니 깨달은 듯 손뻑을 가볍게 치며 되물었다.

"응, 맞아! 아무래도 보는 시선들이 좋지 않을 텐데…."

"나도 처음에는 그런 생각들이 있었지. 그런데 지금은 달라."

재훈이 형은 내 어깨에 손을 살며시 올렸다.

"엇? 왜?"

난 무엇이 재훈이 형의 생각을 바꿨는지 진심으로 궁금했다.

"내가 아는 래퍼 형이 있는데 그 형도 크리스천이거든. 나도 너처럼 똑같은 질문을 했었어. 그런데 그때 그 형이 나한테 해줬던 말이 있는데 그게 나한테 큰 도움이 되었어."

재훈이 형은 잠시 회상하는 듯 멍하니 하늘을 바라봤다.

"아, 그러니까 그게 무슨 말인데?"

난 궁금증이 더욱 짙어져 재훈이 형을 더욱 쏘아붙였다.

"야, 진배야. 내가 하나 물어볼게. 넌 어떤 권투선수가 크리스천인데 폭력은 악한 것이기 때문에 주먹을 뻗지 않겠다 그러면 어떨 것 같냐?"

"뭔 그게 말도 안 되는 소리야? 그런 게 어딨어?"

난 인상을 찌푸리며 재훈이 형을 다그쳤다.

"그치, 말도 안 되지?"

재훈이 형이 나의 답변을 기다렸다는 듯이 맞장구를 치며 말을 이었다.

"그게 그 형이 나한테 했던 질문이었어. 나도 너처럼 똑같이 대답했었고, 그러면서 했던 말이 뭐였냐면 랩배틀에서 비트는 링이고, 랩은 뻗는 두 주먹이라고 하더라."

"..."

난 잠시 무언가에 맞은 듯한 느낌이 들어 아무 말도 하지 못했다. 그리고 재훈이 형은 계속 말을 이었다.

"서로 실력을 겨루기로 약속을 한 공간이기 때문에 최선을 다해 나의 기술을 선보이고, 권투선수가 최선을 다해 주먹을 세게 뻗듯이 할 수 있는 만큼 세게 랩을 뻗는 것이 더 멋진 것이라고 하더라고. 권투선수에게 주먹을 뻗는 기술이 래퍼에게는 표현이나 단어들이 되는 것이지. 한마디로 정리하면 바로 랩 스킬이야."

재훈이 형은 계속 말을 이었다.

"당연히 느닷없이 사람을 때리는 것은 잘못된 일이지만, 서로 약속을 하고 겨루는 스포츠는 다른 얘기잖아. 랩도 똑같아. 내가 배틀을 하는 이상 난 최선을 다해 상대를 공격해야 해. 그것이 상대를 향한 예의이고, 상대를 존중하고 있다는 의미야. 해서 끝나고 서로 뒤끝 없이 악수할 수 있는 것이지."

"오호…."

재훈이 형의 말을 듣는 동안 케케 묵었던 얼룩이 지워지는 기분이었다.

"좀 이해가 됐어?"

"응, 형. 완전 도움이 되었어!"

"진배 너도 괜히 크리스천이란 이유로 너무 보이는 것에만 얽매이지 않았으면 좋겠다. 중요한 것은 형식 이전에 본질이야. 힙합 문화에서 배틀은 원래 갱 전쟁으로 인해 무의미하게 어린 흑인들이 죽어나가는 것을 방지하고자 만들어진 것이야. 배틀은 하되 사람은 살리자는 거지. 기독교인들이 그렇게 남을 죽이는 행위라고 부정하는 것이 본질은 사람을 살리기 위해 탄생한 것이야. 어때 재밌지?"

재훈이 형은 내 어깨를 탁! 치고 으스대며 물었다.

"워후! 형 뭐야, 교수야?"

난 놀란 눈으로 형을 바라봤다.

"아니, 뭐. 그냥 좋아하다 보니까 자연스레… 허허."

내 칭찬이 부끄러웠는지 재훈이 형은 뒤통수를 긁적였다.

"아, 진배야. 여기다!"

재훈이 형은 발걸음을 멈추고 작은 식당을 가리켰다.

간판을 보지 않았지만 이미 풍기는 향기로 난 이곳이 치킨집이고 그걸 넘어서 맛집이란 것을 알 수 있었다. 튀김 냄새는 부드럽게 내 코를 휘감았다. 침샘이 열려 입에는 가득 침이 고였고, 이미 치킨은 내 입속에서 침을 기름삼아 바삭하게 튀겨지고 있었다.

"와… 형, 냄새 미쳤네…."

"그치? 들어가자!"

"…"

난 대답도 하지 않고 홀린 듯이 재훈이 형을 따라 가게로 들어갔다.

때마침 고소한 치킨에 어울릴 만한 새콤달콤한 소식도 핸드폰에 뿌려졌다.

'진배야, 이번주 화요일 지난번 만났던 카페에서 어떠니!'

목사님의 카톡이었다.

## SRS와 JJK?
## 한국에도 그런 게 진짜 있는 건가요?

'SRS' 역시 현실에도 있다! 래퍼 JJK의 거리공연으로 시작해 프리스타일 랩배틀 대회로 자리 잡은 SRS Street Rap Shit는 2012년에 시작됐다. 5주년을 맞이했던 2017년에는 기념 테마곡 'SRS 2017'이 발매되기도 했다.

유튜브의 @ADV Crew 채널에서는 까마득한 2014년의 영상까지도 찾아볼 수가 있고, @JJK 개인 계정에서는 SRS 2018년의 기록과 최근에도 진행 중인 'SRS822'의 뜨거운 현장도 화면에서 느껴볼 수 있다!

긴 시간 뜻깊은 움직임을 쌓아온 크루, 또 개인인 만큼 JJK와 ADV에 있어서는 특별한 설명이 필요 없다. 만일 이의를 제기한다면 반대로, 그 걸어온 길에 대한 찬사와 리스펙이 많이 필요할 것이다.

JJK가 한국 힙합 신에 보여주고 있는 유일무이한 행보는 이것 뿐만이 아니다. 신에서 거의 드물거나 유일하게, 인간 생에 있어서의

'발달과업 인간이 발달해나가는 과정에서 특정한 시기에 반드시 배우고 성취해야 할 일, 기대되는 과업이 있다고 하는 미국 심리학자 하비거스트(Robert J. Havighurst)가 창안한 개념'을 충실히 수행해나가고 있는 남편, 그리고 아빠로서도 알려져 있다. 결혼 이후 아내의 임신과 출산, 그리고 이어진 육아를 통해 학부모서로도 성숙해나가고 있는 JJK는 그러한 일상의 영역 또한 포착해 작품화함으로써 높은 평가를 받기도 했다. 2021년, 한국 힙합 어워즈(KHA)에서 '올해의 과소평가 된 앨범' 부문에 노미네이트. 하지만 수상하지 못하면서 다시 한번 과소평가 되고 말았다. "프리스타일 MC는 좋은 앨범을 만들 수 없다"란 고정관념이 다시 깨지는 순간이었다.

SRS가 전국을 누빌 때 살림꾼 역할로 고생이 많았다 일컬어지는 ADV의 '루피 Lupi'는 이제 '루고 Lugoh'라는 이름으로 한국 힙합 신의 다른 면에서 부지런하게 움직이고 있다. 그 역시 품절남이 되었다.

SRS822에 대해서는 빠르게 온라인에서 찾아볼 만한 QR코드는 여기에 실지 않겠다. 대신에 매달 마지막 주 일요일, 오후와 저녁에 현장을 방문해서 그 열기를 직접 느껴보기를 바란다. 각각 싸이퍼와 배틀, 스테이지로 이루어지는 그 무대는 힙합이 태어난 곳이 '거리'라는 것을 다시금 느껴보게 만든다.

참, 주일 저녁에 하기 때문에 이 전도사는 아직 가본 적이 없다는 게 슬픈 사실이다. 언젠가 주일 오후/저녁에 사역이 없어지는 기적이 생긴다면 곧 가보리라. 대신 한국 프리스타일 랩 신, 그리고 그것을 이끄는 JJK 고정현 님을 위해서 짧게 기도한다.

첫 번째 SRS822를 알렸던
JJK 인스타그램 게시물,
첫 줄이 의미심장하다.

## 최 목사's view

'진배야, 이번 주 화요일 지난번 만났던 카페에서 어떠니!'

이전에 생각지 않게 불쑥 전해온 진배의 면담 요청에 '나도 모르게 내가 먼저 너무 적극적으로 보내 버렸나?' 싶어 살짝 민망하긴 했다. 하지만 그만큼 나 또한 지난번 진배와의 만남이 즐거운 시간이었고, 교역자 긴급호출로 못다 한 이야기도 있어서 진배에게 먼저 연락을 남겼다.

감사하게도 진배도 비슷한 생각을 하고 있었던 것인지, 정박에 떨어지는 킥과 스네어처럼 정확한 리듬으로 답장이 돌아왔다.

'네, 목사님. 2시까지 카페로 가겠습니다!'

'오, 그래그래, 그때 보자!'

나는 지난번 만남에서 진배와 나눴던 이야기들을 복기해보았다. 혹시 직업병처럼 내가 너무 많은 이야기를 한 것은 아닌지, 내가 했던 이야기들은 진배에게 잘 전달되었을지, 혹시나 성경의 이야기들이 진배에게 너무 어렵게 다가간 것은 아닌지 등등. 그리고 이번엔 진배가 어떤 질문들을 가지고 찾아올 것인지, 어딘가 모르게 동질감이 느껴지는 진배와의 만남에 평소보다 많은 생각이 꼬리에 꼬리를 물었다. 그리고 약속한 시간은 생각보다 금방 찾아왔다. 어딘가 모르게 링 위에 오르는 복서처럼 비장한 느낌도 들었다. 나는 기도가 담긴 심호흡을 후~ 하고 내쉰 뒤에 교회 근처 카페로 뚜벅뚜벅 걸음을 옮겼다.

카페의 통유리로 진배가 보였다. 진배는 지난번처럼, 한 박자 빠르게 먼저 카페에 도착해 있었다. 조금 달라진 점이라면 지난번의 만남보다는 조금 더 밝고 힙합스러운 느낌의 착장을 하고 있다는 점이랄까. 처음 교회에 찾아왔을 때의 그 힙합스러운 느낌이 살아 있는 패션을 보니, 목사님을 만나는 것에 대한 부담 또한 조금은 덜어진 것 같아 안심이었다. 대기실에서 무대로 들어서는 커튼을 열어 제치듯 힘차게 카페 문을 열고 들어서며 진배를 불렀다.

"오, 진배야, 먼저 와 있었구나! 뭐 마실래? 역시, 힙합은 아아?"

난 지난번의 농담을 그대로 던졌다.

"아니요, 저는 새로 나온 프라푸치노 먹을 건데요"

진배는 슬쩍 웃으며 삐죽댔다.

"아… 그, 그래? 그래, 신메뉴는 못 참지! 시키자, 시켜!"

난 이내 카운터로 가서 메뉴를 주문했다.

어딘가 장난스럽게 아아 드립을 받아치는 진배의 모습에서 훨씬 편안함이 느껴졌다. 그렇게 우리는 프라푸치노와 아아 한잔을 카운터에서 받아 2층 구석의 테이블로 자리를 잡았다.

"그래, 지난번에는 내가 너무 갑자기 불려 가서 얘기가 끊겼다. 그치?"

난 핸드크림을 바르듯 두 손을 비비며 진배에게 대화를 걸었다.

"아, 그래도 많이 도움이 됐습니다! 그 후로 많이 생각해보기도 했고요."

진배는 지난날과 비교했을 때 한결 편해진 톤으로 답한다.

"오, 그렇구나. 무슨 생각을 했는지 궁금하네. 그리고 물어보고 싶었다는 것도 뭔지 궁금하고!"

'생각'이라. 과연, 지난 대화는 진배에게 어떤 '생각'을 전해준 것일까.

"어, 일단 제가 목사님 말씀을 듣고 그 예수님 나오는 이야기들을 좀 찾아보려고 성경을 읽어봤는데요…."

나는 귀를 의심했다. 교회에 오래 다닌 청년들도 자기 스스로 성경을 읽는다고 선뜻 마음을 먹기가 쉽지 않다. 그리고 마음을 먹었다고 한들, 성경이라는 것이 그렇게 친절한 책이 아니기 때문에 스스로 뭔가를 발견하는 것 또한 여간 어려운 일이 아닌 것을 알기 때문이다. 그래서 나 같은 목사들의 역할이 더 중요하기도 하고 말이다. 아무튼 뭔가를 발견하려고 애썼던 진배의 풋풋함이 기특하기도 하고 사랑스럽기도 했다.

"오, 대단한데? 그래서 뭘 좀 찾아냈어?"

난 몸을 좀 더 진배 쪽으로 숙이며 물었다.

"그게… 예수님에 대해서 알려면 신약성경을 먼저 읽어야 한다고 해서 그 마태복음인가부터 읽었는데요. 사람 이름이 잔뜩 나오기만 하고 머리가 아파서 덮었습니다. 잘 이해도 되지 않고…."

진배는 책을 덮는 듯한 손짓을 하며 말을 흐렸다.

사람 이름이 잔뜩 나오는 마태복음 1장의 족보는 확실히 불친절한 장애물이다. 물론, 그 또한 나름의 이유를 가지고 쓰인 것이고, 배경과 맥락을 알면 비교적 얕은 장애물이지만, 지금 이 자리에서 그것을 다 설명하기에는 너무 시간이 걸린다. 그것은 나중에 청년부에서 진행할 성경개관학교를 권해보면 될 일이라는 생각이 들어서, 나는 진배가 가지고 왔다는 '질문'을 끌어내려 했다.

"하하, 그렇구나. 목사인 내가 봐도 사실 성경이 그렇게 친절한 책은 아니라는 생각이 들어. 혼자서 뭔가를 읽고 찾아내는 것이 불가능하진 않지만, 수월하지는 않았을 거다. 그래도 의지가 훌륭하네, 진배야."

난 진배에게 가볍게 박수를 쳐주며 격려했다.

"아… 저는 제가 너무 무지해서 그런 건가 하고, 잠시 좌절했었습니다만…."

진배는 안심이 되는 듯 음료를 한 모금 쭈욱 들이켰다.

"아냐, 사실 대부분 같은 생각을 할 거야. 성경은 워낙 시간과 장르가 뒤섞인 책이라서 쉽지는 않지. 그러면 그 물어보고 싶었다는 게 성경과 관련이 있는 이야기였던 거야?"

나도 앞에 있는 아아를 한 모금 들이켰다.

"음… 사실 관련이 있는지 아닌지도 잘은 모르겠는데요. 제가 얼마 전에 처음으로 클럽에 갔었는데요."

나는 순간적으로 '클럽'이라는 단어가 주는 선입견이 발동하려는 것을 멈춰 세우고, 진배의 이야기에 집중했다.

"아, 그 목사님 생각하시는 그런 클럽이 아니고… 힙합하는 클럽입니다!"

'내가 생각하는 클럽이 뭐지'라는 생각이 순간 들었지만, '힙합하는 클럽'이라는 단어가 주는 호기심이 이내 그러한 질문을 덮었다.

"합정에 있는 클럽에 사촌 형이랑 같이 갔어요."

진배가 이야기를 이어갔다.

"와, 집안에 힙합 팬들이 많네. 훌륭하고 뼈대 있는 집안이구먼."

난 진배의 이야기에 더욱 흥미가 생겼다.

"아, 네네. 사촌형이 프리스타일 하는 공연인데 자기도 나갈 거고, 재미있을 거라고 하더라고요."

진배가 지난 일이 제법 즐거웠던지 신이 나서 이야기했다.

"아니, 그럼 그 사촌 형도 랩을 하는 거야? 역시 예상대로 훌륭하고 뼈대 있는 집안이구먼."

"사촌 형이 프리스타일 하는 것을 제가 직접 봤는데, 많은 생각이 들었어요."

진배는 나의 팔랑거리는 드립을 뚫고 조심스럽게 이야기를 이어갔다.

"오, 프리스타일 멋있지. 그랬구나, 어떤 생각?"

"음… 일단은 저희 사촌 형이 정말 조용하고 모범생이었던 캐릭터라, 프리스타일을 한다는 것 자체에 놀랐고요. 사실 그것보다 더 놀란 건 형도 교회를 다니는 사람인데, 그 무대에 나가서 정말 빡쎄게 랩을 하더라고요. 뭐랄까, 정말 다른 사람처럼 느껴질 정도로요."

"오, 그거 아주 멋지네. 힙합은 역시 그런 반전 매력이 있어야 제 맛이지."

"오…?"

진배는 오히려 내가 너무 적극적으로 사촌 형의 태도를 긍정하는 것에 조금은 놀라는 기색이었다.

“왜 내가 그건 안 된다고 디스라도 박아야 되냐?”

나는 가볍게 진배를 놀리며 되물었다.

“그건 아니죠~, 하하.”

진배도 퍽 재미있어 하며 답했다.

“그래서 프리스타일 보면서 어떤 생각을 가졌는데?”

나는 다시 대화를 원점으로 돌렸다.

“아! 재훈이 형이 저에게 랩 배틀에서는 눈치 보지 말고 온 힘을 다해 공격하고 상대하는 것이 멋이고 매너라고 하더라고요. 마치 복싱에서 선수들이 서로 최선을 다해 주먹을 주고받듯이 말이에요.”

“사촌 형이 꽤 리얼하게 사시네. 그것이 맞다!”

나는 또 다른 영역을 진배에게 잘 채워준 사촌 형에게 고마운 마음이 들었다.

“역시 목사님도 같은 생각이셨군요. 그래서 저도 아직은 더 적응되어야겠지만 그래도 이전보다는 덜 형식과 기준에 구애받지 않을 수 있게 되었어요. 중요한 것은 본질과 최선이잖아요.”

진배는 한결 가벼운 표정으로 옅은 미소를 지으며 말했다.

“그거 가사 주제로 좋겠다. 잘 챙겨두거라.”

나는 핸드폰을 손가락으로 가리키며 말했다.

“앗! 넵넵, 하핫!”

진배는 부끄러워하며 머리를 긁적였다.

"…"

잠시 포근한 적막이 흘렀다.

"아! 그러면서 또 다른 질문이 생겼어요, 목사님."

진배가 허벅지를 탁 치며 질문한다.

"응, 얘기해봐라."

"아, 근데 그 약간 내부고발 같아서."

진배가 잠시 머뭇거렸다.

"그렇게 안 들을 테니까 걱정말고. ㅎㅎ"

"사실 제가 요즘 CCM 힙합하는 사람들을 많이 찾아봤거든요."

"오, 그래?"

나는 의외의 내용에 솔깃했다.

"네네. 그런데 다들 뭔가 신앙적인 얘기하는 것에는 열의가 가득한데 솔직히 거의 1분 이상 노래를 못 듣겠더라고요."

진배가 고약한 냄새를 맡듯 얼굴을 찡그렸다.

"아, 왜? 내용이 너무 노골적이라서?"

"아뇨…."

"그럼?"

"음…."

진배는 잠시 우물쭈물하더니 눈을 살짝 감고 답했다.

"…못해서요."

"아…."

사실 나도 가슴 깊숙한 곳에 꽁꽁 담아둔 판도라의 상자 같은 것이라 쉽사리 열지 않았던 것인데, 그것이 무슨 말인지 너무나 잘 알겠는지라 진배의 답을 들었을 때 부정하지 못했다. 더 정확히는 나 또한 그러한 시행착오를 겪었던 사람이기도 했으니까.

한참 '열정'이라는 이름으로 마음의 뜨거움을 감당하지 못하던 때가 있었고, 상대가 어떻게 듣던지와 무관하게 내 마음속의 열정을 뱉어내기만 한다면 그것이 최고라는 자기 객관화 결핍의 시기가 아련하게 떠올랐다. 그것이 '하나님의 영광을 드높이는 일'이라고 다이아몬드보다 더 단단한 확신으로 똘똘 뭉쳐 있던 그 시절 말이다.

"뭔가 랩 연습은 안 하고 교회생활만 열심히 하는 크리스천 같았어요. 굳이 예를 들면 어떤 사람이 음식점을 하는데 식당 온 곳곳에 성경 구절이 적혀 있고 십자가도 걸려 있는데 정작 음식이 맛이 없는 느낌?"

"아하…."

나는 진배의 말을 더 듣고 싶어 가볍게 고개를 끄덕였다.

"그리고 제가 고등학교 때, 그 당시에 학교에서 기도 모임? 큐티 모임인가를 아침마다 하더라고요. 물론 저도 교회를 다녔던 경험이야 있지만, 학교에서 그렇게 당당히 참여할 만큼 신앙심이 깊은 것은 아니다 보니 어색해서 못 했었어요. 그래도 학교에서도 당당하게 기도도 하고 큐티도 하는 건 사실 좀 멋있다는 생각도 들긴 했거든요."

"오호라."

진배의 말에 맞장구를 쳐주었다.

"아니, 근데 제가 좀 환상이 깨진 게, 걔들 그렇게 아침에 기도 모임 열심히 하고 1교시에 다들 수업 제대로 못 듣고 엎어져 자더라고요. 허헛!"

와장창 하고 뭔가 깨지는 소리가 머릿속에서 울렸다. 나도 모르게 '윽!' 하고 나즈막히 신음을 내뱉으며 뒷목을 잡는 시늉을 했다.

"아, 그게 그런 결말이었구나. 아이고…."

"그래서 사실 그게 좀 이상하다고 생각했어요…. '학생이라면 주어진 공부도 열심히 하는 게 맞지 않나…. 열심히 기도하고, 큐티했으면 마땅히 공부도 그만큼 해야 하는 것 아닐까?' 싶어서 좀 부자연스럽긴 했습니다.

"…"

나는 말 없이 고개를 끄덕였다.

"얘기가 좀 길어지긴 했는데 진짜 물어보고 싶던 건 이거였어요."

진배가 몸을 내 쪽으로 좀 더 숙이며 말을 이었다.

"말해봐라."

나는 고개를 들고 진배를 더 집중해서 바라봤다.

"사실 중고등부 때 바로 다음 주가 공연이라서 제가 교회에서 예배만 드리고 2부 순서를 안 하고 랩 연습하러 갔었거든요. 그런데 누가 저한테 하나님이 중요하냐, 랩이 중요하냐 그렇게 묻더라고요."

"아하…."

나는 말도 안 되는 질문에 짧게 탄식했다.

"그때는 저도 뭘 모르고 뭔가 죄책감 같은 것도 들고 해서 그냥 '죄송하다'고 했는데…. 뭐가 맞는 것인지 그리고 내가 랩 연습에 집중하는 것이 랩을 하나님보다 사랑하는 것인지 아직 잘 모르겠어요. 뭐 아직 하나님을 잘 모르니 그런 것 같기도 하고, 허헛. 흔히 말하는 세상에 열심을 다하는 것은 하나님을 등한시하는 것인가요?"

나는 진배의 '허헛' 하는 웃음 속에서 내가 만났던 수많은, 소위 '기독교인'의 군상이 스쳐 지나갔다. 주일에는 그토록 뜨겁게 예배하고 눈물을 흘리며 찬양하면서도, 자신의 일상의 삶에 대해서는 무기력하고 수동적이었던 사람들. 오히려 악한 '세상' 것들은 다 의미가 없다며, 교회 안쪽으로 똘똘 뭉쳐 철옹성처럼 자신들의 울타리를 지키며, 새로운 사람들이 들어올 때마다 철저한 심사를 자기들끼리

작동시켰던 사람들. 직장에서 업무 시간에 교회 일을 병행하며 시간의 효율적인 사용을 뿌듯해하던 사람들. 무엇보다 자신이 믿는 바에 대해서 어떠한 고민과 의심이 없이 주입식의 신앙을 학습하던 사람들…, 그리고 내부고발…. 내부고발이라.

"진배야, 너 그 의심 절대 잊어버리지 말아야 한다."

난 진배를 손가락으로 가리키며 당부했다.

"네? 네, 알겠습니다."

진배는 아마 높은 확률로 내가 던진 말의 의미를 지금은 다 알 수 없을 것이다. 그러나 '그 의심 절대 잊어버리지 말아야 해'. 이것은 내 진심 어린 당부이고, 과거의 최재욱에게 다시 돌아가서 무언가 꼭 당부하고 싶다면 남겨주고 싶은 가장 중요한 한 문장Line by Line이기도 했다.

나는 스스로 성경을 열어 예수에 대한 이야기들을 발견하려고 애써보았다는 진배의 모습, 그리고 자기의 세계에서 벌어지는 다양한 경험을 어떻게 해석해야 하는지에 대해 합리적인 의심을 하고 있는 그 모습 자체가 내가 이야기해주고 싶은 '예수는 힙합'이라는 명제에 조금 더 가까워지고 있다는 생각이 들었다. 그리고 그러한 진배에게 꼭 이야기해주고 싶은 단어가 머릿속에서 또렷하게 떠올랐다.

"진배야, 너 '허슬Hustle'이라는 말이 뭔지 알지?"

"네, 그럼요. 힙합하는 사람들이 열심히 음악 만들고, 가사 쓰고, 공연하고, 자기의 삶을 열심히 살아가는 것! 맞죠?"

진배는 확신하듯이 자신감 있게 대답했다.

"오호, 역시 근본이 확실히 잡혀 있구나. 지난번 목사님이 이야기한 '예수는 힙합'이라는 측면에서, 나는 예수님도 어마어마한 허슬러라는 생각을 가지고 있다."

"네? 그래요? 예수님의 사랑과 허슬의 빡셈이라니…. 잘 상상이 안 되는데요."

진배는 지난 대화와 똑같이 나의 이야기에 눈동자가 커졌다.

생각해보면 나 역시도 그랬다. 모태신앙으로 어릴 때부터 늘 교회를 다녔지만, 내가 주로 들었던 이야기는 예수의 온유함과 사랑에 대한 이야기들이었고, 그 안에서 느껴지는 예수는 그저 조용하고 차분한, 신앙심이 가득 담긴 성화에서 본 예수의 머릿결처럼 부드러운 이미지였다. 그런데 복음서의 이야기를 잘 살필수록 예수의 모습은 광야의 모래 먼지를 뒤집어쓴 거친 날것의 그것에 가깝다는 것을 발견하고 소리를 지르고 싶을 정도로 가슴 벅찼던 기억. 지금은 바로 그 이야기가 광야의 모래 먼지로 빚어져 만들어진 진배의 삶에 훅 하고 생명력을 불어넣어 줄 때라는 생각이 들었다.

"진배야, 예수가 이 땅에서 살았던 시간은 총 33년, 그중에서도 성경에 기록되어 있고 우리가 주로 알고 있는 예수의 사역들 신학적 용어로 '공생애(public life)'라고 함 – 저자 주은 3년이라는 시간에 집중해서 일어났지."

"오, 생각보다 되게 짧네요, 3년이면."

"응, 예수가 그 3년 동안 어떤 일들을 했는지 알고 있니?"

난 진배의 집중을 돕기 위해 가벼운 질문을 하나 던졌다.

"어… 네. 저도 어릴 때 교회 다니면서 들어본 것 같습니다. 뭐랬더라…. 기적도 보여주고, 아픈 사람들 병도 고치고…. 아, 그렇죠. 십자가에 달려 돌아가셨다? 그게 제일 중요한 거라고 배웠습니다."

진배는 과거의 기억을 더듬듯 눈을 깜빡거리며 내 질문에 친절히 답을 했다.

"그래, 예수의 3년의 시간 동안 우리가 알고 있는 많은 사건이 있었지! 그렇다면 그 제한된 시간 동안 자신이 이 땅에서 해야 할 일들, 너도 잘 알고 있는 것처럼 하나님의 나라를 사람들에게 전하고, 십자가에 달려 죽으시고 부활하시고 죄의 문제를 다루는 그 모든 일을 하려면 예수는 어떤 태도로 하루하루를 살았을까?"

"열심히? 부지런히 사셨을 거 같습니다."

"음… 오케이, 좋다. 그렇다면 진배 네가 생각하는 부지런함이란 무엇이지?"

나는 진배의 시야가 조금씩 열리고 있는 것을 느끼며, 혹시 모를 노파심에 '부지런함'과 '집중력'의 차이를 명확하게 해두고 싶었다.

"일단 부지런한 사람은 일찍 일어나죠. 옛말에도 '일찍 일어나는 새가 벌레를 잡는다' 뭐 그런 말도 있잖아요."

"반대로 '일찍 일어나는 새가 피곤하다'는 말도 있다. 나는 그 말도 상당히 동의하거든. 후후! 자, 그렇다면 왜 부지런해야 한다고 생각해?"

난 조금씩 진배를 나의 이야기 속으로 끌어당겼다.

"음… 그래야 뭔가를 해낼 수 있으니까요."

"대답을 아주 교과서적으로 잘하고 있군. 그렇다면 기습질문을 받아라. 후후! 그럼 진배 너는 힙합을 통해서 뭘 해내고 싶은 거냐?"

진배는 나의 기습적인 질문에 잠시 하드디스크 버퍼링이 일어나 일시정지한 마우스 커서처럼 머뭇거렸다. 무언가를 생각해냈지만, 그것을 표현할 적당한 단어를 찾지 못한 모양이었다.

"아… 저는 저의 이야기를 다른 사람에게 들려주고 싶습니다."

진배는 간신히 한 문장을 쥐어 짜냈다.

"그리고 할 수 있다면, 제 이야기가 누군가의 갑갑한 삶에 숨통을 트이게 해주면 좋겠고요."

진배의 마른 입술이 가볍게 떨리는 것을 보았다.

나는 가볍게 소름이 돋았다. 진배가 말하고 있는 그 '목적'이야말로 예수가 이 땅에 온 이유, 그 자체였기 때문이다. 누군가의 갑갑한 삶에 새로운 숨을 불어넣는 것, 그것이 예수가 이 땅에 오셔야 했던 이유였고, 힙합이 우리 모두에게 베푸는 은총恩寵이었다. 물론 진배는 자신이 얼마나 의미심장한 말을 했는지는 잘 모르는 눈치였고, 마치 받아쓰기 시험의 채점을 기다리는 초등학생마냥 안절부절하고 있었다.

"진배야, 아주 훌륭한 목표인 것 같은데, 살짝 감동할 뻔했다."

진배의 입술 사이로 '휴우~' 하고 얕은 한숨이 삐져나왔다. 그리고는 갑자기 고해성사 같은 이야기들을 쏟아내기 시작했다.

"목사님, 사실 이상하게 들릴지 모르겠지만, 힙합을 만나기 전에는 말씀하신 '목표'라고 하는 것이 솔직히 없었던 것 같아요. 뭘 해도 재미가 없었고, 학교도, 공부도, 내가 왜 이걸 해야 하는지 스스로 납득하기 힘들었어요. 그래서 장래희망을 적어내라고 하는 게 그렇게 싫었던 건지도 모르겠네요. 그런데 힙합을 만나고 시간이 지난 지금은 어떤 의미에서 제 나름대로 꽤 열심히 살고 있다고 생각이 들어요. 왜냐면 제가 힙합을 왜 하고 싶은지를 계속 고민하고 있고, 정리를 하고 있기 때문은 아닐까 싶거든요. 적어도 지금의 '목표'는 이전보다는 선명하고, 나름대로 최선을 다하는 삶을 살고 있지 않나, 그렇게 생각합니다. 허허허!"

"아주 훌륭해, 그게 바로 내가 말하고 싶었던 예수의 허슬!"

난 진배에게 엄지를 날리며 칭찬했다.

"아, 그런 건가요?"

진배의 어깨가 가벼운 리듬과 함께 추켜 올라갔다.

"그래, 우리가 지금 얘기하고 있는 힙합의 언어로 표현하자면, 예수야말로 허슬하는 분이었지. 왜냐면 그분의 삶에는 언제나 정확한 방향성과 삶의 목적이 있었거든. 아까 네가 '부지런함'이라는 얘기를 했는데, 사실 허슬은 '집중력'이라는 것에 더 가깝다고 볼 수 있다."

"흠… 조금 더 자세히 설명해주세요."

진배는 이해가 잘 안 되는지 미간을 살짝 찌푸렸다.

그와 동시에 진배는 땅에 묻혀 있는 보석의 끄트머리를 발견한 사람처럼, 흙더미를 파헤칠 기세로 또렷한 눈으로 나를 응시하고 있었다. 나는 복음서의 한 페이지를 열어서 진배에게 내밀었다. 마가복음 1장의 말씀이었다.

[새벽 아직도 밝기 전에 예수께서 일어나 나가 한적한 곳으로 가사 거기서 기도하시더니 / 막 1:35]

"아마 이 부분만 보고 예수님을 일찍부터 부지런하게만 살았던 분으로 오해하는 경우도 있는 것 같아. 하지만 더 중요한 것은 뒤쪽 부분이야."

나는 볼펜으로 선을 쭉 그었다.

[새벽 아직도 밝기 전에 예수께서 일어나 나가 한적한 곳으로 가사 거기서 기도하시더니 / 막 1:35]

"오, 기도를 하셨군요."

진배는 내가 밑줄 친 부분을 손으로 가리키며 말했다.

"그렇지. 과연 무슨 기도를 하셨을 것 같아?"

"음, 그러게요. 하루를 시작하며 했던 기도라면, 그날에 해야 할 것들을 위해 기도하셨을 것 같네요."

"그래, 바로 그거다. 예수님은 언제나 그날 하루의 목표를 최선을 다할 수 있기를 기도하셨던 것 같아. 그리고 그 목표가 무엇인지가 바로 여기에 나온다, 이거 한번 봐봐."

나는 이어지는 구절을 보여주며, 또 밑줄을 그었다.

[시몬과 및 그와 함께 있는 자들이 예수의 뒤를 따라가 만나서 이르되 모든 사람이 주를 찾나이다 / 막 1:36-37]

"제자들이 기도하고 있는 예수님에게 찾아가서 이렇게 이야기하지. '예수님, 사람들이 예수님을 엄청 기다리고 있습니다. 빨리 저 사람들에게 가시죠'라고 말야. 아마 그 당시에 예수님의 능력이나 기적 때문에 본질적이지 않은 엉뚱한 기대를 하는 사람들이 많았던 것 같아. 제자들은 그런 모습에 어딘가 모르게 으쓱하고 들떴던 것 같고. 그러니까 예수님을 보챘던 거지. '빨리 저기로 가시죠. 사람들이 우리에게 환호합니다!'라고 말이야."

"사람들의 환호…."

진배는 무언가를 오버랩시키는 듯했다.

"하지만 예수님의 대답을 한번 봐라."

나는 이어지는 구절에 또 밑줄을 그었다.

[이르시되 우리가 다른 가까운 마을들로 가자 거기서도 전도하리니 내가 이를 위하여 왔노라 하시고 이에 온 갈릴리에 다니시며 그들의 여러 회당에서 전도하시고 / 막 1:38-39]

"와, 예수님 단호박이시네요."

진배는 제자들의 기대에 대한 예수님의 정반대의 반응에 꽤 신선한 충격을 받은 것 같았다.

"그래, 이게 바로 예수님이 기도를 통해서 얻어낸 '집중력'이었지. 자신이 해야 할 목표와 정체성이 분명해진 거야. 그러니까, 사람들의 환호, 인기, 명예, 이런 것들에 유혹을 느끼지 않았고, 자신이 해야 할 일에 집중하며 하루하루를 허슬하며 살아갈 수 있었던 것!"

난 볼펜을 허공에 휘저으며 말을 이었다.

"예수님은 최선을 다해 기도하셨고, 최선을 다해 맡겨진 사명을 감당하셨다. 새벽 미명에 했던 기도와 그 이후 자신에게 맡겨진 과업들을 어느 하나도 소홀치 않으셨어. 기도하며 자신이 해야 할 일에 대한 목적을 단단히 다지셨고, 그 목적은 하나님의 목숨을 건 '사랑'이었기에, 그 마음을 알았던 예수님은 결코 게으를 수 없으셨지."

"진배, 너 힙합을 정말 사랑하지?"

난 잠시 뜸을 들인 후 진배에게 질문했다.

"네!"

진배는 당차게 대답했다.

"그럼 그 사랑하는 힙합을 사람들에게 전할 수 있다면 게으르게 놀고 있을 수 있겠어?"

"절대 그렇지 못하죠."

"바로 그것이다. 그게 예수님이 허슬하신 이유이자, 최고의 허슬러인 이유다."

진배는 무언가 퍼즐이 맞춰지는 듯한 느낌으로 천천히 고개를 끄덕 하고 흔들었다.

"덧붙여서 지금은 모든 사람이 대부분 바쁘고 부지런하게는 사는 시대지. 하지만 만약 그 부지런함의 동기가 선명하지 않다면, 아마도 금세 길을 잃어버리게 될 거야. 사람들의 환호에 열광하느라 자기가 뭘 하려고 했던 것인지 잊어버린다든지, 본질을 잃어버리고 겉모습만을 추구하게 된다든지 말야. 네가 말했던 실력을 키우지 않는

CCM 래퍼도, 학교 기도 모임만 하고 수업시간에 잠드는 친구들도 아마 그러한 맥락에서 해석할 수 있을 것 같아. 불분명한 집중력이 만들어낸 슬픈 장면이랄까."

나 또한 많은 생각이 한 번에 몰려들어 잠시 침묵을 삼켰다.

"그런 의미에서 예수의 허슬은 단순히 성실하고 부지런한 분이셔서 가능했다기보다는 명확한 삶의 목표하나님 나라가 무엇인지를 전하고, 삶으로 증명하는 것를 가졌기에 자연스럽게 흘러나오는 삶의 태도라고 말할 수 있겠다. 그리고 진배 너도 그런 태도로 힙합을 하면 좋겠고 말야."

난 가슴을 두 번 두드리고 진배를 손가락으로 가리키며 당부했다.

진배는 입을 열어 대답하는 대신 신상 프라푸치노 한 모금을 빨대로 호로록 소리 나게 들이마셨다. 나는 그 호로록 하는 소리가 마치 선명한 대답처럼 느껴졌다.

"진배야, 그러고 보니 너에게 아주 좋은 경험이 될 것 같아서 말인데…."

나는 잠시 숨을 고르고 진배에게 새로운 제안을 던지려 운을 띄웠다.

"오, 뭔가요? 목사님이랑 콜라보라도 합니까?"

진배는 흥미를 보이며 물었다.

"너 나랑 같이 하면 존재감 제로로 수렴할 거라서 그건 너에게 너무 가혹하지.”

나는 어깨를 으쓱하며 비아냥거렸다.

“뭐예요, 저도 요즘 하루에 2시간씩 연습해요. 요즘 폼 미쳤습니다.”

진배는 살짝 발끈했는지 목소리를 높여 반박했다.

“이 자식 나는 하루에 2시간씩 쇠질한다. 뭐가 이길 거 같냐?”

난 나의 헬스부심을 들이밀며 응수했다.

“아, 그럼 죄송합니다. 그래서 무슨 경험을 할 수 있습니까?”

진배는 수긍하는지 이내 수그러들며 정중히 물었다.

“아넌딜라이트 알지?”

나는 다음 달 초에 예정된 찬양축제 라 쓰고 CCM힙합콘서트라 읽는다 에 초대한 아넌딜라이트 생각이 불현듯 났다. 개인적으로 쇼미10을 인상적으로 봐서 꼭 한번 청년들에게도 소개시켜주고 싶던 터였고, 두 다리 정도 건너서 연락이 닿게 되어 어렵사리 일정을 맞춰두었다. 생각해보니 진배에게 선물 같은 시간이 되지 않을까 싶었다.

“오, 저도 봤죠, ‘쉬어’라는 곡 완전 좋아합니다. 가사도 다 외웠죠.”

진배가 방방 뛰며 흥분했다.

“오호, 만나보고 싶냐?”

난 진배의 관심이란 바다에 미끼를 휙- 하고 던졌다.

“헛, 목사님 그런 것도 됩니까?”

진배는 의심의 눈초리로 내게 물었다.

"네가 생각하는 것보다 많은 것이 가능하다, 네가 믿느냐?"

난 진배의 머리 위에 손을 뻗으며 물었다.

"아이고, 믿습니다. 아멘. 만나게 해주십시오, 아넌딜라이트!"

진배는 두 손을 배꼽에 안착시키고 고개를 조아렸다.

"잘됐구나, 다음 달 첫 번째 주일에 우리 교회 오기로 했다."

나는 달력을 보여주며 진배에게 자랑했다.

"와 씨. 안 그래도 정수한테 듣긴 했는데, 구라가 아니었다니! 다시 교회 열심히 가야겠네요."

"그래… 너 지금 상당히 기회주의자 같아 보이기는 하는데, 그렇게라도 교회 나오면 결과론적으로는 좋은 일이긴 하네. 모로 가도 교회만 가면 된다."

어느덧 유연한 플로우로 조크를 주고받는 우리의 모습이 어딘가 엉뚱하다. 그만큼 서로의 생각과 마음의 거리도 조금은 좁혀진 기분이 들어 다행이었다.

"그럼 일단, 이번 주일부터 다시 등장하도록 해라. 나도 한번 아넌딜라이트에게 그날 좀 따로 시간을 낼 수 있는지 지인 통해서 한번 물어보마!"

"오, 아주 좋습니다. 쇼미10 다시 정주행해야겠습니다! 오늘도 이런저런 좋은 이야기 감사합니다. 굿굿!"

"그래! 나도 재미있었다. 주일에 보자, 진배야!"

진배는 남은 프라푸치노를 밑바닥까지 후루룩 소리가 나도록 들이마시고는 폴더 인사를 꾸벅 하고는 카페를 나섰다. 어딘가 모르게 가벼운 발걸음, 진배의 오늘 걸음걸이는 트랩비트에 잘 어울리는 바운스였다. 나는 아넌딜라이트를 연결시켜주었던 래퍼 동생에게 전화를 걸었다. 그리고 우리 교회에서 최근 찾아온 진배라는 녀석에 대해 들려주었다. 그 동생 역시 꽤나 흥미로워하며, 아넌딜라이트에게 일정을 물어봐준다고 했다.

과연 하나님은 진배라는 녀석을 어떻게 빚어가시려는 것일까? 손목의 사과시계를 가볍게 흔들었다. 5시 30분, 사무실로 돌아와 주섬주섬 일과를 마무리하고 퇴근을 준비한다.

## 아직 "예수가 힙합"인 건 잘 인정되지 않는다면:

### 힙합과 신

'예수'와 '허슬'의 연관성을 풀어내는 최 목사는 성경연구가일 뿐만 아니라 변증가, 또 힙합연구가로도 보인다. 예수와 힙합을 관련짓는 이러한 시도는 말한바시피 '변증'이라고 부를 수도 있다 기독교 변증학(基督教 辨證學, Christian Apologetics). 이것은 어떤 주제나 문제에 관하여 기독교 신앙을 변호하는 기독교 신학의 한 분과이며, 성경과 복음을 비기독교인 또는 타종교인, 불신자들에게 전하는 과정에도 쓰인다.

하지만 "예수가 힙합이다"란 말은 너무 많은 걸 간과하고 있는 억지라 여겨지진 않았는가? 만약 그렇다면 좀 더 포괄적으로, 힙합에서 '종교, 신 God'을 언급하고 있는 부분들을 함께 살펴보는 것은 어떨까? 힙합문화의 발상지가 미국이니, 그 신 중에서 특히 기독교의 신에 관한 흔적이 많을 건 예상되겠지만 말이다.

많은 래퍼가 꼭 한 번씩은 '신'에 대해서 이야기한다. 어떤 이들은 앨범 전체를 관통하는 주제를 그렇게 놓기도 한다. 미술계에서는 거의 모든 화가가 살면서 꼭 한 번은 십자가를 그린다고 하는데, 이는 입시 미술에서 다 똑같은 아그리파 Agrippa, 비너스 Venus, 줄리앙 Julian을 그려보는 것과도 비슷한 맥락일 수 있겠다. 이는 신을 부인하거나 신에게 도전하고 신을 저주하는 식이 되기도 하며, 때로는 신을 갈구하고 신을 발견하기 원하며 그것 때문에 신에게 절규하는 모습으로 나타나기도 한다. 대상은 구체적으로 연상되는 특정 종교의 그것이기도 하며, 또는 개인이 추상적으로 그린 초월적/절대적 존재기만 한 경우도 있다. 물론 맨 앞에 입시 미술을 예로 들며 말한 십자가가 상징하는 바는 당연 예수 그리스도, 기독교의 신이다.

아마도 그렇게 신에 대해 랩한 모든 경우에서, 지금껏 가장 많이 '신'에 대해 언급하고 또 그 언급이 다수 재언급된 인물은 바로 칸예 웨스트 Kanye West일 것이다. 그리고 그는 〈예수는 왕 JESUS IS KING〉이라는 앨범으로 자신의 회심을 알리며 직접 조직한 콰이어를 대동하여 미 곳곳에서 예배를 드리기도 했다.

칸예 웨스트는 워낙에 특이한 케이스이고, 아직도 그 신앙 여정이 격동 속에 있는 것같아 정리하기 쉽지 않은 크리스천이다 적어도, 나는 그가 크리스천이라고 생각한다. 대신 우리는 잠시 미시 엘리엇 Missy Elliott을 이야기할 수도 있다. 지디 GD와 함께한 곡 '닐리리야 Niliria'와 그 무대로 한국 팬들에게도 알려진 바 있는 그녀는 명실공히 힙합의 대모이며 레전드이다 2023년, 래퍼 중 여성 최초로 로큰롤 명예의 전당에 헌액되며 힙합의 새

역사를 썼다.

2001년 발매한 시대를 앞선 명작 〈Miss E... So Addictive〉으로 빌보드 200 차트 2위를 기록했으며 앨범은 플래티넘 인증100만 장 이상 판매고 기록을 받았다. '아주 중독성 강한' 사운드의 신나는 노래들 중 최후반에 미시는 17번부터 28번까지 트랙을 고요한 침묵으로 둔 뒤 29번에서 'Higher Ground더 높은 곳'라는 이름의 전주곡을 시작한다. "날 함부로 판단하지마. 난 완벽하지 않으니까. 그리고 일요일에 교회에 가지 않는다고 뭐라고 하지마"라고 노래하면서번역 출처: DanceD님의 번역, HiphopLE에서 참조. 이어 30번째 곡은 뜨거운 영성을 가진 미 블랙 가스펠 신의 대표적 여성 싱어 일곱 명과 함께 부르는 동명의 대곡이다5분 2초, 필청!.

아쉽게도 스트리밍 서비스에서 17번부터 28번까지의 묵음이 표현되지 못하고 삭제돼 있다. 대신 제이지가 참여한 16번 'One Minute Man' 리믹스 버전 바로 뒤 17, 18번 트랙으로 곧바로 이어진다. 참고로 루다크리스Ludacris가 참여한 원곡3번 트랙과 둘다 무척 '섹시한' 곡이다. 그 열두 번의 적막에는 분명 분위기 전환을 위한 엘리엇의 의도한 바가 있었을 텐데. 혹시 예수님 열두 제자들의 불완전했으나 끝내 헌신됐던 삶을 되돌아봤던 건 아니었을까?

더 얘기할 수도 있다. 역대 최고의 작사가 Lyricist 50인 목록에서 16위를 차지했으며 2012년 〈The Source〉지 선정 우리 시대의 가장 위대한 MC 50인 목록에서 1987년부터 2007년까지의 래퍼 중 10위를 차지하기도 했던 2012년 About.com 주관 래퍼 스카페이스 Scarface는 같은 이름의 마피아 영화에서 랩 네임을 가져왔다 알 파치노 주연, 1983년 작. 그런 악랄한 이름을 지닌 그는 2002년 발매되어 빌보드 200 차트 4위로 데뷔했던 그의 앨범 〈The Fix〉에서 특별한 시도를 한다.

유려한 가사와 플로우로 거리 hood의 풍경을 읊조리는 것으로 유명한 그는, 이 명반에서 노골적인 가스펠 곡을 적어도 세번 정도 시도한다. 총 열세 개 수록곡 중 각각 7, 9, 11번에 징검다리 형식으로 전략적 배치된 것으로 보이는 이 곡들은 노토리어스 B.I.G. The Notorious B.I.G.의 전 부인으로도 유명한 페이스 에반스 Faith Evans와 블랙 가스펠 싱어 켈리 프라이스 Kelly Price가 코러스를 불렀다. 7번 곡 'What Can I Do?', 9번 노래 'Someday', 11번 트랙 'Heaven', 세 곡 다 게토의 곤란한 상황 가운데 성경의 하나님을 찾고 기도하고 있는 한 남자의 고백들이다. 특히나 9번 트랙 '언젠가 someday'의 한 소절은 몹시나 절절하다.

I'll be out in these streets, hanging in the hood

난 이 거리로 나가 후드에 매달려 있을 거야(교수형을 의미)

Even gangsters need to pray, cause when I pray it's understood

갱스터도 기도해야 해. 기도하면 이해되니까.

That I got flaws about myself, I can't make it by myself

그건, 나에게는 결점이 있어 나 스스로는 이루지 못한다는 거야

I need the heaven's help, I want to follow in your foot steps

나는 천국의 도움이 필요해, 나는 당신의 발자국을 따르기 원합니다

한 곡 건너뛴 뒤 이어지는 가스펠 랩 '천국Heaven'은 이 곡 '언젠가'에 대한 답가 같기도 하다. 여기서 신기한 점은 11번 곡을 프로듀싱한 인물이 칸예 웨스트라는 사실. 이 글을 쓰고 있는 지금 참 재미있는 우연이다.

물론 필자가 이 글을 작성하고 있는 2023년에는 또다시 기행과 말실수무서운 건 '실수'가 아닐 수도 있다는 점로 뉴스에 오르내리는 형편이 되고 말았지만, 우리는 많은 설교자나 사역자를 바라보는 성경적인 관점을 힙합 아티스트인 그에게도 동일하게 적용하고 있어야 하지 않을까 생각해본다. "그 역시 하나님 손에 붙들려 쓰임 받은 한 종이었을 뿐." 그가 부디 슈퍼스타가 아니라 하나님의 신실한 종으로 후대에 기억될 수 있기를 기도해본다. 그리고 〈JESUS IS KING〉

의 발매와 활동은 칸예의 실수가 아니라, 하나님의 은총이 다시금 크게 힙합문화, 힙합음악 가운데 임했던 사건으로 기억하고자 한다. 예수는 왕이고, 예수는 힙합이기도 하다.

참, 2002년 〈The Fix〉 앨범 이후 2006년에 스카페이스는 이슬람으로 개종했다고 한다. 2011년 2월에는 그가 자녀 양육비를 지급하지 않은 혐의로 수감돼 있다는 뉴스가 전해지기도 했다. 그해 석방되었다고는 한다.

놀랄 필요 없다. 모든 인간은 같다. 래퍼나 목사나, 실수하고 잘못하는 이들은 어디에나 있다. 다만 그리스도인이 믿는 것은 '완전한 사람'이 아니라 '불완전한 이도 온전하게 빚어가시는' 하나님의 은혜다. 단지 당신에게 어떤 힙합 아티스트들의 신앙생활 모습이 가까운 교회에서 흔히 볼 수 있는 크리스천의 모습으론 잘 여겨지지 않을 뿐이다. 누구나 신을 찾는다. 그들도 신을 찾는다. 그들도 크리스천이다. 구도자다. 스카페이스가 감옥에서 그의 지난 가사들을 묵상해봤기를 바란다.

시카고에 들렀을 때, 칸예 웨스트의 회심 후 앨범 중의 하나인 〈DONDA〉에 큰 영감이 된 그의 어린 시절 생가 앞에서(이와 똑같은 모형이 그 앨범의 음감회가 열린 스타디움 정중앙에 자리 잡기도 했다).

## 진배's view

현관문을 나서고 내딛는 첫걸음이 평소보다 가볍다. 몇 걸음 더 가까이 다가온 봄기운은 몸에 무겁게 걸쳐있던 후드를 벗겼다. 갑자기 들이닥친 빛줄기에 눈을 찌푸린다. 아직 빛을 받아들이기에 몸도 마음도 어색하고 낯설지만 그래도 싫지만은 않다. 한결 가벼워진 옷차림은 가벼워진 마음을 대변하는 듯했다. 어제 내린 비 덕분에 오랜만에 미세먼지가 없는 맑은 날씨이다.

"후읍~"

쾌청한 하늘을 다 빨아 마실 기세로 숨을 크게 들이쉬었다. 따스함과 시원함이 적절히 뒤섞인 공기가 코를 지나 폐로 질주한다. 그 느낌은 거세지 않았다. 지나가는 모든 길을 공기가 살며시 쓰다듬고 가는 기분이었다.

“슈우욱~!”

일직선으로 달리던 공기가 폐의 중앙에 다다르더니 원을 그리며 온몸으로 퍼졌다. 카페인이 주는 사나운 도파민이 아니었다. 하지만 주저하지도 않았다. 점점 내 몸의 모든 끝과 구석까지 노란색을 입힌다.

기쁨이었다.

“카톡!”

화면을 보니 정수였다.

‘요 진배 오고 있지?’

자주 늦잠을 자는 나를 정수가 챙겨준다.

‘가고 있어 새꺄ㅋ’

오늘은 늦잠 자지 않았다는 의사를 둘러서 표현했다.

‘ㅋㅋㅋㅋ ㅇㅋ’

정수가 답한다.

'ㅇㅇ'

나도 정수에게 대충 답을 보낸다.

몇 주 만에 가는 교회이다. 버스를 타고 가는 내내 생각에 잠겼다. 분명히 교회에 나가기 싫었고 몇몇 사람이 꼴도 보기 싫었다. 하지만 지금 왜 나는 기분이 좋은 것일까? 물론 오늘은 아넌딜라이트라는 큰 이벤트가 있다. 지난번 재욱 목사님이 나에게 아넌이 온다고 했을 때 그전에 겪은 2부 모임 이후의 사건은 단 하나도 생각이 들지 않았다. 내가 아무리 아넌의 팬이라고 해도 그 상황은 말이 안 되는 상황이었다.

그날 집에 돌아와서 너무 쉽고 해맑게 목사님께 교회에 나간다고 했던 내가 창피했다. 그저 한 번도 보지 못한 래퍼 한 명 때문에 내가 받은 상처가 찬밥 신세가 된 기분이었다. 그렇다고 목사님께 안 나가겠다고 말하자니 지금 아니면 아넌을 언제 만날지도 모른다는 두려움이 내 멱살을 잡고 협박했다. 몇 번의 실랑이 끝에 결국 이렇게 버스를 타고 교회를 향하고 있지만, 지금 내 결정은 15마디 랩이다. 완전히 마무리 짓기까지 아직 1마디가 남아 있다는 말이다.

"하나님 오늘 저에게 무엇을 보여주시렵니까?"

나도 모르게 혼잣말이 나왔다. 스스로도 퍽 궁금했나 보다. 하지만 거세게 파도치는 갈등 위에서도 오늘 허락된 나의 기쁨은 흔들림

없이 유유히 항해하고 있었다. 그리고 그 기쁨은 심해에 잠겨 있던 나를 점점 바다 위로 건지고 있었다. '알 수 없는 기쁨'과 '알 수 없는 평안', 설교 시간에 잠깐씩 들었던 시체문장들이 살아 일어나 점점 내 안으로 걸어들어오고 있다.

'으윽… 이상해.'

아직은 낯선 기분에 몸서리를 치며, 시선을 돌렸다.

버스 알림판을 보니 어느덧 내려야 할 정류장의 이름이 보였다. 벨을 눌렀고 이윽고 버스가 서서히 바퀴를 늦췄다.

"푸쉬~~~~"

버스는 하품을 하며 한적한 공원 앞에 나를 토해낸다. 교회는 운동장과 작은 숲, 그리고 건너편에 보이는 페인트칠이 제법 열어진 오래된 아파트 단지를 지나면 나오는 가까운 길이지만, 딱 한 번 가봤던 길이라 네이버 지도를 열어 교회 이름을 검색했다. 몇 초 후 파란 지렁이가 친절히 목적지까지의 가는 길을 온몸으로 안내해준다. 이어폰을 고쳐 꽂고 다른 생각에 정신이 팔려 듣지 못한 플레이리스트를 재생했다. 길을 따라 음악에 맞춰 천천히 걸음을 옮겼고, 세 번째 곡의 1절이 끝날 때 즈음 교회에 도착했다. 시간상으로는 몇 주 만이지만 그동안 있었던 일들이 시간에 살을 제법 붙여놓아 몇 년 만에 다시 돌아온 기분이다.

'…'

잠시 교회를 말없이 바라봤다. 머릿속에 원판을 하나 그려놓고 반을 잘라 한쪽에는 '들어간다'와 다른 한쪽에는 '돌아간다'를 적어두고 힘차게 원판을 돌렸다.

핑그르르르~~~

원판은 세차게 돌아가기만 할 뿐 도저히 멈출 생각을 하지 않는다. 애써 손잡이를 붙잡고 억지로 멈춰보려 하지만 되려 내가 딸려 들어가 원판과 함께 빙글빙글 돌고 있다. 어지러움과 가벼운 구토감이 서서히 내 목을 조를 즈음 그 모든 것을 멈춘 것은 꽤 익숙한 손길이었다.

"야, 진배!"

누군가 내 어깨를 툭 밀치고 나를 불렀다. 그리고 돌아보니 예솔이가 반가운 얼굴로 나를 빤히 쳐다보고 있다.

"엇!"

나는 놀란 표정으로 예솔이를 손으로 가리키며 그대로 굳어 버렸다.

"와, 진배 너 맞지? 이 친구 이거~ 살아 있었네?"

예솔이는 내 어깨를 툭툭 치며 반갑게 인사를 건넨다.

"오우, 예솔아! 아… 안녕…. 오…."

나는 놀람과 부끄러움으로 인해 잘 잡히지 않는 와이파이처럼 말을 버벅댔다.

"아니~ 넌 애가 의리도 없이 내 톡도 씹고 뭐야~."

예솔이는 입을 삐쭉거리며 투덜댄다.

"아… 그게, 쓰읍…."

나는 말을 흐리며 머리를 긁적였다.

"어휴~ 됐다. 그래도 이렇게 보니까 좋네~. 그런데 여긴 웬일이야?"

예솔이는 교회와 나를 번갈아 보며 내게 묻는다.

"아, 나 여기 다니는데 오늘 아넌딜라이트 온다고 해서 보러 왔어. 너는?"

점점 이성을 찾으면서 예솔이는 이곳에 왜 온 것인지 나 또한 궁금했다.

"에~ 뭐야~. 너 포스터 제대로 안 봤어? 나 오늘 여기서 특송해!"

예솔이는 포스터를 가리키며 나에게 핀잔을 줬다.

"어, 진짜?"

나는 질문과 동시에 포스터를 쳐다봤다. 자세히 보니 크게 써진 아넌딜라이트 밑에 예솔이의 이름이 있었다. 하지만 예솔이만 있던 것이 아니었다.

"다니엘 with 예솔?"

난 깜짝 놀라서 읽고 있던 문장이 큰소리로 튀어나왔다.

"그래, 임마! 나도 있다. 왜? 그러면 안 되냐?"

또 다른 낯익은 목소리가 내게 가볍게 비아냥거렸다. 다니엘이었다.

"엇, 뭐야? 너도 오늘 공연해?"

반가움도 있었지만 다니엘이 교회에서 공연한다는 소식이 더욱 놀라워 인사도 거른 채 질문부터 날렸다.

"응. 야, 근데 인사가 먼저 아니냐?"

다니엘이 웃으면서 내게 핀잔을 주었다.

"아! 미안, 와 근데 다들 진짜 반갑다."

이제야 두 사람을 만난 것이 실감이 났다.

"그러게, 진짜 이게 얼마 만이냐 다 같이!"

예솔이가 나와 다니엘을 양팔에 끼고 들썩였다.

"와, 근데 다니엘 너 어떻게 오늘 공연하게 된 거야?"

"아~ 우리 아빠가 여기 담임 목사님하고 친하셔. 그래서 소개로 오게 되었어. 목사님이 내 음악 들어보시더니 바로 초청을 하시더라고."

다니엘이 어깨를 슬쩍 올리고 우쭐대며 말한다.

"오…."

난 다니엘이 멋져 보였지만 지난날 공연을 말아먹은 나 자신이 한심해져서 더 이상 말을 잇지 못했다.

"아! 야, 너 근데 요즘 교회는 잘 나가?"

적막을 깨며 다니엘이 내게 물었다.

"아… 음… 아직…."

교회는 나가지 않아도 목사님과 자주 만나며 신앙 상담을 하고 있다고 말하고 싶었지만, 구질구질해 보일 것 같아서 말을 아꼈다.

"그렇구나. 너의 신앙을 위해 나도 기도할게. "

다니엘은 건조한 말투로 내게 위로를 건넸다. 흔히 교회에서 보던 인사치레였다.

"고마워. 넌 어때?"

나 또한 딱히 할 말이 없었기에 의례적인 답문을 던졌다.

"아, 난 이번에 대학부 회장을 맡게 되었어. 하나님이 이제 제대로 쓰시려고 하시나 봐. 너무 정신이 없다."

다니엘이 피곤하다는 듯 어깨를 몇 번 휘저으며 말했다.

"와, 다니엘 너 1학년인데 회장이야?"

예솔이가 놀라며 물었다.

"교회가 큰 것도 아니고 3, 4학년 형들은 졸업이랑 취업 준비에 바빠서 어려워하시더라고, 또 내가 찬양 사역도 하고 하니 목사님의 적극 추천이 있었어."

다니엘이 의기양양해하며 대답했다.

"올~ 니웰~~!"

예솔이가 손을 힙합스럽게 휘저으며 다니엘을 치켜세웠다.

"오…."

나도 마지못해 억지로 분위기를 맞췄다.

"그런데 둘이 오늘 왜 같이 공연해?"

난 대화의 화제를 빠르게 돌렸다.

"아! 얼마 전에 다니엘이 앨범에 수록할 곡을 나한테 피처링 부탁한 게 있는데 오늘 그 곡 같이 하기로 했어!"

예솔이가 웃으며 답했다.

"와, 진짜?"

난 놀라서 되물었다.

"응. 나중에 너랑도 같이 뭐 할 수 있음 하자. 그전에 교회부터 얼른 나가고~."

다니엘이 내 어깨를 툭 치며 말을 건넸다.

"뭐 그래도 좋고."

점점 다니엘이 재수 없이 느껴져서 기분 좋게 반응할 수 없었다. 속으로는 재훈이 형이 프리스타일 배틀을 하듯 잘난 척 좀 그만하라고 손가락질과 함께 세게 한 방을 먹이고 싶었지만 다니엘의 말도 맞는 터라 나는 가만히 짜증을 삭혔다.

"오우, 다들 여기예요!"

저 멀리서 한 남자의 외치는 소리가 들려왔다. 목소리가 향하는 곳으로 시선을 돌려보니 재욱 목사님이 손을 흔들며 우리 쪽으로 달려온다.

"반갑습니다, 최재욱 목사입니다."

목사님이 다니엘과 예솔이에게 악수를 건네며 인사한다.

“앗! 네, 안녕하세요! 초청해주셔서 감사합니다.”

예솔이가 생긋이 웃으며 목사님의 손을 잡는다.

“아! 안녕하세요 목사님. 다니엘이라고 합니다! 담임 목사님 추천으로 왔습니다.”

다니엘도 목사님께 웃으며 인사를 건넨다.

“네네, 안 그래도 이야기 잘 전해 들었습니다. 귀한 발걸음해주셔서 감사드립니다.”

목사님이 다니엘과 예솔이의 어깨를 살며시 토닥이며 맞이한다.

“오, 진배도 왔네! 그런데 넌 왜 여기 있는 거야? 서로 아는 사이야?”

목사님이 놀란 눈치로 물으셨다.

“저희 다 같은 동아리 친구들이에요!”

예솔이가 밝은 톤의 목소리로 답한다.

“아하! 그랬군요. 더 반갑네요. 하하.”

목사님이 가볍게 박수를 한번 치며 웃는다.

“자, 일단 시간이 별로 없으니 두 분은 리허설 준비하러 들어가시죠. 이쪽으로 따라오세요.”

목사님은 손을 본당 쪽으로 가리키며 다니엘과 예솔이를 안내했다.

“네, 목사님.”

다니엘이 답했다.

“네, 목사님. 진배! 너 이따 우리 응원해야 돼, 알겠지?”

예솔이가 내 팔을 붙잡으며 말했다.

“아! 응!”

난 얼떨결에 수락을 해버렸다.

“좋았으! 더 힘내서 해야겠다. 진배 있다가 봐~!”

예솔이가 기뻐하며 가벼운 발걸음으로 본당으로 향했다.

“응. 파이팅해!”

난 예솔이에게 가볍게 주먹을 올려 쥐어 보였다. 계속 완성하지 못하던 갈등이란 벌스는 생각지도 못하게 예솔이가 완성시켰다. 긴 시간 공백이었던 마지막 한마디의 내용은 ‘들어간다. 왜냐하면 예솔이가 기뻐하니까’였다.

···

사람들이 본당에 있는 모든 의자를 가득 채웠다. 평소 주일에는 빈자리가 많았는데, 오늘은 모든 조각이 제자리에 위치해 교회라는 퍼즐을 완성한 듯한 모습이었다. 난 항상 그렇듯 구석 자리에 엉덩이를 붙였다. 주변에서 수군대는 소리가 들렸다. 다양한 사람들이 말하고 있지만 내용은 하나였다.

“아넌딜라이트 언제 나와?”

“그 쇼미 나온 아넌딜라이트 맞지?”

“와, 나 연예인 처음 봐.”

역시 미디어의 힘은 대단했다. 대부분의 사람이 아넌딜라이트를 기대하며 공연 시작을 기다렸다. 강단 뒷벽에는 양쪽으로 크게 두 개의 현수막이 걸려 있다. 왼쪽에는 ‘새생명 청년전도축제’ 오른쪽에는 ‘스페셜게스트 아넌딜라이트 쇼미더머니 세미파이널 진출’, 기분 탓인지 모르겠지만 오늘따라 십자가가 왜소해 보였다. 잠시 후 중앙 핀 조명을 제외한 모든 조명이 사그라들고 재욱 목사님이 무대 중앙으로 걸어 나왔다. 마이크를 입으로 한두 번 불며 체크를 하고 엔지니어 부스를 바라보며 고개를 끄덕인 후 이내 행사를 진행했다.

“오늘 함께해주신 형제자매 여러분, 환영합니다. 새 생명 청년 전도 축제를 시작하기 앞서 먼저 하나님께 기도 드림으로 시작하겠습니다.”

목사님을 시작으로 모든 사람이 손을 모으고 눈을 감는다.

“하나님 감사합니다. 오늘 모인 자리에 하나님 가득 임재하여 주시고…”

목사님이 경건한 분위기로 기도를 이끈다.

“오늘 모인 모든 이가 하나님의 사랑을 느끼고 돌아갈 수 있는 자리가 되게 하시고, 하나님 기뻐 받으시는 예배가 될 수 있도록 이끌어주소서. 예수님의 이름으로 기도드렸습니다. 아멘!"

"아멘."

목사님의 아멘 선창에 맞춰 모두가 입을 맞춰 후창을 했다.

"네, 이제 본 순서로 넘어가겠습니다. 오늘 예배에 오프닝을 맡아 주실 귀한 분을 모셨는데요."

목사님이 들고 나온 카드를 스윽 보시고 다시 멘트를 이어갔다.

"하나님을 사랑하는 귀한 청년이고, 힙합으로 하나님을 찬양하기 시작한 형제입니다."

목사님이 관중들에게 큰 응원을 바라는 마음을 담아 목소리를 높였다.

"이제 막 사역을 시작한 형제이니 여러분들의 큰 응원과 격려가 필요합니다. 다들 기쁜 마음으로 함께해주시길 바랍니다. 다니엘 청년입니다!"

"와~!"

본당 안에 있는 사람들이 심심치 않게 환호와 박수를 보낸다. 모든 조명이 꺼지고 메인스크린에는 다니엘의 사진과 이름이 띄워졌다. 그것을 보면서 속으로 언제 저런 것은 또 찍었을까 싶었다. 부러움이란 구름이 가득 마음에 끼었다. 이윽고 다니엘이 등장했고, 신호에 맞춰 음악이 흘러나왔다.

"쿵 쿵 쿵 쿵"

인트로 드럼이 연주되고 이내 다니엘이 랩을 시작했다.

"하나님은 나의 구원자 My Savior whoa!"

스크린에 나온 가사를 보며 사람들은 아멘을 외쳤다.

"내 등에는 십자가 짊어지고 길을 따르지 예수
그 길 위에는 나와 주님밖에 없지.
넓은 길보단 좁을 길을 택할게요, 주님.
난 오직 하나님만 사랑해 only one!"

다니엘은 얼굴에 핏대를 세우며 랩을 토해냈고 사람들은 아멘으로 화답했다.

"생각보다 되게 잘하는데?"

앞자리에 앉아 있던 커플이 서로 다니엘을 가리키며 속삭였다.

"아휴, 저 청년 참 보기 좋네. 랩 잘하네."

옆자리에 앉은 집사님 정도로 되어 보이는 여자가 박수를 치며 흥겨워했다.

많은 사람이 다니엘의 무대를 보며 칭찬하기 시작했다. 하지만 나는 신발 안에 작은 돌멩이가 들어가 있는 것처럼 그 칭찬들이 자꾸만 거슬리고 불편했다. 누군가 보기엔 내가 다니엘을 질투하는 것 같아 보일 수 있지만, 내가 불편한 이유는 절대 그것이 아니었다. 내가 느끼기에 다니엘이 지금 하는 것은 랩이 아닌 그저 '빠르고 많이 말하기'였다. 랩에 있어서 가장 중요한 기본인 라임이 전혀 없었고, 랩의 리듬감이 느껴지지 않았다. 그저 올림픽에서 국가대표를 응원하듯 큰 소리만 지를 뿐이었다. 잠시 주변을 둘러봤다. 나를 제외한 대부분의 사람이 즐거워하며 다니엘에게 손을 흔들고 있었다.

여전히 난 이곳에서 이방인이었다.

"감사합니다. 여러분 하나님께 큰 박수 올려드립시다!"

다니엘이 한 곡을 마친 후 멘트를 시작했다.

"와~!"

짝짝짝짝!

"제가 이제 막 활동을 시작했는데, 이런 귀한 자리에 초청해주셔서 감사드립니다. 어떤가요, 여러분! 그래도 제법 실력이 괜찮지 않나요?"

다니엘이 질문과 동시에 손을 귀에 갖다 대고 호응을 유도했다.

"네에~ 잘해요!"

관객들이 맞장구를 쳤다.

"아휴 감사합니다. 다 하나님의 은혜입니다. 저는 하나님을 힙합으로 찬양하는 사람입니다."

"아멘".

몇몇 사람이 반자동적으로 아멘을 외친다.

"여러분이 힙합을 떠올리시면 사회적 물의를 일으킨 사건이라던지 대부분 부정적인 것들이 떠오를 텐데, 저도 힙합음악을 하는 사람으로서 안타까운 부분입니다. 하지만 저는 그렇지 않습니다. 안심하셔도 되구요~."

다니엘이 손을 살짝 들어올리며 가벼운 분위기를 연출했다.

"하하하!"

듬성듬성 사람들이 웃었다.

"저는 여느 래퍼들과 다르게 문신도 없습니다. 어때요? 깨끗하죠?"

다니엘이 팔을 들어올리며 사람들에게 보여주었다. 난 저 멘트를 들으며 문신이 있는 래퍼들은 다 죄를 짓는 것인가라는 생각이 잠시 들었다.

"저도 힙합을 좋아해서 힙합 음악을 자주 듣는데 너무 욕설이 많은 것 같아요. 하지만 여러분 걱정하지 마세요. 제 음악에는 절대 그런 것들이 들어가지 않고 오직 하나님만 담아냅니다. 아멘!"

다니엘이 분위기를 고조시켰다.

"아멘!"

관객들은 고조된 분위기에 맞게 더 큰 목소리로 외쳤다.

"마지막 곡 들려드리고 저는 물러나도록 하겠습니다. 저를 통해 힙합이 정화될 수 있도록 많이 응원해주시고 홍보해주세요! 사람들이 저를 인정하지 않아도 좋습니다! 저는 그저 하나님만 찬양할 뿐입니다! 저는 하나님이 힙합을 버리라고 하면 버릴 수 있습니다. 오직 하나님만 영광 받으십쇼!"

다니엘이 주먹을 위로 힘껏 뻗으며 소리쳤다.

"아멘!"

관객들은 두손을 위로 뻗으며 화답했다.

"감사합니다! Drop the Beat!"

다니엘은 비트 콜을 외친 후 자신의 곡을 힘차게 불렀다. 하지만 나는 여러 생각이 들어서 다니엘의 곡에 집중할 수 없었다.

'사람들의 인정이란 것은 실력이 갖춰진 후에 나와야 할 이야기가 아닌가?'

'왜 자꾸 힙합 자체를 나쁘고 악하다는 느낌으로 말을 하는 것이지?'

'본인도 힙합을 좋아한다면 먼저 이해하고 존중을 하는 게 맞는 것 아닌가?'

'힙합은 삶의 방식인데… 그럼 재는 뭘 사는 거지?"

다니엘의 무대는 나에게 많은 무게의 질문을 안겨주었다. 점점 시야는 흐려지고 내 머릿속 질문들이 형체를 갖추며 내 눈 앞에 아른거렸다. 하지만 나 또한 모르는 것이 많았기에 그 어떠한 것도 정답을 내릴 수 없었다. 질문들은 점점 갈등으로 변했고, 그 갈등은 나에게 갈증을 안겨주었다. 매번 이런 상황이 될 때마다 사막을 걷는 기분이다. 혼란은 모래바람처럼 내 영혼을 거칠게 휘갈겼고, 나에게 필요한 것은 정답이란 오아시스였다. 잠시 눈을 질끈 감았다. 그런데 얼마 후 시냇물 소리가 들려왔다.

"날 사랑한다는 당신의 목소리~"

연유처럼 부드러운 목소리가 들렸다. 그리고 익숙한 목소리.

"그대 내 마음에 들어와~"

눈을 뜨니 탁했던 시야가 맑아지며 분명히 보이기 시작했다. 예솔이었다.

"당신은 메마른 나의 마음을 적시죠~"

예솔이가 눈을 감으며 진심을 다해 노래를 불렀다.
'와, 예쁘다.'

난 잠시 아무것도 생각할 수 없었다. 하지만 의식은 점점 내딛을수록 모래가 아닌 풀이 밟히는 것을 느꼈다.

오아시스였다.

"할렐루야~."

예솔이의 소울풀한 목소리에 관객들은 모두 손을 들고 공연을 즐겼다. 나 또한 예솔이가 무대에서 노래를 부르는 모습은 이번에 처음 보게 되었는데, 굉장한 실력에 한동안 다른 생각을 할 수 없었다. 물론 내가 좋아하는 마음이 있어서 더 그렇겠지만 그래도 예솔이의 목소리는 무언가를 사로잡는 힘이 있었다. 감상하는 내내 '천국에서는 저런 목소리만 들리는 것 아닐까'라는 생각이 들었다. 만약 그렇다면 나는 꼭 천국에 가고 싶었다.

"오직 주님을 찬양해~."

예솔이가 노래를 부른다.

"Uh! 난 오직 주님을 찬양!"

다니엘이 랩으로 받아친다. 그리고 점점 노래가 클라이맥스에 다다르는 듯했다.

"난 오직 주님을 찬~양~! 예에에에에에~~~워허어어~~~."

노래의 끝자락에 예솔이의 애드리브가 아름답게 깔렸다. 화려하지만 결코 가볍거나 경박하지 않았다. 마치 영화 시상식장에 깔리는 레드카펫과 같았다.

"아멘!"

그 카펫 위에 모든 사람의 목소리가 한 번에 올라탔다. 박수 소리는 카펫에 물결을 일으켜 모두를 하나님 앞으로 올려보내는 듯했다.

"감사합니다, 피스!"

다니엘이 브이를 그리며 퇴장했다.

"감사합니다~!"

예솔이가 정중히 인사를 하며 다니엘의 뒤를 따랐다.

"헤헷! (브이)"

예솔이가 퇴장하며 나를 향해 조용히 손을 흔들고 브이를 그렸다. 나도 엄지를 가볍게 치켜 올리며 인사에 답을 했다. 다니엘의 무대를 보며 적잖이 마음에 혼란이란 스크래치가 제법 그어졌는데, 예솔이의 손 인사는 그 상처 위에 발라진 연고처럼 쓰라리고 불편했던 나의 마음을 편안히 잠재웠다.

'아, 오길 잘했다.'

난 잠시 눈을 감으며 흐뭇한 미소를 지었다.

잠시 후, 모든 불이 꺼지고 스크린에 영상이 띄워졌다. 그 밑에 적힌 글씨는 '아넌딜라이트.'

그리고 아넌딜라이트가 쇼미에 나왔던 장면들이 교차 편집되며 사람들의 시선을 사로잡았다. 이윽고 무대에서 검은색 실루엣이 불꽃처럼 잠시 씰룩거리더니 이내 조명이 화려하게 켜졌다.

그리고 스탠드 마이크 앞에 서 있는 한 사람.

"Ye. 주님 사랑하는 사람 전부 소리 질러."

전주가 시작되는 동시에 아넌딜라이트가 관객들을 고무시켰다.

"와!"

사람들은 함성을 지르며 동시에 전부 핸드폰을 위로 올렸다.

"끝으로 너희가 주 안에서와
그 힘의 능력으로 강건하여지고
마귀의 간계를 능히 대적하기 위하여
하나님의 전신갑주를 입으라."

'전신갑주'라는 곡의 인트로였다. 딱 봐도 전부 성경 말씀을 그대로 인용한 랩이었는데, 전혀 오그라들거나 촌스럽지 않았다. 가늠할 수 없지만 저 랩을 위해 얼마나 아넌딜라이트가 열심히 연습하고 연구했는지가 고스란히 피부로 느껴져 소름이 돋았다.

"우리의 씨름은 혈과 육을 상대하는 것이 아니요
통치자들과 권세자들과 이 어둠의 세상 주관자들과
하늘에 있는 악의 영들을 상대함이라.
그러므로 하나님의 전신갑주를 취하라."

아넌딜라이트가 꼿꼿이 서서 거침없이 랩을 이어간다.

"아멘!"

곳곳에서 튀어나오는 아멘 소리가 아넌의 랩에 고조된 분위기를 증거하고 있다.

"여러분 전부 자리에서 Stand Up! ye!"

이후 이어진 강렬한 비트에 사람들은 더 열광했고 아넌딜라이트는 이 분위기를 더 살리려고 모두를 일으켜 세웠다.

"와!"

사람들은 동시에 모두 자리를 박차고 일어났고 나 또한 환호하며 엉덩이를 의자와 이별시켰다.

“전부 Put Your Hands up!”

아넌딜라이트의 신호에 맞게 모두가 손을 들어 올렸고, 교회 본당에는 어느새 손바닥 꽃밭이 되어 있었다. 그 모습에 나 또한 전율이 일었다. 아넌딜라이트는 그대로 꽤 오랜 시간 동안 멘트 없이 랩으로 시간을 가득 채웠다. 또한 쓸데 없이 자극적인 단어나 욕설 없이도 매력적인 랩이 계속 들리는 것이 큰 충격이었다. 어쩌면 랩에 대한 증명을 자극으로만 찾으려 했던 나에게 하나님께서 아넌딜라이트를 통해 큰 힌트를 쥐여주시는 것 아닐까 싶었다. 수타장인의 면발처럼 쉴 틈 없이 이어지는 비트와 랩, 그리고 그것을 바라보며 드는 나의 생각들이 관중들의 땀 속에서 펄펄 끓으며 익어갈 때 즈음, 아넌딜라이트는 조리를 마치고 요리를 한 그릇 덜어 모두에게 내어줬다.

“오늘은 눈 좀 붙이고 쉬어~.”

면발 한 가닥이 입속으로 후루룩 들어가 듯한 문장이 모두의 귓속으로 후루룩 들어갔다.

“와!”

그 맛을 본 사람들은 모두가 열광했다.

“어느덧 마지막 곡이라니.”

아넌은 옅은 미소를 띠며 말했다.

"shout to, 그레이노마!"

아넌은 손을 들고 소리쳤다.

"우리 함께 마지막까지 찬양합시다, 여러분! 할 수 있죠?"

아넌이 손으로 호응을 유도하며 외쳤다.
"아멘!"
너무 열광한 나머지 나도 모르게 아멘이 튀어나왔다.

"오케이 원 투 쓰리 워!"

아넌이 구호를 세고 다이빙을 하듯이 객석으로 뛰어들었다. 사람들의 핸드폰은 무대에서 아넌이 움직이는 쪽으로 시선을 돌렸다.

"집 앞 공사판 숨을 쉬어
밤이 되면 맘의 눈을 떠
관중들이 내는 환호성
보이지 않지만 꿈을 꿨어."

노래방에 가면 매번 부르는 곡이었기에 난 모든 가사를 외웠고, 마치 내 랩인 것처럼 아넌의 랩을 따라 불렀다.

"어린 나는 이제 춤을 춰
2014의 불확실함에 벌벌 떨던 꼬마에게 말을 거네 yeah"

점점 뒤쪽으로 걸음을 옮기던 아넌은 따라 하는 나를 발견하고 마이크를 넘겼다.

"에?"

난 크게 놀랐지만 내 손은 이미 마이크와 맞닿아 있었다. 아넌은 나에게 웃으며 눈짓으로 해보라는 사인을 보냈다.

"숨을 쉬어!"

음악은 잠시 뮤트되었고 나는 타이밍에 정확히 가사를 뱉었다.

"와!!"

사람들은 환호했고, 아넌도 손을 휘두르며 멋지다는 제스처를 취했다.

"숨을 들이쉬고 내쉬고를 반복
다시 넘어지더라도 일어나길 반복
결국 끝에 가선 푸른 풀밭이 날 반겨

쉴 만한 물가에서 비파와 수금으로 반겨 yeah

이제 그냥 켜 봐라 TV

마술사 아닌데 now you see me

거기서 외칠 말은 단 하나

다른 거 없다 마, 다만 하나님의 사랑"

기세를 이어서 난 입에서 불꽃이 튀 듯 랩을 뱉었고, 분위기는 그 열기에 더욱 달아 올랐다. 그리고 아넌은 나를 가볍게 안아주고 토닥이며 다시 마이크를 가져갔다.

"그저 편히 쉬어 너와 나의 mood

소리 높여서 숨을 내쉬어

Just one more time

한 번 더 준비 I'm ready

숨을 크게 들이쉬고 나서 let it burn, let it burn (okay)

I'ma show you how I did it

Y'all get it?"

아넌은 다시 무대로 돌아가며 노래를 마무리했다. 그 뒤에 조금 더 아넌은 무대를 이어갔다. 하지만 난 황홀감에 빠져 내 손에서 마이크가 떠난 이후의 일은 잘 기억나지 않았다.

"할렐루야, 여러분! 우리 끝까지 하나님 찬양하며 살아갑시다!"

아넌은 손을 흔들며 무대로 유유히 퇴장했고 사람들의 함성은 아넌이 퇴장한 이후에도 잔향처럼 한동안 남아 있었다. 조명이 전부 꺼졌는데도 모두의 열기 때문인지 무대는 밝아 보였다. 나의 영혼은 아직 '쉬어' 가사의 한 줄과 한 줄 사이에서 불타오르고 있었다. 하지만 혼자가 아니었다. 내가 뱉는 랩에 맞춰 '기쁨'이 함께 더블링을 치고 있었다.

...

본당 입구 앞에 아넌딜라이트와 사진을 찍으려는 인파가 초원을 이룬다. 나는 옥수수 밭을 지나듯 손으로 한 사람 한 사람 옆으로 집어 넘기며 한 걸음씩 발을 뗐다. 본당 입구에서 2층으로 올라가는 계단까지 불과 5미터도 되지 않는 거리인데, 도착했을 때는 마치 5킬로미터 하프 마라톤을 뛴 듯 힘이 들었다. 숨을 한번 고른 후 난간을 잡고 2층으로 올라갔다. 계단을 전부 오르자마자 왼쪽으로 방향을 틀어 몇 걸음 더 걸었더니 황갈색 나무문 앞에 걸린 정갈한 글씨의 작은 팻말이 보인다.

'목양실'

목사님이 앞서 이야기했던 만나자고 했던 장소다.

"똑똑똑"

들어가기 전 노크를 했는데 안이 고요하다. 조금 더 기다렸지만, 여전히 조용한 것을 보니, 아무도 없는 듯하여 문고리를 잡고 돌렸다.

"끼익"

문과 문턱을 이은 철판이 옅은 비명을 질렀다. 몸을 전부 들여보내기 전 머리만 살짝 빼고 안을 보니 역시나 아무도 없었다. 가운데 큰 원형 테이블에는 각자의 고향에서 넘어온 과자들이 정갈하게 한곳에 모여 정리되어 있었다. A4용지와 커피 냄새가 적절히 섞인 채 날아와 내 코를 간지럽혔다. 재채기가 나올 것 같아 잠시 코를 틀어쥐었다.

"먼저 들어가 볼까?"

혼잣말을 조용히 내뱉으며 조심스레 몸을 테이블로 옮겼다. 질서정연하게 잘 놓여져 있는 의자들 사이에 유독 삐뚤게 삐져나온 의자가 하나 보였다. 아마 누가 앉았다가 급히 나가느라 신경을 쓰지 못한 듯하다. 자연스레 난 그 의자로 향했고 혼자서 방황하는 의자의 뒷덜미를 붙잡아 뒤로 당긴 뒤에 털썩 엉덩이를 떨어뜨렸다.

"내가 올 것을 알고 미리 마중을 나와줘서 고맙다."

의자를 쓸어 만지며 나지막이 한마디 건넸다. 혼자만 삐뚤게 놓여 의자들 사이에서 퍽 따돌림을 당했을 것 같았다. 본인도 삐뚤게 놓이고 싶어서 그랬을까…. 놓여 보니 그러했고, 남들과 달랐을 뿐이다. 하지만 덕분에 내가 편히 앉을 수 있는 유일한 공간이 되었다.

'어쩌면 이처럼 나의 다름도 하나님께서는 교회 사람들과는 다르게 보실까?'

잠시 생각했다.

"철컥! 끼이익"

얼마 지나지 않아 문이 열리는 소리와 함께 사람들이 웅성거리는 소리가 퍼졌다.

"어휴, 너무 애쓰셨습니다. 이쪽입니다!"

재욱 목사님이 먼저 들어와 누군가를 안내했다.

"어휴, 네네. 감사합니다! 그럼 실례하겠습니다."

아넌딜라이트가 가볍게 고개를 숙이고는 목양실로 들어왔다. 옆에는 매니저로 보이는 한 여자도 함께였다.

"오, 진배! 먼저 와 있었구나!"

재욱 목사님이 나를 발견하고 자신에게 오라고 손짓했다.

"아, 넵!"

난 대답과 동시에 자리에서 일어났다.

쿵!

의자를 빼고 나가려는데 허벅지를 테이블에 부딪쳤다.

"앗! 죄송합니다."

눈앞에 평소 동경하던 래퍼가 떡하니 있으니 갑자기 모든 게 삐그덕거린다. 머리를 긁적이며 목사님 쪽으로 걸어갔다.

"아, 이 친구는 래퍼가 꿈인 청년인데, 아넌딜라이트님을 너무 좋아한다고 해서 제가 무리해서라도 불렀습니다. 혹시 잠시 함께해도 괜찮으실까요?"

목사님은 내 어깨를 가볍게 감싸며 아넌딜라이트에게 양해를 구했다.

"오우, 그럼요. 반갑습니다."

아넌딜라이트는 웃으며 내게 손을 내밀었다.

"아! 아… 안녕하세요!"

심장의 비피엠이 점점 빨라지며, 말의 리듬이 무너졌다.

"어? 잠깐만. 아까 제 벌스 불렀던 분 맞죠?"

아넌딜라이트가 나를 손가락으로 가리키며 반가운 말투로 물었다.

"아, 넵. 맞아요."

난 부끄러워 눈을 마주치지 못했기에 내 대답은 땅으로 우수수 떨어졌다.

“홀리 홀리~ 아까 너무 잘하던데 너무 고마워요!”

아넌은 상냥한 말투로 내 긴장을 달래주었다.

“너무 팬이에요!”

난 구부정한 자세로 손을 건네며 말했다.

“어휴~ 정말 고마워요. 이름이 뭐예요?”

아넌딜라이트가 내 손을 꼬옥 잡으며 물었다.

“예진배예요.”

난 기어들어가는 목소리로 겨우 이름을 뱉었다.

“아하, 멋진 이름이네요~.”

이 말을 끝으로 잠시 정적이 연기처럼 피어올랐다.

“아! 이 청년은 이제 20살입니다! 한참 동생이에요 하하.”

연기를 전부 흩날리듯, 재욱 목사님의 말이 순간 크게 불었다.

“오우 신입생? 1학년이네요? 크… 좋다.”

아넌딜라이트는 미간을 찌푸리며 한쪽 엄지를 올렸다.

“아, 네! 하핫… 그런데 말씀 편하게 해주세요. 저보다 형이시잖아요~.”

난 머리를 긁적이며 조심스레 제안했다.

“오우~ 그래그래. 진배야, 너무 반가워. 뭐 궁금한 것 있으면 편하게 물어봐~!”

아넌딜라이트가 내 어깨를 살며시 잡으며 말했다.

"그전에 저희 다들 먼저 앉는 것은 어떨까요?"

불쑥 재욱 목사님이 의자를 꺼내며 웃음기 섞인 목소리로 제안했다.

"아, 네넵!"

나와 아넌딜라이트는 허둥지둥 각자 자리를 잡고 앉았다.

"자, 다들 이것 좀 마시면서 같이 대화합시다."

재욱 목사님이 냉장고에서 큰 병을 꺼내시더니 우리에게 차가운 커피를 따라주었다.

"제가 워낙 커피를 좋아해서 귀한 분 오신다고 하여 직접 미리 내리고 잘 식혀놨습니다. 허허, 역시 힙합은 아아죠?"

저 멘트를 또 치는 걸 보니 입버릇이 분명했다.

"어우, 힙합은 아아죠!"

아넌딜라이트는 예의 있게 맞장구를 쳐주었다. 커피 향이 은은하게 퍼졌다. 그리고 아넌딜라이트에 대한 내 궁금증 또한 목양실을 가득 채웠다.

"저기 만나면 꼭 물어보고 싶던 게 있었는데요…."

난 조심스레 입을 열었다.

"오! 그래그래, 물어봐!"

아넌딜라이트는 시선을 내게 주며 들을 준비를 했다.

"그… 어떻게 하면 그렇게 기독교적인 가사를 구리지 않게 랩할 수 있나요?"

내가 말하면서도 무슨 말을 하는지 몰랐다. 이건 뭔 병신 같은 질문일까?

"뭐? 하하!"

아넌딜라이트는 놀라면서도 크게 웃었다.

"아, 죄송합니다. 제가 긴장을 해서… 음… 그냥 아까 랩 하시는데 다른 크리스천 래퍼들과는 달리 되게 성경적인 가사나 착한? 단어를 가지고 멋있게 랩을 하시더라고요. 그게 신기해서요."

난 이마를 한 대 툭 치고 다시 말을 정리하며 천천히 이야기를 전달했다.

"아~ 일단 좋게 봐줘서 고맙다. 음…."

그는 잠시 고민하더니 이내 당연하다는 말투로 한마디를 던졌다.

"죽어라 연습해야지! 하핫."

그 말을 듣는데 지난번 재욱 목사님과 나눴던 '허슬'이란 단어가 떠올랐다.

"그럼 아넌 님도 하나님 나라를 위해 열심히 하시는 거예요?"

난 의도치 않게 예습했던 내용을 바탕으로 새롭게 질문했다.

"당연하지! 나는 복음을 잘 전하기 위해서 최선을 다해 연습해. 진배 너도 음악을 들을 때 랩을 못 하는 곡은 안 듣지 않아?"

그가 되물었다.

"그렇죠."

나는 짧게 대답했다.

"그것 봐. 실력이 없으면 내 랩을 들려줄 기회조차 없어지게 돼. 그런데 난 그 랩에 복음을 담고 있는데 어떻게 대충할 수 있겠어. 내가 한 번이라도 더 랩을 뱉는다면. 한 사람이라도 더 내 곡을 듣게 되고.

그럼 그 한 사람에게 복음이 전해질 수 있잖아."

아넌딜라이트는 좀 전에 허허실실 웃는 모습과는 달리 진지한 눈빛으로 말을 이었다. 그 모습에 왜 그가 쇼미에서 활약할 수 있었는지 조금은 알 것 같았다. 그리고 지난번 재욱 목사님과 나눴던 '예수님의 허슬'에 대한 개념이 더 선명해졌다.

"오우, 정말 좋은 말이네요."

옆에서 재욱 목사님도 고개를 끄덕이며 대화를 거들었다.

"그럼 쇼미에서는 어땠어요? 막 엄청 떨리지 않았어요?"

내가 가장 물어보고 싶던 내용이었기에 자연스레 몸이 앞쪽으로 쏠렸다.

"아~ 어마어마했지."

그는 그때의 기억을 회상하는 듯 지그시 눈을 감고 말을 이었다.

"걱정도 많았고 기대도 많았어. '무슨 랩을 해야 할까', '과연 내 랩이 저 거대한 심사위원들에게 어필이 될 수 있을까'. 너도 학교 오디션을 보기 전에 느끼는 이런 감정들 있었잖아~."

그는 내게 가볍게 손을 뻗으며 공감을 구했다.

"아, 그렇죠. 그런데 그거랑 비교할 수는 없을 것 같아요. 허허…."

난 손사래를 치며 강한 부정을 했다.

"무튼, 그런 걱정들도 있었는데, 반면 이것도 복음을 더 전할 수 있는 기회겠다 싶었어. 그래서 계속 '하나님, 다른 무엇보다 아버지가 더 드러나는 모든 순간이 되기를 간절히 바랍니다. 저를 통하여서 홀로 영광 받아주소서' 이렇게 기도했지."

드는 기도하는 자세를 취하며 설명에 덧대었다.

"그런데 신기한 상황이 하나가 있었는데 원래 내가 1차 때 하려고 생각했던 벌스가 있었거든? 그런데 자꾸 다른 벌스가 생각나는 거야. 진배 너였다면 어떻게 했을 것 같아?"

그는 말을 잠시 멈추고 내게 물었다.

"음, 저였다면 원래 하려고 했던 벌스를 어떻게든 했을 것 같아요."

원래 한번 정한 것에 대한 끝을 봐야 하는 성격이라 분명 그러했을 것이다.

"그치? 나도 원래 그래. 그런데 이상하게 자꾸 껄끄러운 거야. 그래서 '하나님, 제게 지혜를 주세요'라고 대기하면서 기도했어. 왜냐하면 내가 준비했던 벌스는 굉장히 기술적으로 자신 있었지만, 자꾸 생각나는 벌스는 일단 분위기가 달달한 느낌이어서 오디션으로 쓰기에는 그저 무난했거든."

그는 당시의 상황을 기억하며 미간을 찌푸렸다.

"그래서요? 어떻게 벌스를 했어요?"

나는 궁금한 나머지 그의 대답을 재촉했다.

"그래서 결국 나는 마음에 평안이 생기는 벌스를 하기로 했는데, 그 평안은 두 번째 벌스가 주더라고. 그리고 결정했을 때 마침 그레이 형이 앞에 있었지."

그는 대화의 템포를 올려 박진감을 더했다.

"오오!"

내가 봤던 그 장면에 비하인드 이야기를 직접 당사자에게 들으니 현장감이 더욱 느껴졌다.

"그리고 결과는 너도 알다시피, 허허!"

그는 쑥스러운 듯 머리를 긁적이며 말을 흐렸다.

"목걸이 가져가세요."

나는 그레이의 성대모사를 하며 아넌에게 목걸이를 걸어주는 시늉을 했다.

"이 녀석이~."

그는 장난스럽게 내 머리를 헝클어뜨렸다.

"그리고 계속 기도해야겠다는 생각이 들었어. 그래서 라운드마다 더욱 기도하면서 준비했고 그때마다 하나님께서 감동을 주시는 벌스가 있었어. 그래서 순종하며 최선을 다했지. 그랬더니 어느덧 세미파이널까지 가 있더라고. 다 주님이 함께하셨기에 가능했던 거야."

그는 두 손을 모으며 겸손한 말투로 내게 말했다.

"솔직히 내가 잘나서 그렇게 되었다고 절대 생각하지 않아. 만약 그냥 내가 욕심을 냈던 벌스를 했으면 벌써 탈락했을지도 모르지. 하나님께서 나에게 감동을 주셨다는 것은 그만큼 하나님이 하실 일이 있었다는 것이고, 나는 주님이 그렇게 나를 쓰셨음에 감사할 뿐이야. 그 덕에 이렇게 너도 만났잖아?"

그가 내게 힙합 악수를 건네며 말했다.

"엇! 아, 넵!"

나는 후다닥 그의 손을 잡고 함께 떨궜다.

"더 궁금한 것은 없니?"

"아… 아직 많이 있는데 그것들은 잘 담아두었다가 나중에 래퍼로 만나서 물어보겠습니다."

그의 말이 다 이해는 되지 않았지만 그의 '허슬'이 느껴졌다. 그래서 나도 '허슬'로 대답했다.

"오우~ 이 친구 아주아주~."

그가 내 어깨를 지긋이 잡으며 흐뭇한 표정을 지었다.

“자, 진배야! 이제 바쁘신 분 보내드려야겠다.”

재욱 목사님이 시계를 보시며 만남을 정리하려고 했다.

“이것도 추억이고 기념인데 다 같이 사진이라도 한장 찍죠.”

재욱 목사님이 우리를 가까이 붙이고 매니저로 보이는 여자에게 사진을 부탁했다.

“오우, 그러시죠! 진배야, 너 가운데로 와.”

아넌딜라이트가 흔쾌히 허락하며 나를 가운데로 이끌었다.

“네~, 찍겠습니다. 하나 둘 셋!”

여자가 핸드폰 카메라를 켜고 여러 번 액정을 터치했다.

“귀한 걸음 너무 감사합니다. 진배에게 귀한 거름이 되었겠습니다.”

재욱 목사님이 아넌딜라이트에게 악수를 건넸다.

“아닙니다, 목사님! 저도 너무 좋은 시간이었습니다. 그나저나 지금 라임이 엄청났는데요?”

그가 놀라며 재욱 목사님을 바라보았다.

“아, 저도 좀 칩니다. 허허!”

재욱 목사님이 우쭐하며 대답했다.

“그럼 조심히들 들어가십쇼!”

재욱 목사님이 아넌딜라이트를 문 앞까지 배웅했다.

"네, 목사님! 안녕히 계세요! 아, 그리고 진배!"

아넌딜라이트가 나를 바라보며 걸음을 잠시 멈췄다.

"아, 넵!"

나는 크게 대답했다.

"나중에 꼭 신Scene에서 보자."

그는 잠시 찡긋 웃으며 한마디를 던지고 다시 몸을 돌려 문을 나섰다.

"…"

난 그 말에 대답하지 않았다. 그에 대한 답은 나중에 래퍼가 된 내 모습으로 대신하고 싶었기 때문이었다. 꼭 열심히 최선을 다하겠다는 다짐을 하며 떨리는 주먹을 꽉 움켜쥐었다.

"멀뚱히 서서 뭐하냐?"

배웅을 마치고 돌아온 재욱 목사님이 가만히 서 있는 나를 툭 치며 장난스레 물었다.

"아! 아니에요!"

난 별거 아니라는 뜻으로 손사래를 치며 말했다.

"자, 그래서 우린 또 언제 만날까?"

목사님이 달력 앱을 보며 내게 물었다.

"아, 그러게요!"

나도 달력 앱을 황급히 켜고 날짜를 확인했다.

"다음 주 화요일 어때요, 목사님?"

손가락으로 화요일을 가리키며 목사님께 물었다.

"화요일? 으흠…."

목사님이 석연찮은 표정으로 말을 흐렸다.

"엇! 뭐 있으세요?"

나는 목사님의 폰을 슬쩍 보며 물었다.

"가장 바쁜 날이긴 한데… 그날밖에 시간 안 되나?"

"네, 저도 다른 날은 다 일정이 있어서요…."

나는 죄송하다는 의미로 두 손을 공손히 모으고 말했다.

"으흠… 어쩔 수 없지 그럼. 대신 오전에 만나야 되는데 괜찮니?"

내가 워낙 늦게 일어나는 것을 아는 목사님은 조심스레 가능 여부를 물었다.

"그런 거 가릴 때가 아니죠. 뭐든 됩니다!"

나는 힘껏 한 손으로 다른 손 주먹을 부딪친 후 감싸며 답했다.

"오우, 벌써부터 허슬하는구먼! 하하, 좋다!"

재욱 목사님은 내 어깨를 툭 치고 만족한 듯 웃었다.

"원래 인생이 허슬 자체입니다."

난 과한 제스처를 하며 우쭐댔다.

"그래, 조심히 들어가고, 오늘 찍은 사진은 카톡으로 보내마."

재욱 목사님은 문을 직접 열어주며 나를 배웅해주었다.

"네, 목사님! 그럼 화요일에 뵙겠습니다!"

나는 꾸벅 인사를 하고 문을 나섰다.

"그래, 수고!"

"끼익~!"

목사님의 인사와 문고리의 비명이 멀리서 들려왔다.

## 비와이, 아넌딜라이트, 그다음에 누구?

'크리스천 래퍼의 계보'를 따진다는 건 쉽지 않은 분류이다. 투어 규모에 있어서 같은 때 저스틴 팀버레이크Justin Timberlake, 비욘세Beyoncé, 디즈니 투어Disney on Ice를 뛰어넘는 수익을 이미 낸 적이 있고, 빌보드 200Billboard 200 차트 1위를 기록한 적이 있는정규 앨범 〈Anomaly〉, 2014 래퍼 렉레Lecrae조차 '크리스천 힙합' 또는 '가스펠 힙합'이라고 분류되는 장르에 있어서는 조금 거리를 둔 지 오래다. "내가 그리스도인인 것은 내 믿음이지, 내 음악의 장르가 아니다Christian is my faith not my genre"라고 그는 말한다. 전설적인 DJ인 돈 캐넌Don Cannon이 호스트로 함께했고, 더블 플래티넘200만 장 판매고을 기록하며 일반 힙합 팬들에게도 크게 인기를 끌었던 믹스 테이프 〈Church Clothes교회 옷〉에서 이미 도발적으로 외쳤던 적도 있다.

"힙합, 이건 내 기믹이 아니라구. 우린 같은 엄마에게서 태어났어!"

You know, what I kinda realized is that: everybody wanna put me in a box

당신도 알다시피, 제가 깨달은 건: 모두가 저를 어떤 상자 안에 가두려 한다는 거예요

They trying to figure out what category I belong in, man

그들은 내가 어떤 범주에 속하는지 알아내려고 노력하고 있어요

I am so authentic, I am so authentic

나는 정말 진정성이 있어, 난 정말 진정성 있다구

They try to figure me out, but this is not a gimmick

그들은 나에 대해 판단해보려고 하지만 이건 척하는 게 아니야

Hi, Hip Hop? Don't act like you don't know me!

안녕 힙합? 네가 날 모르는 것처럼 행동하지마

We got the same momma. Don't you try to disown me!

우리는 같은 엄마를 가졌어. 나와 의절하려 하지마

앞에서 먼저 소개한 적이 있는 위키피디아 영문 페이지의 'Christian Hip Hop' 문서에서는 바로 이 긴장과 갈등 또한 함께 소개하고 있다. 일반적으로 '크리스천 래퍼'라고 타의로 소개되곤 하지만, 현재 기독교 신앙을 본인 작품활동의 골자로 여기는 아티스트 중 특히나 성공적인 편에 속하는 이들이 바로 이와 같은 구분과 분류를 달갑지 않아 한다는 것이다.

분명 음악의 장르적 구분은 사실 예술적인 이유보다는 산업상의 '차트 분류'를 위함이 크다. 때문에 빌보드나 그래미Grammy Awards에도 새로운 장르와 부문이 추가되거나, 분리되거나, 통합되는 경우가 종종 있다. 그리고 크리스천 힙합퍼들이 이와 같이 자기 정체성을 재정립하고 선포하는 새로운 도전은 스스로를 보다 더 넓은 시장과 세계로 던져 넣는 용기에서 비롯되기도 한다. 한국뿐 아니라 힙합의 본토 미국에서도 일반 힙합의 평균적인 음악적 수준은 크리스천 힙합보다 더 높다. 그러므로 본인을 '힙합 아티스트'로만 장르 구분한다는 것은 경쟁이 더욱 치열한 시장으로 스스로 뛰어드는 셈이 된다. 힙합에 있어 거룩과 거룩치 않은 것을 구분하는 벽을 치운다는 면에서도 긍정적일 수 있겠다.

이는 전도와 선교의 관점에서 새로운 대중들이 편견 없이 자신의 콘텐츠에 접근할 수 있도록 하고자 하는 의도가 먼저 있다고 본다. 아마 둘째로는 자기 작품의 시장과 소비자를 기독교에 제한하고 싶지 않아서일 수도 있을 것이다. 이들은 자신의 신앙을 작품과 활동에서 공개적으로 밝히면서도, 크리스천 힙합으로서의 분류는 지양한다. 대신에 스스로를 '힙합 아티스트'로 소개한다렉래처럼 두드러지게 표현하지 않더라도, 이와 같은 의중을 품은 걸로 해석되는 아티스트들은 같은 레이블의 Andy Mineo, KB, Trip Lee, Tedashii, 그리고 Social Club Misfits, NF, John Givez,

Derek Minor, Propaganda가 있다.

선도적인 크리스천 힙합 아티스트들이 이 같은 행보를 걷게 되는 데 대한 배경이 되는 분석도 나타나 있다. 크리스천 힙합이라는 장르와 그 소속 아티스트들이 실은 힙합의 본토인 미국 시장에 있어 "전적으로 언더그라운드에 머무르고 있다"는 현실에 대한 언급이다 Christian rap exists almost exclusively underground. 그리고 몹시 안타깝게도, 여기서 '언더그라운드'라는 명명은 앞에서 필자가 핏대를 세우고 설명한 바대로가 아닌, '비주류, 지하'를 지칭하고 있다는 게 해당 문장에 대한 내 해석의 결론이다 물론 미국의 면적이 한국보다 거의 98배 정도 넓다고 볼 수 있고, 힙합의 시장 규모와 크리스천 힙합의 규모의 한국 대비 차이 또한 그 정도라고 볼 수 있다. 아마 절대치가 넓고 큰 그곳에도 빈익빈 부익부와 수익/인기 집중 현상이 있겠지만.

이 문장의 출처는 익명으로 2009년에 쓰이고 〈RELEVANT〉 웹 매거진에 게재된 칼럼 "The Problems of Christian Hip Hop 기독교 힙합의 문제들. 2009년 5월 게시, 2015년 5월 재게시"이고, 본인의 직업을 '현재 기독교 방송국에서 일하는 중인 라디오 DJ'라고 소개하는 그는 좁고 약한 의미에서 '언더그라운드'를 생각하고 있지 않은가 싶었다 이제 7년째 음악 산업에 종사하고 있다고 밝히기도 한다.

아무튼, 그런 개념의 차이가 있음에도 불구하고 비평은 훌륭했다. 미국 기독교 힙합의 문제를 비지니스 Business, 비트 Beats, 래퍼들 The

Rappers로 각각 분석한뒤 변화에 대한 소망Hope For Change을 제시한 글쓴이의 논지는 탄탄했다. 적절한 용어의 사용 여부를 떠나서, 그가 말하는 바대로 힙합의 본토 미국에서도 크리스천 힙합은 거의 독점적으로 교회 내에서만 소비되고 있다는 것을 재확인할 수 있었다. 블랙 가스펠/가스펠 장르가 지속적으로 다른 기독교 음악CCM 장르보다 더 많이 판매되고 있다는 것을 봤을 때, 역설적으로 아프로 아메리칸 크리스천들이 대체로 기독교 힙합을 무시한다는 것은 또 흥미로운 지적이기도 했다.

자, 그럼 우리 진배가 만난 아넌딜라이트Anandelight는 어떨까? 아직까지는 그래도 "기독교 국가"인 것 같은 미국의 크리스천 힙합 시장과 현실이 그렇다면, 지금 한국 크리스천 힙합의 최전선에 있는 하다쉬 뮤직HADASH MUSIC과 아넌의 사정은 어떨까? 물론 이 분야에 있어서는 선구자적 발자취를 남긴 스타가 이미 한 사람 있다. 바로 모두가 아는 그 이름, 'BewhY'다 비와이는 전에 인터뷰에서 본인에게 영감을 준 롤모델 셋을 밝힌 적이 있는데, 바로 렉래와 힐송 영 앤 프리(Hillsong Young & Free), 천관웅 목사였다.

혜성처럼 나타나 쇼미더머니 다섯 번째 시즌을 씹어먹으며 경연 가운데 여러 명곡을 남기기도 했던 '영웅'이다. 네 번째 계절을 넘기며 소재 고갈과 화제 몰이에 한계를 빚던 경연 프로그램이 비와이와 그 친구 씨잼C JAMM을 앞세운 고전적인 '선악 간의 대결' 구도를 전면에 내세우면서 결과적으론 놀랍게 성황을 이뤘다.

하지만 아쉬운 건, 엠넷의 작가진이 형성한 그 '선악 간의 대결' 구도가 실은 진부했다는 것이다. 기독교 신앙은 조로아스터교Zoroastrianism, 마즈다교Mazdaism 또는 배화교拜火敎나 마니교摩尼敎, Manichaeism와 같은 이원적으로 우주를 바라보는 종교와는 달라서 세상을 선과 악의 대결로 양분해 따지는 것에만 몰두하지 않는다. 성경에서 따로 '다윗과 골리앗' 에피소드만 떼내어서 성경적 신앙 이야기를 풀어내기란 충분하지 못하다. 사실, 해당 시즌에서 '선역'인 비와이에 맞서는 대적들 중 하나였던 레디Reddy는 누구보다 자기 앨범과 노래에서 본인의 기독교 신앙을 드러내던 이였고, 그의 절친이자 '껄렁해 보이기 그지없는' 씨잼 또한 오래전부터 '찐 크리스천'이었다. 혹 치열하게 방황하는 흔적들이 있을지라도.

물론 비와이는 멋있었다. 그 이전에도 ADV 유튜브 채널에서 프리스타일 랩을 뱉고, 홍대 길거리에서 행인들에 둘러싸여 랩을 하는 비와이는 리얼이었다. 이후로도 비와이는 멋있었다. 대형 레이블에 소속되지 않고 대신 선택했던 독립적인 행보, 레이블 개척. 비앙Viann, 쿤디 판다Khundi Panda, 손심바Son Simba 등의 성공적인 영입, 정상에서의 군 입대, 결혼과 여러 '한 인간'으로서도 책임감 있고 모범적인 모습들. 비와이는 힙합이다. 비와이는 진짜 그리스도인이다.

허나 비와이가 군복무를 할 동안에, 손심바를 중심으로 펼쳐지던 서리 크루의 행보들은 거룩, 경건해 보였던 〈Neo Christian〉 앨범과는 별개로 치부되며 대중에게 모순을 느끼게끔 했다. "음, 그럼 전투적인 힙합은 크리스천적일 수가 없겠네?" 대신에 돌 던지면 맞고, 십자가에 못 박혀 죽음으로 신의 뜻에 순종하는 것만이 기독교적 예술일까? 서정적인 음율과 심금 울리는 가사만이 크리스천 힙합인가?

'쌍뽐' 아넌딜라이트는 경연에서 보여줬던 그 모습 그대로 정말로 멋지고 실력 있는 친구이다. 긍정의 에너지가 넘치며, 모두를 존중하고 따뜻하게 섬긴다. 그러나 그런 그가 얼마 전 대학로에서 성공적으로 막을 내린 뮤지컬 〈소크라테스 패러독스 Socrates Paradox〉2022~2023 에서 성공적으로 '악역'을 연기했다는 사실을 알고 있는가? 아넌은 소크라테스 역을 맡은 양동근에 대적하여, 결국 그를 사지로 몰아넣고 마는 논객 '밀레토스 Meletus' 역할을 치타 CHEETAH 와 나눠서 열연했다.

비와이, 아넌딜라이트, 그다음에는 누군가? 당신은 '크리스천' 그리고 '힙합'에 어떤 프레임을 씌우기를 원하나? 예수님은 성경에서 순결하고 순종적인 어린 양으로 뿐만 아니라, 사납고 용맹한 사자로도 묘사되신다. 흥미로운 사실 하나를 소개하며 마친다. 최근에도 영화 〈나폴레옹Napoleon〉2023에서 멋진 연기를 보여준 배우 '호아킨 피닉스Joaquin Phoenix'는 모두가 알다시피 영화 〈조커Joker〉2019에서 '순수 악'의 모습을 광기 어리게 소화해냈다. 그럼 혹시 그가 2018년에 개봉했던 영화 〈막달라 마리아: 부활의 증인Mary Magdalene〉에 출연했던 것도 알고 있는가? 아마 보셨던 분도 그 작품 속에서 '조커'나 '나폴레옹'을 발견하진 못했을 것이다. 또는 무덤의 유령이나, 메시아를 팔아넘긴 배신자 가롯 유다, 십자가에 매달린 하나님의 아들을 창으로 찌른 로마 군병, 어느 역할도 아니다. 한국에선 빠르게 극장에서 내린 이 영화를, 나는 상영관에서 봤다. "호아킨 피닉스는 '예수' 역할을 맡은 주연이었다."

당신이 그리스도인이건 아니건, 힙합팬이건 아니건 간에 '크리스천 힙합' 장르와 활동을 하고 있는 그리스도인 또는 '일반 힙합'으로 분류되는 작품 활동을 하고 있는 개신교인 아티스트에 대하여서, "그건 당신의 오해가 아닐런가?" 싶다. '그게 무엇인가'는 우리 스스로가 한 번쯤 생각해볼 문제이다. 나만이 답을 알고 있다는 뜻이 아니다. 그러니 함께 질문해보자는 것이다.

〈소크라테스 패러독스〉에서 악역 밀레토스 역으로 열연 중인 아넌딜라이트

## 최 목사's view

화요일. 사역자의 리듬에서 보통은 주일에 있었던 사역들을 정리하고, 행정업무에 아무래도 비중이 많은 편인 날이다.

그런데 오늘은 당장 화요일 오전부터 일정이 잡혀 있다. 이렇게 자주 만나도 괜찮은가 싶을 정도의 빈도로 심방요청을 해온 것은 다름 아닌 예진배다. 나는 아침 정례회의를 마치고 빠르게 상담실을 정돈하며 진배를 맞을 준비를 해두었다. 오늘은 언제나처럼 테이크아웃 하던 커피 대신 직접 갈아서 내린 따뜻한 드립커피를 만들어 줄 생각이다. 나는 언제나처럼 커피원두를 분쇄기에 넣고 반시계방향으로 돌렸다.

「드드드득- 드드득」

“똑똑똑!”

자칫하면, 원두 갈리는 소리에 놓칠 뻔한 노크 소리였지만 그 소리가 워낙 또렷했기 때문에 나는 손을 잠시 멈추고 문을 열었다. 흰색 색깔 맞춤으로 옷을 입은 진배의 손에는 작은 종이백 하나가 들려 있었다.

“와, 목사님! 원두 냄새 미쳤네요. 오늘은 드립입니까?”

진배가 코를 킁킁거리며 말했다.

“래퍼 목사님의 드립 맛을 보여줄 때가 됐지.”

난 분쇄기 손잡이를 마저 돌리며 말했다.

“그럴 줄 알고, 드립커피에 잘 어울리는 크로플 사왔지요~.”

진배가 종이백을 흔들며 웃었다. 그 바람에 고소한 크로플 냄새가 원두커피의 향과 어우러져 상담실을 가득 메웠다. 주일의 피곤함이 남아 있는 화요일 오전의 시작에 아주 잘 어울리는 바이브다 싶었다.

“목사님, 지난 주일에 아넌 어떠셨어요?”

진배는 예상대로 지난 주일에 교회에 왔던 아넌딜라이트 이야기부터 꺼냈다.

“완전 인상적이었다. 너무 좋더라. 사실 목사님도 그 시즌 쇼미를 매주 금요일마다 본방사수하지 않았겠냐, 후후!”

“그쵸그쵸, 심지어 쇼미 경연곡들도 센스 있게 불러줘서 진짜 소름이었어요.”

진배는 그날의 여운을 감추지 못했다.

“그렇지, 목사님도 ‘쉬어’라는 곡 진짜 좋아하거든. 뭐랄까, 가사에는 전혀 하나님 이야기가 없지만, 어딘가 모르게 하나님이 우리에게 하실 법한 이야기 같다고 할까. 목사님은 그런 은유적인 메시지가 좋더라고.”

“저두요. 목사님! 직설적인 표현도 좋지만, 또 뭐랄까, 너무 대놓고 하나님, 찬양, 오직 예수님, 이러면 좀 구호 같기도 하달까? 음, 뭐라고 표현하기가 좀 힘든데, 아무튼 아넌은 균형 있게 두 가지를 잘 해내는 래퍼 같아서 좋았어요. 실력도 탄탄해서 더 설득력이 있더라고요.”

나는 진배의 아주 구체적이고 정확한 분석에 새삼 놀랐다. 때마침 나도 비슷한 생각을 하고 있던 터였다. 지난번엔 진배가 아넌에게 질문 세례를 난사하는 바람에 내가 끼어들 자리가 없어서 아쉬웠는데 이렇게 다시 이야기를 꺼내주니 제법 반가웠다.

“아, 목사님 그래서 말인데, 그날 같이 왔던 다니엘이란 친구 있잖아요~.”

진배의 표정이 급격히 신중해졌다.

“어, 그래. 그 오프닝 섰던 친구 말이지? 같은 학교 동아리라면서. 세상이 참 좁네, 허헛!”

난 진배에게 잘 내려진 커피 한잔을 건네며 말했다.

"그르게요, 저도 다니엘을 여기서 볼 줄 몰랐죠. 근데 음 뭐랄까… 그 친구 무대를 보면서 조금 질문이 생겨서, 안 그래도 목사님 생각은 어떠신가 물어보고 싶었어요."

진배의 눈빛이 더욱 진지해졌다. 그리고 만약 아넌딜라이트에 대한 우리 둘의 느낀 점이 사뭇 닮아 있다면, 나는 진배가 어떤 이야기를 하고 싶은지에 대해서도 짐짓 예상되었다. 만약, 바로 그 지점이라면, 상담실을 가득 메운 진한 원두 향처럼 오늘의 이야기는 그 어느 때 보다 깊어질 것 같다는 생각이 들었다.

"다니엘과 아넌의 무대를 보면서 분명히 같은 시간, 공간, 같은 장르인 힙합을 하고 있는데, 두 사람이 전혀 다른 느낌이 들었거든요. 이질감이라고 해야 하나? 그게 뭣 때문이었을까, 어제 하루 종일 생각을 했는데요."

나는 일부러 말을 끊지 않고 고개만 가볍게 끄덕여 동의의 사인을 보내주었다.

"첨엔 제가 그냥 좀 열등감 같은 것 때문에 다니엘의 랩이 불편한 건가 했어요. 학교에서도 그 녀석 뭔가 좀 거들먹거리는 게 있어서요. 신앙적인 것 가지고도 좀 내려보는 듯한 느낌을 받기도 했구요. 그래서 단순히 질투 같은 감정인가 했는데 또 그런 단순한 느낌이 아닌 것 같더라고요."

"오, 뭐야. 너네 라이벌이냐? 상당히 흥미로운데?"

"아뇨, 뭐 다니엘은 저 같은 거 라이벌이라고 생각도 안 할 거예요. 자기애가 너무 강한 친구라. 하하!"

진배가 호탕하게 웃으며 말했다.

"그래서 무슨 감정인지는 잘 찾아낸 거야?"

"네. 조금 투박하긴 한데, 저는 아마 좀 화가 났던 것 같습니다."

"엥? 화가 났다?"

"네, 왜 화가 났나 생각해보니, 개인적인 감정의 문제라기보다…."

전혀 생각지 않았던 진배의 표현에 나도 모르게 '꿀꺽' 하고 침을 크게 삼켜 버렸다.

"제가 사랑하는 것이 무시당하는 느낌이 들었던 것 같아요."

진배의 눈에 의분, 같은 느낌의 어떤 감정이 스치는 것이 보였다.

"목사님, 제가 지나치게 말하는 건지는 모르겠는데요, 제가 봤을 때 다니엘에게 힙합은 그냥 장식 같아 보였습니다."

나는 살짝 소름이 돋았다. 담임 목사님의 추천을 받다 보니 나도 전혀 정보가 없었던 다니엘이라는 아이였다. 딱히 어디서 공연영상이나 음원을 구할 수도 없었기 때문에, 나도 당일에 리허설을 하며 그 친구의 음악을 처음으로 들었던 터였다.

놀랍게도 내가 받았던 느낌 역시 같았다. '장식', 이 녀석에게 있어서 힙합은 무엇일까라는 생각을 하고 말았던 것이었다. 물론 아직 어린 친구이고, 앞으로의 발전 가능성을 고려하면 당연히 관대한 점수를 주어야 했지만, 오히려 어린 친구여서 더 과도하게 걱정을 했는지 모른다. 바른 것을 고민하고 바른길을 가게끔 해야 한다는 목사의 직업병이었을 수도 있고. 아무튼 바로 그 이야기를 진배가 똑같이 꺼내고 있는 것이다.

"다니엘의 무대를 보며, 제가 힙합을 대하는 태도와는 좀 다르다고 느꼈어요. 그런 멘트했잖아요. '나는 하나님이 힙합을 버리라고 하면 버릴 수도 있다'고요. 사람들은 거기에 '오' 하면서 엄청 박수쳤고요. 저는 솔직히 너무 빡쳐서 들을 수가 없었어요. 뭔가, 내가 사랑하는 존재가 엄청 가볍게 취급당하는 것 같아서요."

진배가 씩씩거리며 이야기했다.

"음… 그렇구나, 그럼 네가 만약 그 자리에 있었다면 어떻게 얘기했을 거 같으냐?"

난 진배의 흥분을 가라앉히기 위해 보다 침착하고 낮은 톤으로 질문했다.

"굳이 그런 말 자체를 안 했을 거 같은데요. 그냥 제가 준비한 이야기들을 하는 것에 집중했겠죠. 한 곡 부르고 멘트는 길고, 꼭 목사님들 설교 마냥 말하니까 좀 멋이 없더라고요."

"잠깐, 그건 우리 직종에 대한 디스 아니냐?"

나는 일부러 가벼운 드립을 던지며 진배의 긴장을 누그러뜨렸다.

"아아, 그런 뜻이 아닙니다. 맥락이 다르잖아요, 목사님! 하하."

진배가 민망해하며 나를 잠시 끌어안고는 멋쩍어하며 다시 이야기를 이어갔다.

"아무튼 저는 힙합은 말이 아니라, 태도이고 정신이라고 생각하는데, 다니엘은 그 모든 것을 말로 설명하려는 것 같았고요. 정말 이 문화를 사랑하는 것인지, 아니면 적당히 자기를 설명하는 도구로 쓰고만 싶은 것인지 합리적 의심이 들었습니다. 심지어 세상이 힙합은 악하지만, 나는 아니라는 식으로 말하니까, 도무지 동의가 안 되더라고요."

진배는 하고 싶은 이야기를 마치 32마디쯤 쏟아내고는 꿀이 발라진 부분의 크로플 한 조각을 크게 베어 물어 우물거리며 나의 대답을 기다리는 눈빛을 보냈다. 진배도 이만큼 자기의 솔직함을 보여줬으니, 나도 오히려 안심이었다. 내가 무슨 이야기를 하든 지금의 진배는 받아들일 수 있을 것이다.

"진배야, 네가 느낀 감정들에 충분히 동의한다. 사실 나도 크게 다르지 않은 느낌을 받았거든."

"오, 대박! 저는 목사님이 그 친구를 엄청 칭찬하실 수도 있겠다 싶어서 조심스러웠습니다."

"응, 물론 그 친구가 표현하고 싶었던 진심을 의심하지는 않지. 하지만 나도 불편한 지점은 분명히 있었던 것 같아. 그걸 굳이 다시 말할 필요는 없을 것 같다. 네가 아주 정확하게 봤으니까."

"그렇군요. 휴~ 다행입니다, 목사님. 그럼 목사님이라면 어떻게 하셨을 것 같나요?"

"당연히 나도 준비한 랩을 최선을 다해 뱉었을 거야. 그리고 깔끔하게 내려왔겠지. 진배야, 네가 왜 다니엘이 불편했는지 조금 더 부연설명을 해봐도 되겠니?"

"물론이죠. 그걸 들으려고 크로플까지 사서 오는 정성을 보이지 않았겠습니까."

진배는 뭔가 수련생 같은 느낌으로 두 손을 무릎에 올리고는 가르침을 달라는 간절한 눈빛을 보냈다. 무릎만 꿇지 않았을 뿐, 마치 분위기는 비기를 전수하는 사제지간 같은 느낌이 물씬 흐르고 있었다.

"다니엘의 열정과 마음의 동기는 훌륭하지만, 다니엘에게는 힙합에 대한 '존중'이 빠져 있다고 본다. 이건 사실 예수가 말하는 가장 중요한 정신이기도 하고."

"오, 존중이요. '리스펙'이네요."

"그렇지, 힙합에서 가장 중요하게 여기는 애티튜드태도이지."

"그런데 그게 예수님에게도 있나요? 힙합의 전유물이 아닌가요?"

"즙게는 힙합의 정신이기도 하지만, 이것은 사실 모든 인류가 지녀야 할 매우 중요한 정신이라고 생각한다."

진배가 '꿀꺽' 침 삼키는 소리가 유독 크게 들렸다.

"많은 사람이 기독교의 정신, 예수의 정신은 '사랑'이라고 표현하지? 그게 제일 이해하기 쉬운 표현이기 때문일 거야. 그런데 누군가를 사랑한다는 것은 상대에 대한 존중에서부터 출발하지 않으면 절대 이루어질 수 없지. 사랑은 결국 상대방을 소중하게 여기는 모든 행동을 말하니까."

"사랑과 존중은 아주 밀접한 관련이 있겠네요."

"응, 맞다. 예수가 이 땅에서 어떤 사람들을 주로 만났는지 알고 있니?"

"아, 그거 제가 지난번에 성경책을 뒤적이다가 본 것 같습니다. 그 뭐죠, 남편 잃은 사람들을 표현하는 말이었는데…."

"과부들 말이구나."

"네네, 맞아요. 과부! 그리고 고아들이랑 아픈 사람들이요."

"오우, 진배야. 그 정도면 대충 뒤적인 게 아닌데, 훌륭하다. 그 사람들이 어떤 사람들인지 공통점이 있는데 그것도 혹시 눈치챘니?"

"앗, 그건 잘 모르겠습니다!"

"그 당시에 사회에서 제일 존중받지 못했던 사람들이라고 보면 돼. 그 당시 중동의 문화에서 여자, 어린아이, 아픈 사람들은 제일 존재가치가 없다고 치부하는 사람이었다. 심지어 여자와 어린아이들은 사람의 수를 셀 때 넣지 않을 정도였다고 하니, 말 다했지."

"와, 요즘 같으면 난리 날 이야긴데요?"

진배가 두 손을 하늘 위로 올리며 항의하듯 말했다.

"그렇지. 하지만 어느 시대, 어느 사회에서 그렇게 변두리에서 살아야 하는 사람들은 늘 있었지. 우리가 살아가는 지금도 마찬가지고. 그런 사람들의 정말 슬픈 지점은 나중에는 그런 현실을 받아들이고 만다는 거야. 그게 어쩔 수 없다고 느껴지고, 바꿀 수 없다고 느껴지는…."

진배의 무릎에 올려진 주먹이 조금 더 꾸욱 쥐어졌다.

"그런데 예수는 그런 사람들을 주로 만나고 다니셨어. 심지어 만나는 것도 모자라 그 사람들과 밥을 먹고, 이야기를 나누고, 대화를 하고, 시간을 보내셨지. 그것은 그 당시의 수많은 사람, 특히 아주 거룩하고 깨끗하다고 스스로 자부하는 사람들로 하여금 엄청난 비난을 받는 일이었음에도 불구하고 말이다."

"아, 저 그건 알아요. 바리새인? 그 얘기하시는 거죠?"

진배의 놀라운 학습력에 난 상당히 놀라 턱을 괴고 녀석을 바라보았다.

"이야, 신학교 갈 것 같은 기세로군."

"아닙니다. 저는 평범한 소시민으로 살겠습니다."

진배는 손으로 엑스 자를 만들며 나에게 단호하게 내밀었다.

"근데, 진배야. 그런 생각해본 적 있을까? 예수는 왜, 굳이, 그런 사람들을 만났을까 말이야. 만나도 별로 도움이 되지 않는 사람들, 오히려 손가락질 당하기 딱 좋은 사람들을 왜 만나고 다녔냐는 거야."

"그러게요, 거룩한 분이시니까 좀 멋있게 그럴듯한 사람들과 어울려도 좋았을 텐데요."

"바로 그게, 바로 예수가 삶으로 보여준 사랑이고, '존중'에서 시작된 행동들이었어. 예수는 이들의 삶을 진심으로 존중했던 거야. 한 사람으로서, 하나의 거대한 우주로서."

난 진배가 잘 이해할 수 있도록 천천히 또박또박 설명했다.

"와, 잠깐만요. 지금 너무 펀치라인 같이 말씀하고 계시는데…."

"예수에게는 이 사람들이야말로 존중받아 마땅한 존재였으니까. 왜 존중받아 마땅한 존재인지 궁금할 거야. 그렇지?"

이윽고 나는 틈을 줄 새라, 다시 빠르게 이야기를 이어붙였다.

"엇, 맞아요!"

"자, 다시 이야기를 이어가 보자. 하나님께서 예수님을 이 땅에 보내신 이유가 뭐니?"

"엇! 그거! 아! 뭐지?"

진배는 맞춰보겠다는 강한 의지를 드러냈다.

"천천히 생각해봐. 뭐였지?"

나는 진배의 눈을 마주치고 천천히 손을 굴렸다.

"아! 그 요한복음 3장 16절! 아 뭐였더라…. 맞다! 이처럼 세상을 사랑하사!"

진배는 나를 손가락으로 가리키며 큰소리로 답했다.

"그렇지!"

나도 엄지를 내민 후 힙합 악수를 건넸다.

"예스!"

진배는 내 손을 힘껏 잡았고 우린 서로 잡은 손을 가볍게 땅으로 떨궜다.

"결국 그 세상은 바로 '우리'였던 거야. 인간들이었던 것이지. 당시 바리새인들은 오직 자신들만 구원을 받을 수 있다고 생각했어. 하지만 하나님의 뜻은 결코 그렇지 않았다. 내가 아까 말했던 '별로 도움되지 않는 사람들, 오히려 손가락질 당하기 딱 좋은 사람들' 이들에게도 구원의 하나님이셨던 거야."

"오…."

진배는 초롱초롱한 눈빛으로 감탄했다.

"다시 본론으로 돌아와서, 하나님이 예수님을 보내신 이유가 바로 세상을 사랑해서라고 말했지?"

“넵!”

“자, 여기서 질문! 진배 너 예솔이 좋아하지?”

“에? 아후! 아니! 와… 목사님 뭔 그런… 하하, 와 나….”

진배의 얼굴이 교회 벽에 걸린 십자가 후광등처럼 빨개졌다.

“뭘 그리 호들갑이냐. 다 보인다, 내 눈에는.”

“…”

진배는 말없이 고개를 떨구고 손만 꼼지락거렸다.

“자, 아무튼 질문! 너 예솔이를 보면 어떤 생각이 드니?”

난 진지한 눈빛으로 진배에게 질문을 던졌다.

“음, 글쎄요….”

진배는 턱을 괴고 진지하게 고민했다.

“일단 막 떨리고 그냥 좋은데요?”

“그래, 당연히 그렇지. 그런데 조금만 더 깊이 고민해봐.”

나는 천천히 진배를 달래며 질문했다.

“음, 아! 예솔이가 뭘 좋아하는지 알고 싶어요!”

진배는 손뼉을 치며 밝은 톤으로 대답했다.

“그렇지! 그리고 또?”

나는 진배의 대답에 랩 애드립을 치듯 바로 대화의 리듬을 살려 질문을 던졌다.

"음… 예솔이랑 같이 밥도 먹고 싶고, 예솔이가 어떤 감정을 느끼는지, 그리고 단 하루라도 좋으니까 예솔이가 살아가는 하루를 같이 살아보고 싶어요. 그냥 예솔이가 보고 듣고 느끼는 것 그로 인해 생기는 감정들…. 아, 뭐라 설명해야 할지 모르겠는데 음… 딱 정리하면 '예솔이와 함께하고 싶다!' 이게 맞는 것 같습니다. 하핫!"

"오우, 진배가 찐이네!"

대답에 큰 기대를 하지는 않았지만 너무나도 내가 말하고자 하는 핵심을 정확하게 짚은 대답이라 깜짝 놀랐다.

"아이 뭘… 하하…."

진배는 다시 얼굴이 달아오르더니 고개를 숙였다.

"예수님의 마음은 바로 그것이었다. 우리와 함께하고픈 마음. 만약에 누군가가 나와 함께하고 싶다고 하면서 자기 멋대로 우리의 모든 것을 부정하면서 자신한테만 맞추라고 한다면 그 말에 설득이 될까?"

"전혀 안 되죠."

진배는 진지한 얼굴로 단호히 대답했다.

"그렇지! 그래서 예수님이 이 땅에 '인간의 몸'을 입고 내려오신 것이다. 그 사건은 하늘의 말을 인간의 말로 번역한 것이고, 그것을 더 쉽게 표현하자면 너가 예솔이에게 고백하는데 너만의 표현이 아닌 예솔이가 알아듣고 느낄 수 있는 표현들로 고백했다는 말이야."

"와…."

진배는 감탄만 할 뿐 말을 잇지 못했다.

"예수님은 말을 넘어서 그 말에 대한 진심을 행동으로 보여주셨어. 말구유에서 태어나시고 수많은 무리를 몰고 다니시다가 십자가에서 외로이 돌아가실 때까지…."

대화가 너무 강렬했던 나머지 감정의 파도가 이성이란 방파제를 훌쩍 넘었다.

"크흠… 자!"

잠시 헛기침을 시작으로 호흡을 가다듬고 다시 이야기를 이었다.

"진배야. 예수님은 이 세상을 끔찍이도 사랑하셨어. 그렇기에 '존중'하셨지. 우리의 삶 속에 깊이 들어와 함께 먹고, 함께 마시고, 함께 주무시고, 함께 나누고, 또 함께 걸으면서 하나님은 예수님이란 인간으로 살아가셨다."

"…"

진배는 말없이 고개를 끄덕였다.

"'사랑'하니까 인간의 삶을 더 깊이 알고 싶어 했고, 시간을 할애했고, 마음을 나눴던 것이라고 생각해. 그리고 그 이야기는 비단 2000년 전에 일어나고 끝나버린 사건이 아니라, 지금까지 이어져 오는 애티튜드라고 생각한다. 기독교는 결국 그러한 정신을 공감하고, 경험하고, 이어온 사람들의 이야기인 거지. 피상적인 모습, 존중 없는 태도, 어떤 존재를 소중하게 여기지 않는다면, 멋들어진 수식어를 잔뜩 가져다 붙인다고 한들, 힙합의 표현을 빌린다면 그것은 fake거짓나 wack가짜라고 볼 수밖에 없고."

"목사님, 제가 지난번에도 비슷한 질문을 드렸던 기억이 분명히 나는데…. 그런 얘기하시면 교회에서 안 짤려요?"

"야, 짤리긴 왜 짤리냐, 이게 기독교의 제일 중요한 메시지인데."

난 진배에게 꿀밤을 때리는 시늉을 하며 반박했다.

"지금 상당히 내부고발 같은 느낌으로 말씀하셔 가지고…."

"뭐, 실제로 그런 문제들이 많은 것이 맞으니까, 너 스윙스의 'holy'라는 곡 알지?"

"오~ 알죠. 그 엄청 긴 20분짜리 곡이죠. 교회 얘기 많이 나오는…."

"응, 나는 그 곡 들으면서 많이 공감했었는데, 내가 정말 소름 돋았던 가사가 있었어."

"예수님의 감성을 전하는 게 교회 아니냐?
그런데 나 같은 사람을
성가대에 세울 교회가 몇 개나 있을 것 같냐?

교회도 안 받아 줄 수 있는데

Hip-hop은 날 음악인으로 받아주고

날 최고의 뮤지션 중의 한 명으로 받아 줬다고

난 이 문화를 사랑해 그래서

모든 인간들은 결국 받아들여짐을 필요로 한다고"

"'모든 인간은 결국 받아들여짐을 필요로 한다', 이게 기독교가 말하는 제일 중요한 정신이고, 예수의 정신이다!"

나는 말을 마치고 묵묵히 커피를 한 모금 들이켰다.

시간의 흐름 때문일까, 진한 원두향이 처음보다 제법 사그라든 느낌이다. 아니, 정확히는 이 공간에서 나눈 대화와 함께 우리 두 사람에게 깊이 배어든 것인지도 모르겠다. 진배는 나머지 크로플 조각을 입에 베어 물었다.

"이제 좀 정리가 되네요. 제가 다니엘에게서 느꼈던 불편함이 무엇인지를요. 힙합에 대한 존중이 아니라, 그것을 액세서리처럼 여기고 붙였다 뗐다 하는 그 느낌 때문이었던 것 같네요. 그리고 무대에서 그 친구가 말하는 모든 수식어가 거짓은 아니겠지만, 적어도 다니엘이 저에게 보여준 태도들은 저희가 알고 있는 '존중'과는 좀 거리가 있었던 것 같기도 하구요."

진배가 고개를 잔잔히 끄덕이며 이야기했다.

"예수가 보여준 '존중'과도 거리가 있을 거다, 분명히!"

"그렇게 듣고 보니, 어딘가 조금 짠하기도 하네요, 다니엘이…."

진배가 잠시 창문을 바라보며 이야기했다.

"아니 아니, 그렇게까지 생각하지는 말고. 오히려 그 친구도 성경의 이야기와 예수의 삶을 잘 살펴본다면 충분히 이해할 수 있을 거다. 그걸 바르게 고민해볼 기회가 없었던 것일 수도 있으니까."

"네네, 그렇죠. 저도 이제 조금 정리가 된 것이니까요. 어휴."

대화가 조금은 고단했는지 진배가 짧은 한숨을 내쉬었다.

"아무튼 진배야, '예수는 힙합이다'라는 그 말이 이제 조금 선명해졌냐?"

나는 진배의 피로를 덜어주면서 대화를 마무리 짓기 위해 모든 것을 정리한 질문을 던졌다.

"네네, 완전 알 것 같습니다. 지금 이 감각을 까먹기 전에 가사라도 써놔야 할 거 같은 기분입니다."

"오, 역시 살아 있구나. 기깔 나는 곡 하나 탄생하는 건가?"

"네네, 안 그래도 제가 이럴 줄 알고…."

진배는 테이블에 놓여 있던 스마트폰의 화면을 켜서 나에게 들이밀어 보였다. 화면에 띄워진 녹음 앱에는 47분 27초가 지나고 있었다.

"야, 이것 봐라. 상대방 동의 없는 녹취는 불법인 거 모르냐?"

“지금 동의해주시면 감사하겠습니다, 목사님. 제 창작의 기운을 꺾지 말아주십시오.”

“하… 이거 똑똑한 거 보소. 알겠다 알겠어. 나 이상한 얘기한 거 없지?”

“아마도요, 있으면 자체 검열할 테니 걱정하지 마십쇼. 직장은 잃지 않게 지켜드리겠습니다.”

진배가 손가락으로 브이를 그리며 웃었다.

“못하는 소리가 없군, 이 자슥. 아 맞다, 그나저나 진짜 곡 작업할 거냐?”

나는 오랜 대화에 축 늘어진 안경을 다시 쓱 올리며 물었다.

“오, 그럼요. 래퍼는 영감이 빡 왔을 때 허슬해야죠!”

나는 이 녀석을 처음 봤을 때, 내 머릿속을 아주 잠깐 스쳐 지나갔던 그림을 다시 떠올렸다. 어딘가 ‘교회’와는 어울리지 않는 듯한 어색함을 가지고 물 위에 뜬 기름처럼 부유하던 모습. 하지만 왜인지 모르게 나는 그 물과 기름이 하나가 되는 그림을 잠시나마 보았던 것 같다. 물과 기름이 나눠져 있을 때 ‘계면활성제’라는 것을 넣어서 두 가지를 섞을 수 있다고 했던가. 진배의 생각 속에 ‘예수와 힙합’이라는 계면활성제가 방울방울 떨궈진 느낌이 들었다. 상상 속에 잠깐 스쳤던 그 그림을 현실로 보고 싶은 마음이 불쑥 들었다.

"진배야, 그럼 그 곡 작업 바로 시작해보고!"

"그럴려고 합니다!"

진배가 설레는 눈빛으로 내 말이 끝나기 무섭게 대답했다.

"그거 준비되는 대로 알려줘라."

"아, 누구 들려주는 거는 완전 민망한데…. 그래도 목사님이 좋은 소스를 주셨으니, 목사님께만 살짝 들려드리겠습니다."

진배가 내게 귓속말을 하듯 속삭이며 말했다.

"아니, 그런 귀한 것을 나 혼자 들을 수는 없지!"

나는 손을 휘저으며 답했다.

"에? 그게 무슨 소리예요, 목사님?"

진배가 당황하며 물었다.

"우리 다음 달에 청년주일 특별예배가 있는데, 그때 특송을 하나 순서로 넣으려고 하거든. 그때 네가 작업한 곡으로 한번 서보는 것 어떨까!"

나의 제안에 진배의 눈에 진도 6.8의 강진이 일었다.

"와, 그렇게 훅 들어오신다고요? 이건 상상도 못했…."

진배는 너무 놀란 나머지 차마 말을 잇지 못했다.

"원래 인생은 그런 불확실성의 연속이다. 받아들이면 편해."

나는 인자하게 웃으며 진배에게 다시 한번 권유했다.

"갑자기 그런 늙은이 같은 말씀하지 마세요, 하…."

진배는 고개를 절레절레 저었다.

“이번 주일까지 고민해보고 알려줘. 나도 기획서 만들어서 보고해야 하니까. 너 목사님 직장생활 도와준다고 했지?”

나는 짓궂게 웃으며, 진배의 어깨를 퍽퍽 하고 세게 두들겼다.

“알겠습니다. 살려는 드려야죠…. 일단 다시 연락 드리겠습니다!”

“그래, 고맙다. 언능 가서 가사 써라. 정리는 내가 할게.”

“네, 오늘도 시간 내주셔서 감사합니다!”

진배는 고개를 직각자처럼 90도로 꾸벅하고 상담실 문을 나섰다. 진배의 걸음걸이가 붐뱁비트처럼 쿵빡 선명하게 느껴졌다. 나는 깊은 맛과 향을 다 내어주고 자기의 역할을 다한 원두 찌거기를 주섬주섬 정리하고 상담실의 전등을 껐다.

「빽-」

## 스윙스, 문제적 그리스도인

한국에서 유독 교회와 힙합이 처한 공통 상황이 있다. 바로 '극심한 오해'에 시달리고 있다는 것이다. 그것은 얕은 관심과 새로운 것에 대한 호기심으로 비롯되어, 흥미 위주의 이기적인 방식으로 소비된 다음에, 편견에 찬 마녀사냥으로 끝마치게 된다. 예수와 힙합이 가진 공통점이 있다. 사람들이 그를 '십자가에 못 박기 원한다는 것'이다. 예루살렘으로 입성하는 메시아에게 인파는 갈채를 보내며 환영했지만, 기대하는 바 유대 민족의 이익추구를 위해 적극적으로 움직여주지 않는 하나님의 아들에게 군중이 선물한 것은 고통스런 가시 면류관과 수치스러운 십자가 형벌이었다.

대부분의 영화나 그림에서는 사실 그대로 묘사하지 못하는데, 실제로 로마 통치 시절의 십자가형이란 '벌거벗겨진' 죄인이 자기가 못 박힐 십자가의 나무 틀 가로 부분을 지고 형장까지 가는 것으로 시작되었다. 이미 쇳조각이 박힌 가죽 채찍에 의해 온몸은 피투성이가 되어 있고, 나체가 된 몸이 수치스러울 새도 없이 공포와 두려움이 엄습한다.

이와 같은 '한국 힙합'의 상황에 대해 힙합 저널리스트 김봉현 작가는《힙합과 한국》이란 제목의 책을 그의 스무 번째 단행본으로 삼았다. 마치 빈지노의 〈Dali, Van, Piccaso〉2013 앨범의 아트워크에 그 대신에 모델 김원중이 있었던 것처럼, 이 서적의 커버에는 한국 힙합의 대부 더콰이엇The Quiett이 자리 잡았다. 국회의사당, 외제차벤틀리와 함께 래퍼가 자리 잡은 사진 위에는 저자의 워딩 100%를 출판사가 그대로 받아쓴 거라는 한마디가 부제로 쓰여 있다.

"랩 스타로 추앙하거나 힙찔이로 경멸하거나."

최 목사가 진배와의 대화에서 인용한 한국 래퍼 스윙스Swings의 곡 'Holy'에 대해서도 김봉현 작가는 특별한 애착이 있다. 네이버 '오디오클립'에서 '김봉현의 한국 힙합 100'을 통해 꼽은 한국 힙합 100곡 100선 중 당당히 이 노래는 87번째로 자리 잡았다. '랩퍼의 썰設교'라는 제목의 해당 에피소드에서 '한국 힙합 곡들 중에 가장 진심인 곡 중의 하나'로 이 트랙은 소개된다. 여기에서 뿐만 아니라, 한국 힙합이 한국 사회 속에서 마주치는 편견과 오해, 선입견들과 갈등하는 모습을 묘사할 때 스윙스는 도끼Dok2, 더콰이엇과 더불어 김봉현이 자주 언급한 그의 평론적 페르소나기도 하다.

오디오북 말미에 본인이 김봉현 선생님께 제공한 조언이 한 움큼 길게 인용됐던 것은 더없는 영광이기도 했다. 나는 스윙스를 '검은 예수'라고 지칭했고, 장장 19분을 자랑하는 이 트랙 위에 문스윙스가 펼친 것은 나레이션, 웅변, 스포큰워드가 아닌 '설교'였다고 말했다.

랩퍼의 썰(設)교'

하나님이 아니지만 작은 내 생각에, 스윙스는 그리스도인이다. 그중에서도 '문제적 그리스도인 Problematic-Christian'이다. 그는 빡쎈 배틀랩 '불도저 Bulldozer'와 어머니께 보내는 따뜻한 마음 'For Mother', feat. Crucial Star을 한 앨범 Double Single <Buldozer>, 2013에 담아내는 입체적인 아티스트지만, 방송은 그를 '괴물 래퍼'로 네이밍하여 관심몰이에 사용해 성공했다. 고등학생 참가자들을 데리고 한 경연에서 다음 세대를 따뜻하게 보듬는 형, 친화적 리더의 모습은 그냥 흘려보낸 카메라는, 대신에 날선 조언과 카리스마 리더십만을 조명하여 원래 만들어뒀던 그의 판에 박힌 이미지를 꾸준히 판매했다.

하지만 그는 그런 방송도 역이용해낸다는 점에서 더 대단한 인물이다. '퇴물 래퍼' 캐릭터가 된 전직 괴물 래퍼는 희대의 디스전을 펼쳤던 상대 사이먼 도미닉 Simon Dominic과 함께 오른 무대에서 다시 한 번 역전, 반전을 보였다. "부활이었다."

나는 질문하고 싶다. "문제적 그리스도인은 안 되는가?" "정답형 그리스도인 Corrcet Answer Christian만 되는가?" 또는 "그리스도인은 단지 올바르기만 해야 하는가?" 그렇다면 "그 '올바름'이란 무엇인가?" 2000년 전의 예수는 '논란의 인물'이었다. 당신의 죽음과 부활로 기독교가 시작되기 이전에 그는 '문제적 유대교인' 중 한 사람으로 인식되었으며 이를 잘 보여주는 성경 구절이 있다. 예수는 스스로가 어떤 소문 가운데 있는지 말한다. "인자가 와서 먹고 마시니, 너희가 말하기를 '보라. 저 사람은 먹보에다 술꾼으로 세리와 죄인의 친구다'라고 말한다(눅 7:34, 우리말성경), 대중의 관심과 인기도 있었던 반면, 결국 그를 죽이기까지 한 안티와 방해꾼들에게도 쫓긴 사람이었다.

나는 기독교인이자, 500여 년 전 유럽에서 있었던 개혁의 불씨를 이어받은 '개신교인'이다. 프로테스탄트 Protestant, '저항하는 자'란 말이다. 이는 당시의 부패한 로마 가톨릭 Roman Catholic Church에 대해서뿐만이 아니다. 오히려 지금의 한국 개신교회는 한국 천주교의 모습에서 배울 점들이 많지 않은가? 나는 종교와 이념이 된 개신교에, '나의 슬픔'을 위로하고 공감하며 새힘을 주는 '나의 개인적인 예수 My Personal Jesus'에 대한 노래 위에, 따뜻한 위로만을 건네는 웃고 있는 예수의 초상화 위에, 우리의 거친 랩과 낙서를 뒤덮고 싶다. 그것은 피 흘리고 있고, 눈물 흘리고 있으며, 땀 흘려 상처받고 소외된 이들을 끌어안고 있는 치열한 예수의 모습이 담긴 그래피티다. 그는 온몸으로 세상의 문제들을 안았다. 온 세상 상처와 고통, 미움과 증오, 시기, 질투, 오해, 편견, 선입견 같은 것들이 그의 온몸을 찔렀다.

내가 존경하는 개신교 철학자이자 윤리학자, 전 한국외대, 서울대, 현 고신대학교 석좌교수인 손봉호 선생님은 "한국 교회가 역사상 가장 타락한 교회"라고 하셨다. 그런 시대에 우리는 지금 선지자적 음성을 들을 수 있는가? 미국에서 '기업'이 되고, 한국에 와서는 '대기업'이 되었다는 지금 대한민국의 개신교회는 과연 '찬양 받으실 주님'만을 박수치며 춤추며 노래하는 것만으로 충분한가? 누군가는 '욕먹을 각오'로 해야 할 말이 없는가? 누군가는 '손가락질을 참으며' 감싸안아야 할 영혼들이 없는가?

이 편은 마지막 라이노의 노트다. 이 책에서 우리는 세상의 모든 힙합을 다루지는 못했다. 세상의 모든 교회, 세상의 모든 그리스도인을 다루지 못했음도 물론이다. "우리가 진짜다! 종결자다! 와서 우리를 보라!"고 말할 수 있었으면 좋겠지만 꼭 그렇지만도 않다. "우리만이 진짜다!"라고 주장한 이들은 사실 교회사에서 가장 큰 이단들이었다는 사실을 기억한다.

이 책에 답은 없다. 대신 '문제'들을 담았다. TV 경연 프로그램과 유튜브 영상 몇 편만으로 힙합을 '다 아는' 것같이 하는 이들에게 묻는 질문이요, 주일날 가장 아끼는 새하얀 에어포스원 신발에 커다란 십자가 목걸이를 차고 온 힙합 청소년에게 '주일성수'와 올바른 복장을 애기하는 목사님에게 드리는 물음이기도 하다.

힙합은 문제적이다. 예수도 그렇다.
그래서 예수는 힙합이다.
힙합은 예수를 닮았다.

마지막 장이 오른다.

# Last Scene

## 진배's view

비가 부슬부슬 내리는 오후. 카페 안에서 바라본 밖은 세상 모든 것이 수정 구슬을 달고 있었다. 나무들은 치장하는 것이 무척이나 싫은 듯 달라붙는 보석들을 바람의 힘을 빌려 후두둑 털어내곤 했다. 마치 분무기를 뿌린 듯 작게 알갱이 진 빗방울들이 세상을 한창 적셨다. 그리고 나 또한 고민과 갈등에 푹 젖어 있었다. 지난 만남의 끝에서 재욱 목사님이 내게 건넨 제안이 머릿속을 짧게 스쳤다.

"공연이라니…."

나는 짧게 탄식했다.

목사님과의 주기적인 만남을 통해서 분명 많은 부분이 개운해졌지만 아직까지 공연은 내게 큰 트라우마로 남아 있다. 가장 좋아하는 것에게 가장 큰 상처를 얻은 셈이었다.

'어찌 나는 매번 이렇게 불안의 연속이냐…. 제발 단순하고 좀 편해보자….'

뭐든 쉽게 결정하지 못하는 나 자신이 요즘 부쩍 원망스러웠다. 물론 그 끝은 대부분이 보람 있고 의미 있는 순간들이었지만, 이 시간은 항상 오랜 시간 잠수를 하듯 숨 막히고 고통스럽다.

"여얼~~ 쥔배~~!"

누군가의 목소리가 가라앉는 나를 물속에서 건져냈다.

"많이 기다렸어? 어휴 갑자기 비가 오는 게 뭐람 참."

예솔이었다. 비를 툭툭 털어내며 예솔이는 자리에 앉았다.

"아니, 별로 안 기다렸어. 뭐 마실래?"

나는 언제 그랬냐는 듯 밝은 톤으로 예솔이에게 물었다.

"난 아아!"

예솔이는 브이를 그리며 명랑하게 대답했다.

"오우, 힙합이네."

나도 모르게 재욱 목사님의 시그니처 멘트가 나와 버렸다.

"뭐라고?"

예솔이가 당황하며 되물었다.

"아, 아냐… 미안, 크흠. 나 주문하고 올게!"

나는 민망해 얼굴이 화끈거렸다. 해서 황급히 자리를 박차고 주문대로 향했다. 매번 재욱 목사님이 그럴 때마다 속으로 '아, 왜 저래'라고 생각했는데 갑자기 이게 뭔가 싶었다. 역시 사람은 듣고 보는 게 중요하다.

"주문하신 아이스 아메리카노 한 잔 나왔습니다!"

점원의 말이 쩌렁쩌렁 온 카페를 울렸다. 나는 두 손으로 쟁반을 들고 휴지와 물 한 컵을 챙겨서 자리로 돌아갔다.

"와~ 진배야! 잘 마실게!"

예솔이가 반짝이는 눈으로 커피를 바라보며 말했다.

"아냐, 뭐 이거 가지고. 아무튼 나와줘서 고마워!"

난 예솔이에게 가볍게 손사래를 쳤다.

"그런데 웬일이야? 너가 날 따로 보자 그러고?"

예솔이가 빨대를 입에 물며 궁금한 눈치로 물었다.

"응? 아, 그게 그냥 너랑 꽤 친해졌는데 생각해보니까 따로 이렇게 본적이 한 번도 없더라고…. 그래서 그냥 뭐 겸사겸사… 허허!"

정말 예솔이를 딱히 부른 이유는 없었다. 왠지 모르겠지만 그저 보고 싶었다.

"그래? 흠… 그래! 뭐 좋지! 커피도 얻어 마시고. 헤헷!"

예솔이는 신이 난 표정으로 커피를 한 모금 들이켰다.

"아, 지난번 우리 교회 왔을 때 너무 잘봤어. 너 노래 진짜 잘하더라."

난 어색한 분위기를 깨고자 가장 기억나는 화제를 툭 던졌다.

"증말? 아휴, 그때 너무 떨어서 정신이 하나도 없었어."

예솔이는 얼굴을 찡그리며 고개를 저었다.

"전혀 그래 보이지 않던데?"

"아휴, 말도 마. 진짜 내가 다니엘 그 자식한테 비싼 거 얻어먹을 거야. 아니, 공연 이틀 전에 이야기하는 게 어디 있어!"

예솔이가 잠시 눈을 흘기며 말했다.

"와, 그럼 이틀만에 준비해서 한 거야?"

"응, 정말 하나님의 은혜였다…."

"진짜 몰랐는데…. 난 너가 끝나고 나한테 인사까지 하길래 편하게 한 줄 알았어."

"아, 맞다! 그때 나 진짜 울기 직전이었는데 너가 딱 보이는 거야. 그런데 너무 반갑더라고…."

예솔이가 무릎을 두세 번 치면서 몸을 들썩였다.

"오호…."

"막 그런 거 있잖아. 어렸을 때 놀이공원 같은 데 갔다가 갑자기 엄마가 안 보여서 불안한데 엄마가 딱 보이는 그런 기분! 진짜 그때 너 아니었으면 나 완전 멘탈 나갈 뻔….

“오우, 다행이다. 뭔가 내가 도움이 된 것 같네.”

예솔이의 말에 감동이 스멀스멀 피어올랐다.

“응, 진짜! 아이고! 그럼 이 커피를 내가 사야 하는 건데!”

예솔이는 손뼉을 치며 미안한 표정을 지었다.

“엥? 아냐, 아냐~. 괜찮아!”

난 강하게 부정하며 손사래를 쳤다.

“안 돼! 그럼 음… 진배 나중에 내가 밥 꼭 살게 그때 나와 알겠지?”

“아, 그래, 뭐 좋지!”

나는 예솔이를 한 번 더 만날 수 있을 것 같은 기대에 속으로 매우 기뻤지만, 괜히 마음을 들킬 것 같아 안간힘을 다해 대수롭지 않은 척했다.

“좋았으~. 난 빚지고는 못 사는 성격이라 그래, 헷!”

“멋지네, 예솔~!”

난 예솔이에게 멋지다는 의미로 손을 흔들었다.

“그런데 진배 너 표정이 좀 어둡다?”

예솔이가 내 얼굴을 가만히 보더니 물었다.

“응? 그런가?”

난 얼굴을 쓸어 만지며 되물었다.

“이거이거~ 너 무슨 고민 있지!”

예솔이가 내 쪽으로 몸을 숙여 추궁하는 물었다.

"아··· 그게 좀···."

나는 당황한 나머지 말을 쉽게 꺼내지 못했다.

"야, 빨리 말해봐. 이 누나가 다 들어줄게!"

예솔이는 자기의 가슴을 '툭툭' 두들기며 말했다.

"아··· 아니야."

"어헛! 진배, 누나한테 혼나요~."

"풉."

엄한 표정으로 말하는 예솔이의 모습이 귀여워 실소가 터졌다.

"아, 빨리빨리~!"

"음··· 사실은 내가···. 몇 주 전부터 우리 교회 목사님하고 주기적으로 만나서 신앙 상담을 하고 있거든···."

"와, 잘됐네! 그래서?"

"전에 너한테 말했던 교회에서 받은 상처가 아물고 그런 것은 아닌데 그래도 기분도 많이 좋아지고 회복이 잘되는 것 같아."

"잘 됐다."

예솔이가 두 손을 모으며 기뻐했다.

"많이 배우는 것도 있고, 예수님에 대해서 좀 더 정확하고 자세하게 알게 되었어. 막 신앙심이 깊어졌다고 말은 못 하겠는데, 음···."

나는 어떻게 표현해야 할지 몰라서 잠시 뜸을 들이다 이내 말을 이었다.

“전부 다 너한테 설명할 수는 없는데 정리하자면 예수님이 내가 생각했던 것보다 훨씬 멋있는 분이시더라고.”

“어머, 진배가 참 기특하네.”

예솔이가 고개를 끄덕이며 나를 칭찬했다.

“뭐래~.”

“나도 좋아서 그래. 계속 얘기해줘!”

예솔이가 자세를 고쳐 앉으며 내 말을 이끌었다.

“아무튼 그래서 그 과정에서 배우고 느낀 것들을 가사로 써볼까 했는데 갑자기 목사님이 그 가사로 공연을 해보는 게 어떻겠냐고 그러시더라고….”

“오? 너무 좋은 일 아니야?”

“그렇지, 그런데 솔직히 말하면 겁나. 너도 알다시피 나 완전 말아먹었잖아, 동아리 공연 때….”

“아… 아이공….”

예솔이도 기억난 듯 조심스럽게 탄식했다.

“그래서 그게 좀… 허허!”

나도 더는 말을 잇지 못했다.

“고민이 많이 되겠네….”

“그치 아무래도….”

“음… 내가 뭘 ‘이렇게 저렇게 해라’고 할 수는 없고, 흠….”

예솔이는 잠시 고민하더니 뭔가 생각난 듯 내게 질문했다.

"아, 그래! 난 그냥 네가 후회하지 않을 방향으로 결정했으면 좋겠어. 진배 너 공연 엄청나게 좋아하잖아?"

"많이 좋아하지."

나는 당연하다는 듯 고개를 끄덕이며 대답했다.

"너무 부담되면 안 하는 게 좋겠지만, 너가 만약에 그것보다 좋아하는 마음이 크면 그럼 한번 해봐도 좋지 않을까?"

"음…."

"잘 모르겠지만 왠지 하나님께서 너를 다시금 새롭게 빚어가시려고 하는 것 아닐까 싶어."

예솔이가 진지한 눈빛으로 내게 말했다.

"그래?"

"응응. 모든 예수님의 제자들도 처음에는 큰 실패를 겪잖아. 하지만 그런 흔들리고 넘어지는 과정을 겪으면서 성장했고 나중엔 우리에게 귀감이 되는 길을 걸었잖아. 진배 너도 지난 실패가 지금의 기회라는 싹을 틔우기 위한 좋은 거름이 되지 않을까?"

"예솔아, 너 전도사님이야?"

난 놀리듯 예솔이에게 말했다.

"아잇, 뭐래!"

예솔이는 당황한 듯 얼굴이 빨개졌다.

"미안, 성경을 잘 안 봐서 와닿지는 않지만 무슨 말인지는 알 것 같아."

난 예솔이에게 고개를 끄덕이며 잘 알아들었다는 신호를 보냈다.

"뭐든 의미만 전해지면 됐다~."

예솔이는 기지개를 켜며 말했다.

"알겠어, 잘 담아두고 고민해볼게."

"그래. 어깨 펴자, 친구야!"

예솔이가 내 어깨를 한 대 퍽 쳤다.

"그래! 만약에 내가 공연을 하게 되면 그때 응원하러 와줄 거지?"

난 굉장히 떨렸지만 애써 태연한 척 물었다.

"당연하지! 의리!"

예솔이가 주먹을 꽉 쥐며 말했다.

"크크, 고맙."

난 웃으면서 입으로 빨대를 가볍게 물었다.

쪼로록~

커피 빨려 들어가는 소리가 쾌청했다.

...

창밖이 점점 밝아지면서 캄캄했던 내 방은 어느새 빛으로 홍수가 났다. 오늘도 뜬눈으로 밤을 새었다. 물 한잔을 마시려고 일어나 부엌으로 가던 중 거울에 비친 내 모습과 마주친다. 붉게 충혈된 눈이 마치 사륜안을 이제 막 개안한 우치하일족 같았다. 괜히 눈을 한번 부릅뜬다. 노려보는 눈빛이 평소보다 사납다.

'아직도 결정을 못 내리냐, 이 친구야!'

거울 속의 내가 나를 크게 꾸짖는다.

자꾸만 무대 위에서 아무것도 하지 못했던 그 날의 기억이 떠오른다. '다시 무대에 오른다면 분명 또 그럴 것이다'라는 문장이 사슬이 되어 나를 꽁꽁 묶어둔다. 절망의 바다 밑으로 가라앉는 것을 막을 방법이없다. 물을 한잔 마시고 다시 방으로 돌아와 책상 위에 놓인 핸드폰을 들었다.

"톡톡톡톡"

재욱 목사님과의 채팅창을 열어 글자를 적는다.

'목사님, 저 아무래도…'

바삐 움직이던 손가락을 잠시 멈춘다.

'…'

보내려던 메시지를 전부 지우고 카톡을 끈다.

'진배야, 예수님은 이 세상을 끔찍이도 사랑하셨어. 그렇기에 '존중'하셨지. 우리의 삶 속에…'

녹음 앱을 켜고 지난번 목사님과 함께 나눴던 대화를 다시 들었다. 대화 사이에 피처링으로 들어온 녹음기의 지지직거리는 소리가 그날의 기억을 더욱 오래된 기억처럼 만들어준다.

'사랑… 존중….'

두 개의 단어가 철판 위에 자석이 붙듯 귀에 찰싹 달라붙기에 한 번 더 되뇌었다.

'주님이 날 사랑하신다면 왜 나에게 힙합을 알게 하신 거지?'

문득 궁금했다. 가만히 생각해보면 힙합 때문에 난 교회를 떠나게 되었다. 더 정확히 말하자면 힙합을 하는 나를 보는 사람들의 시선 때문에 떠나게 되었다. 하지만 주님은 그런 나에게 이전부터 힙합을 막지 않으시고 더 빠져들게 하셨다.

'그냥 내 합리화인가?'

잠시 스스로를 의심한다.

'그런데 재욱 목사님이 예수님이 곧 힙합으로 사셨다고 했잖아.'

다시 목사님과의 대화를 돌아본다.

'사랑, 존중, 예수, 힙합, 하….'

"카톡"

갑작스럽게 울린 알림음에 폰을 열어보니 예솔이었다.

'지난번 커피 잘마셨어! 너무 고마워서 나도 뭐하나 선물할게. 너 바나나우유 좋아하지? 이거 먹고 힘내라! 너랑 더 친해지고 싶어서 니가 좋아하는 걸로 보낸 거야! 너도 그래서 지난번에 커피 마시자고 한 거지? 다 알아~. 무튼 더 친해지자, 진배야! 오늘도 파이팅!'

"쳇, 다 들켰네."

난 민망해서 혼잣말로 궁시렁거렸다.

'잘 마실게! 곧 또 봐~~~!!!엄지 웃음"

핑!

그 순간 섬광이 일어나며 내 머릿속을 순간 밝게 밝혔다.

'사랑… 존중… 예수… 힙합!'

난 아까 되뇌이던 단어를 한 번 더 되뇌었다. 난 예솔이를 좋아하고 더 친해지고 싶어서 예솔이가 무엇을 좋아할지 고민했다. 만날 때마다 아아를 들고 있는 모습을 봤고, 그 기억을 바탕삼아 예솔이에게 커피를 사준다고 했다. 그리고 역시나 예솔이는 기뻐했다. 그런 예솔이가 나에게 바나나우유를 선물했다. 이유는 같았다. 나와 친해지고 싶다고 한다. 교회를 다니면서 드문드문 이런 생각을 한 적이 있다.

‘왜 그 위대하신 분은 나와 함께하고 싶어 하는 것일까?’

‘하늘에서 고결하신 분이 왜 인간의 몸을 입고 이 땅에 내려오신 것일까?’

“예수님은 이 세상을 끔찍이도 사랑하셨어….”

순간, 목사님의 음성이 머릿속에 메아리쳤다.

‘그렇지! 사랑이다.’

그동안 굳게 닫혀 있던 무언가가 ‘철컥’하고 열린다. 나는 다시 폰에 귀를 귀울였다.

“치칙… 그렇지! 그래서 예수님이 이 땅에 ‘인간의 몸’을 입고 내려오신 것이다. 그 사건은 하늘의 말을 인간의 말로 번역한 것이고, 그것을 더 쉽게 표현하자면 너가 예솔이에게 고백을 하는데 너만의 표현이 아닌 예솔이가 알아 듣고 느낄 수 있는 표현들로 고백했다는 말이야….”

‘존중!’

‘사랑하기에 나의 언어가 아닌 상대의 언어로 다가왔다.’

‘내가 예솔이를 만나고 싶어 커피를 제안했듯이, 하나님은 예수라

는 인간의 몸으로 내려왔다. 즉 인간의 언어로 인류에게 다가왔다.'

'그렇다면 나에게는….'

나는 잠시 골똘히 생각한다. 생각할수록 어둠은 짙어졌지만, 저 깊은 어둠 끝에 분명한 빛이 있을 것이라는 믿음이 샘솟았다.

'힙합…!'

빛을 발견했다.

방황하던 나에게 힙합은 길을 제시해주는 아버지였고, 상처 난 마음을 도닥이는 어머니였다. 때론 나의 생각을 편견 없이 들어주는 또래 친구였으며, 뜨겁게 사랑하고 열망했던 여자친구였다. 힙합 덕분에 꿈을 꾸게 되었고 비록 그것이 악몽일지라도 가슴에 미래를 품을 수 있다는 마음에 더없이 좋았다.

힙합은 나에게 영혼은 꿈을 먹어야 살아갈 수 있다고 말했고, '넌 세상의 톱니바퀴가 아닌 마스터키 래퍼 유령의 가사'라고 말했다.

힙합이 나를 '진정한 사람답게 살아갈 수 있게' 만들었다.

힙합 때문에 예수님을 만난다는 교회에서 배척을 당했다.

하지만 힙합 때문에 난 재욱 목사님을 만났고, 진짜 '예수'를 알게 되었다.

잠시 두 눈을 감았다. 매번 나의 요구사항만 늘어놓기 바빴는데 지금만큼은 주님과 대화를 하고 싶었다.

'예수님, 저는 당신이 누군지 잘 모르고 매번 글자와 영화의 한 장면에서만 봐온 모습만 알고 있습니다. 최근에는 재욱 목사님과 자주 만나며 당신을 조금 더 알게 되었지만, 교회에서 말하는 구원자, 구세주 같은 어려운 의미로는 아직도 잘 받아들여지지 않습니다. 하지만 확실히 한가지는 알 수 있을 것 같습니다.'

나는 잠시 숨을 내어 쉬고 다시 말을 이었다.

'힙합은 나와 친해지고 싶었던 당신의 선물이었습니다.'

마음속에서 이 말을 뱉으니 벅찬 감정이 끓어오르며, 화산이 터지듯 눈물이 눈 밖으로 뿜어져 나왔다.

"흑흑… 끄윽…."

그동안 겪었던 일들이 차례차례 스쳐 지나간다. 음악하는 친구들 사이에서는 난 그저 착한 크리스천이었다. 반면에 교회에서는 나쁜 양아치였다. 친구들은 나에게 넌 누가 봐도 교회 다닐 것 같은 애라며 은근히 나를 배척했다. 교회에서는 내가 말하지 않는다면 크리스천인 것을 전혀 모를 것이라고 말하며 더 단정해지라고 말했다. 난 그 어디에도 속하지 못하며 그 어느 곳도 반기지 않는 이방인이었다.

그렇다 해서 힙합을 버릴 수도, 신앙은 없지만 엄마의 진심어린 기도가 담긴 교회를 버릴 수도 없었다. 해서 이 두 가지 모두 원망스러웠던 적도 있었다.

"모든 인간들은 결국 받아들여짐을 필요로 한다고!"

스윙스가 말했던 것처럼 내가 원했던 것은 오직 받아들여짐이었다. 하지만 그 어느 곳도 날 받아주지 않았다. 세상이야 워낙 악하고 각박하니 그럴 수 있다 생각했지만 사랑을 가장 중요시하는 교회에서조차 그러니 난 닻을 잃어버린 배처럼 풍랑에 이리저리 휩쓸릴 뿐이었다.

그 모든 지난 기억들이 해일처럼 넘쳐 들어온다.

"..."

시간이 얼마나 지났을까 폭풍우 치던 감정이 잠잠해지며, 오후 2시의 봄 햇살처럼 따스함이 마음에 가득 맴돈다.

"주님, 감사합니다."

예수님은 나에게 한마디도 하시지 않았지만 내 마음에 깃든 평안으로 많은 말들을 하신 것을 알 수 있었다. 뜻을 전부 헤아리고 알아들을 수 없지만, 처음으로 예수님과 대화를 했다.

그리고 나도 예수님과 더 친해지고 싶다는 생각이 들었다. 그리고 이내 컴퓨터를 켜고 바탕화면에 있던 비트를 틀었다.

「둥 둥 두두두 둥~」

베이스 라인의 속삭임으로 비트가 시작된다.

「툽 툽 탁! 툽 치기 탁!」

그 속삭임에 답을 하듯 드럼 라인이 조곤조곤 흘러나온다.

"음… 어…!"

난 손에 쥔 펜을 돌리며 입으로 리듬을 맞췄다.

"내게 허락된 센스는 날 이방인으로 만들지."

순간적으로 첫 문장이 입 밖으로 튀어 나왔고 난 이내 그 문장을 공책에 옮겨 적는다.

"쓱싹 쓱싹"

첫 문장이 열리니 그 뒤의 내용은 술술 써진다. 한동안 방 안에는 비트와 글씨 쓰는 소리만이 가득했다.

"내게 허락된 센스는 날 이방인으로 만들지

안 들림 지들끼리 날 결정짓느라 바쁘지
날 바보 취급 또는 양아치.
날 바라보는 시선, 숨은 눈빛들 파파라치

내게 받아들여짐은 사치 필요해 칼집
내 날것은 상처가 되니까 말야 봤지?
뒤집어쓴 후드 그래도 따가워
교회는 손에 닿질 않네 가까운 것 같다가도.

난파선의 파편 그 조각이 내겐 유일한 구조선
근데 것마저 재단하는 교인들 손가락질
지겨워서 때려치고 싶네
밤마다 눈물 한 방울씩

뚝 뚜 두 뚝 뚝, 뚝 뚜 두 뚝 뚝
어느새 파도치네.
그 속에서 익사해도 느끼는 갈증
where is the love? with 짙은 한숨

Just Wanna be Real.
Real Rap. Real man. Real Thang

다들 진짜를 본대 근데 진짜는 없네
사랑한다면서 결국 진짜를 겁내

Just Wanna be Real.
no Fake, no Fail, Real love
다들 진짜를 본대 그럼 진짜를 꺼내
내가 믿는 예수님은 결국 진짜를 원해

사랑하면 낳게 되지 존중 그럼
사랑하면 느껴 고통을 곧은길이라고
아니지 전부 좋은 길. 옳은 짓을 하면
언제나 따라오는 압박 그래서 좁은 길

시덥잖은 보스 짓 따위는 하지 않는 하늘 아버지
내 값어치는 신의 목숨 매달렸지
다들 알고 있는 거 말야. 사실 난 크게
와닿지 않았지만, 조금씩 느끼는 중

내가 랩을 할 때 자유로움의 출처
하나님 선물였다는 것에 두 번 밑줄 쳐
성부 성자 성령 연합을 이루지

내 목소리 and 펜과 노트 같은 의미로 숨 쉬어

틀린 줄 알았던 다름 건 거룩의 탈을 쓴
사탄들의 질투 반응 그 반응의 반은 되팔음
힙합이자 크리스천
신이면서 인간였던 그분의 삶과 닮음

Just Wanna be Real
Real Rap. Real man. Real Thang
다들 진짜를 본데 근데 진짜는 없네
사랑한다면서 결국 진짜를 겁내

Just Wanna be Real.
no Fake, no Fail, Real love
다들 진짜를 본데 그럼 진짜를 꺼내
내가 믿는 예수님은 결국 진짜를 원해"

완성이다.

난 폰에 가사를 옮겼고 이내 재욱 목사님과의 카톡창을 열어 복사해 보냈다.

“카톡!”

얼마 지나지 않아 알림음이 울렸고, 열어보니 재욱 목사님이었다.

‘오! 완성한 거냐?’

‘넵!’

‘가사가 상당한데? 무슨 일이 있던 거야?’

‘그럴 일이 좀 있었습니다.’

‘그랬구나! 공연은 생각해봤니?’

‘네, 목사님. 저 하려고요!’

‘오, 좋다!’

‘솔직히 걱정이 많이 되는데 그 걱정보다 이것을 사람들에게 나눠야겠다는 생각이 더 크네요. 그래서 하겠습니다! 기도해주세요!’

‘당연하지! 같이 새벽마다 기도하마!’

‘감사합니다. 그리고 목사님 저 근데 걱정이 하나 있는데….’

‘응? 뭐가?’

‘이게 일단 제가 아넌처럼 유명한 것도 아니고 다니엘처럼 곡에 멜로디가 있는 노래가 있는 것도 아닌데, 뭔가 좀 민폐가 되지 않을까요? 목사님도 어쨌든 입장이 있을 텐데….’

‘ㅋㅋㅋㅋㅋㅋㅋㅋㅋㅋㅋㅋㅋㅋㅋㅋ 그런 게 걱정이야?’

‘네, 쫌…??’

‘진배야, I Don’t Give a Fxxk!’

‘??????????????????????????’

나는 잠시 내 눈을 의심했다.

‘왜 목사가 이런 말하니까 이상하냐?’

‘와, 이거 캡처해서 신고 각?’

‘이 녀석이~ㅋㅋㅋㅋㅋ’

‘농담입니다. 조금 놀라긴 했습니다. ㅋㅋㅋㅋ’

‘진배야. 어쨌던 너가 기도하면서 받은 영감이고 너만의 이야기이자 가사 아니야?’

‘그쵸.’

‘그럼 그걸로 된 거다. 사람들 의식하지 말고 그대로 밀어붙여라. 분명 다들 느낄 것이다.’

‘오호… 넵, 알겠습니다.’

‘가사 쭉 훑어보니 그전과 달리 이번엔 진짜 너가 있네. 힙합이다!’

‘다 찢어보겠습니다.’

‘그려~ 그럼 준비 잘하고 주일에 보자!’

‘넵!’

• • •

여느 주일과 같이 교회밖에는 사람들이 가득하다. 하지만 다른 것이 하나 있다면 그전까지는 나 또한 군중이었는데, 지금은 군중들의 소리를 안에서 듣고 있는 것이다. 대기실에는 오직 나 한 명뿐이다. 그리고 원형 테이블 위에 올려진 정리된 과자들과 생수병. 스쿼트를 하듯이 의자에 잠시 앉아 있다가 일어나기를 반복한다. 생각보다 긴장을 많이 했다. 목이 탈 때마다 물을 벌컥벌컥 마시다 보니 어느새 준비된 물이 동이 났다. 대기실 벽에 전신 거울이 비스듬히 뉘어져 있다. 거울에 비친 내 얼굴은 하얗게 질려 있었다.

"짝짝"

뺨을 크게 두 번 때린다. 고개를 절레절레 젓고 거울에 비친 나를 또렷이 응시한다.

"음… 어!"

랩 제스처를 하며 외웠던 가사를 뱉어본다.

"아… 씨…."

긴장한 탓인지 동작이 매끄럽지 못하다. 음악을 더 세밀하게 들으면서 연습하려고 이어폰을 꺼냈다.

"똑똑!"

이어폰을 끼우려는데 노크 소리가 들렸다.

"넵! 들어오세요."

이어폰을 다시 주머니에 집어넣으며 노크 소리에 답했다.

'(브이)'

문이 열렸는데 얼굴은 안 보이고 브이를 그린 손가락만 튀어나왔다. 하지만 난 누구인지 단번에 알아차렸다.

"예쏘울!"

난 반가운 마음에 예솔이의 이름을 더욱 굴려 불렀다.

"아닛! 어떻게 알았지?"

"척 보면 알지!"

"이열~ 진배 기특한데?"

예솔이가 내 머리를 가볍게 쓰다듬었다.

"내가 쫌 훗!"

나도 어깨를 가볍게 으쓱했다.

"연습은 잘했어?"

"떨려 죽겠다…."

나는 추위에 타는 듯한 자세를 취하며 칭얼댔다.

"에헤이~ 복수전인데 그런 마음가짐으로 되겠습니까!"

예솔이가 교관처럼 두 손을 허리에 올리고 엄격한 말투로 이야기했다.

“복수전! ㅋㅋㅋㅋ 그치, 복수전이지. 고마워 덕분이야!”

“내가 뭘했다구~. 다 하나님이 너 사랑하셔서 이렇게 이끄신 거지.”

“아멘!”

난 씩씩하게 대답했다.

“오우, 진배 이제 아멘도 잘하네?”

예솔이가 놀란 듯 말했다.

“엇, 그러게. 자연스럽게 나오네.”

나도 놀라서 손으로 입을 틀어막았다.

“뭐 필요한 건 없어?”

예솔이가 주변을 둘러보며 물었다.

“음… 뭐 다들 잘 챙겨주셔서 딱히 없는데… 아, 하나 있다!”

“말해봐, 내가 도와줄게.”

예솔이의 눈빛이 반짝였다.

“그… 음….”

나는 잠시 뜸을 들였다.

“빨리~ 말해라~.”

예솔이가 손을 까딱이며 재촉했다.

“기도 좀 해주라!”

"기도? 지금 너가 기도라고 말한 거야?"

예솔이가 믿기지 않는다는 눈빛으로 되물었다.

"응, 기도. 뭔가 너가 해주면 잘할 수 있을 것 같아."

난 싱긋 웃으며 예솔이에게 부탁했다.

"…"

예솔이는 옅은 미소를 띠며 잠시 나를 응시했다.

"그래, 이리 와봐!"

예솔이는 내 손을 덥석 잡고 눈을 감았다.

"엇! 야, 손은 왜…?"

나는 너무 당황한 나머지 손을 빼려고 힘을 주었다.

"가만히 있어. 더 진심으로 해주는 거야."

예솔이는 그런 내 손을 더 큰 힘으로 움켜쥐었다.

"크흠, 그… 그래."

난 못 이기는 척 손을 예솔이에게 맡기고 눈을 감았다.

"하나님 감사합니다."

예솔이가 경건하게 입을 떼었다.

"오늘 진배가 하나님의 성전에서 귀한 고백을 올려드립니다. 가장 먼저 하나님께서 기쁘게 받아주시고, 진배의 무대를 통해서 오늘 모인 사람들에게 귀한 도전을 허락해주소서. 그동안 진배가 어떠한 삶을 살아왔는지 그리고 그 안에서 진배가 어떠한 마음이었는지 주님께서 더욱 잘 아십니다. 진배가….”

예솔이의 목소리가 끝으로 갈수록 떨리더니 기도의 음성이 잠시 멈췄다.

“크흠! 진배가 다시 이겨낼 수 있는 힘을 주셔서 진심으로 감사드립니다. 진배가 이 무대를 시작으로 앞으로 노래하고 랩하는 모든 순간마다, 가사를 쓰고 곡을 만드는 모든 순간마다, 진배를 향한 하나님의 사랑과 고귀한 계획을 하나하나 잘 알아갈 수 있도록 이끌어주세요. 미리 감사드리며 예수님의 이름으로 기도드렸습니다. 아멘.”

“아멘.”

뒤이은 나의 아멘 소리 이후에도 예솔이는 여전히 내 손을 잡고 눈을 감고 있었다.

“힘내자, 친구야.”

잠시 후 예솔이는 눈을 뜨더니 나를 살며시 안아주며 떨리는 목소리로 응원해주었다.

“응!”

난 부끄러운 나머지 고개를 푹 숙이고 대답을 흘렸다.

“근데 너 왜 울어?”

나는 예솔이의 갑작스러운 눈물에 당황하며 물었다.

"몰라~ 이 자식아! 하여튼 너는…"

예솔이는 손으로 얼굴을 부채질하며 내게 핀잔을 주었다.

"진배, 준비 다 됐지?"

문이 열리며 재욱 목사님이 들어왔다.

"넵! 다 됐어요!"

난 정신을 차리며 대답했다.

"그래. 옆에는 예솔이 맞죠?"

재욱 목사님이 예솔이를 보며 반겨주었다.

"네, 맞아요. 목사님, 잘 지내셨죠?"

예솔이가 해맑게 웃으며 안부를 물었다.

"네네, 잘 지냈어요. 오늘 진배 응원온 거예요?"

"네! 아휴 진배가 너무 떨어서요."

"이녀석, 힙합이 그렇게 나약하면 되나?"

목사님이 내 목덜미를 가볍게 잡았다.

"그러게 말이에요~."

예솔이가 목사님의 말에 맞장구를 치며 놀렸다.

"아, 아니에요~."

난 민망함에 목사님의 손을 뿌리치며 애꿎은 머리만 긁어댔다.

"진배! 예수님이 허락한 자리니까 쫄지 말고 자신 있게 해라."

재욱 목사님이 내 어깨를 감싸며 응원했다.

"넵!"

"그리고 오늘은 특별히 더 주눅 들면 안 돼. 알지?"

목사님은 내 앞으로 다가와 예솔이를 향해 작게 고개를 젖히며, 속삭였다.

"아우, 알겠다고요. 조용히!"

나는 다급하게 목사님의 입을 막는 시늉을 했다.

"하하, 알겠다. 자 이제 곧 시작이다. 계단 앞으로 가자."

목사님이 너스레를 떨며 나를 인도하셨다.

"…"

이제 저 계단만 오르면 된다.

"자, 마이크 먼저 받으시고요."

커튼이 걷히고 스태프 한 분이 나와서 내게 무선마이크를 건넸다.

"넵, 감사합니다. 후~"

난 마이크를 받고 심호흡을 길게 내뱉었다. 마이크와 손바닥 사이에 땀이 송골송골 맺히는 게 느껴졌다.

"자, 이제 올라가실게요~."

다른 스태프가 계단 위에서 나에게 손짓했다.

"아, 맞다. 진배야!"

계단을 오르려는데 목사님이 나를 다급히 불렀다.

"네?"

"전부터 궁금한 게 있었는데 지금 꼭 물어봐야 할 것 같아서."

목사님이 진중한 눈빛으로 날 바라보며 말했다.

"네, 물어보세요!"

"아무래도 오늘은 온전히 너를 보여주는 날이니…. 너 이름의 뜻이 뭐냐?"

목사님이 안경을 손가락으로 들어 올리며 물었다.

"에? 갑자기요?"

나는 당황했다. 갑자기 지금 이름 뜻이라니….

"아니, 한번 다시 짚고 넘어가면 좋잖아. 너를 보여주는 건데 너 이름이 중요하지 않겠어? 그리고 전부터 너무 궁금했었어. 워낙 보기 힘든 이름이니."

역시 특이한 목사님이다. 하지만 어느 부분에서는 일리 있다는 생각이 들었다.

"감사합니다, 목사님! 덕분에 긴장이 한결 풀렸어요."

진심이었다.

"거봐라, 다 이 목사님의 철저한 코칭이다."

목사님은 으스대며 말했다.

"뻥치시네요~."

난 목사님을 가볍게 놀렸다.

"어허~ 무슨 목사님이 뻥을… . 아무튼 그래서 이름 뜻이 뭔데?"

"아, 그게…."

나 또한 이름의 뜻을 오랜만에 상기시키기에 잠시 뜸을 들였다. 잠시 생각해보니 어쩌면 내 이름 또한 예수님께서 미리 예비하신 것이란 생각이 강하게 들었다. 그동안 있었던 모든 갈등과 혼란, 그것들을 곱게 갈아서 눈물과 섞어 만든 마음의 잉크, 그리고 그 잉크로 써내린 진심 어린 곡과 가사, 마지막으로 실패의 자리였던 무대를 다시 서기 직전인 지금까지 모든 것이 내 이름의 뜻과 맞아떨어졌기에 내 입엔 자연스레 나이키로고와 같은 모양의 미소가 지어졌다.

"저희 엄마가 제가 꼭 이렇게 살았으면 해서 지어주셨어요."

난 고개를 돌려 목사님을 향해 입을 열었다.

"**예**수님의 **진**또**배**기!"

# 비트 주세요, 주님!

**초판 1쇄 인쇄** 2024년 1월 23일
**초판 1쇄 발행** 2024년 2월 5일

**지은이** 지푸, 최재욱, 이창수
**발행인** 김우진

**발행처** 이야기가있는집
**등록** 2013년 11월 25일 제2013-000365호
**주소** 서울시 마포구 월드컵북로 402, 16
**전화** 02-6215-1245 | **팩스** 02-6215-1246
**전자우편** editor@thestoryhouse.kr

ISBN 979-11-86761-39-7 (03810)

* 이야기가있는집은 (주)더스토리하우스의 인문, 문학 출판 브랜드입니다.

* 책값은 뒤표지에 있습니다.